W0214966

FATE VELAJ • KREUZTANNE

FATE VELAJ

KREUZTANNE

Zwischen Wünschen und Träumen

Aus dem Albanischen von Helena Velaj

Wieser Verlag

Wieser Verlag GmbH
Založba Wieser

Klagenfurt/Celovec · Wien · Ljubljana · Berlin

•

Wieser Verlag GmbH
A-9020 Klagenfurt/Celovec, 8.-Mai-Straße 11
Telefon: +43(0)463 37036, Fax: +43(0)463 37635
office@wieser-verlag.com
www.wieser-verlag.com

•

Lektorat: Sebastian Minkner

Copyright © 2025 bei Wieser Verlag GmbH,
Klagenfurt/Celovec
Alle Rechte dieser Ausgabe vorbehalten
ISBN 978-3-99029-684-4

für meinen Vater Melo
und meine Tochter Helena

PROLOG

Die Idee diesen Roman zu schreiben, kam mir am 21. Juli 2015 zum 24. Jahrestag meiner Ankunft in Österreich. An jenem Tag im Juli 1991, nach einer langen und gefährlichen Reise durch Jugoslawien, wo gerade der Krieg ausgebrochen war, mit nichts als einem kleinen Beutel des Nötigsten und hundert Deutschen Mark, kam ich nach 28 Stunden im Lager Traiskirchen, einer Stadt 20 Kilometer südlich von Wien, an.

Anlässlich des 24. Jahrestages hatte ich beschlossen, gemeinsam mit meiner Familie, meiner ersten österreichischen Adresse, die nun voll mit syrischen Flüchtlingen war, einen Besuch abzustatten. Ich berichtete meinen Kindern, dass ich vor 24 Jahren einer von ihnen gewesen war und eben dieses Lager damals mit Flüchtlingen aus dem Gebiet der ehemaligen kommunistischen Regime gefüllt war. Meine Erinnerungen wurden so stark wachgerüttelt, dass ich anfing, ihnen von jedem Moment meines zweiwöchigen Aufenthalts in diesem Lager zu erzählen und auch davon, wie ich und einige andere Flüchtlinge am 5. August 1991 in einen Minibus einstiegen und man uns nach Sankt Anton/Jeßnitz ins Gasthaus ›Kreuztanne‹ brachte, einem Ort inmitten der österreichischen Berge.

Es war der Wunsch meiner Familie gewesen, dass wir uns bereits am darauffolgenden Wochenende frühmorgens auf den Weg zu jenen Orten machten, an denen mein neues Leben begonnen hatte. Nachdem wir in unzähligen Gemeinden Halt gemacht hatten, beendeten wir unsere Reise im Gasthaus ›Kreuztanne‹, der Wiege meiner neuen Existenz.

Zurück in Wien begann ich sofort, im Rausch meiner wiedererweckten Erinnerungen, mit dem Verfassen dieses Buchs, welches ich bereits zwei Wochen später abschließen sollte.

1

Es war ein Samstag im März 1993. Wie fast jeder Tag dieser Woche begann auch dieser mit dichtem, grauem Nebel, der nie lang andauerte und bald schon von der warmen Sonne vertrieben wurde. Klara und ich kauften in den Lebensmittelgeschäften in Scheibbs ein, machten danach einen Spaziergang am Flussufer und kehrten schließlich nach Hause zurück. Nach dem Mittagessen telefonierten wir mit unseren Familien in Vlora, und nachdem ich meinen Vater Melo gefragt hatte, wie es ihm mit seinem hohen Blutdruck ging, erzählte ich, was wir diese Woche getan hatten, und sie erzählten mir, was bei ihnen geschehen war, viele Neuigkeiten aus dem Freundes- und Familienkreis.

Ich legte auf und begab mich, mit meiner Kaffeetasse in der Hand, zurück in unser Wohnzimmer. Als ich die Uhr an der Wand sah, fiel mir auf, dass es schon fast sechs war. Ich drehte meinen Kopf Richtung Fenster, um den Berg gegenüber zu betrachten, der noch immer, von Sonnenstrahlen beschienen, leuchtete. Zu Klara sagte ich, sie solle sich fertigmachen und während sie sich anzog, wechselte ich ziellos die TV-Kanäle.

Schließlich ging ich hinaus und ließ das Auto an, immer noch auf sie wartend, denn es war ihre Gewohnheit, so wie die der meisten Frauen, vor dem Rausgehen noch einmal einen Blick in die Wohnung zu werfen und erst, wenn sie sich vergewissert hatte, dass alles aufgeräumt und in bester Ordnung war, die Tür zu schließen.

In Wieselburg, einer Stadt, die rund 25 Kilometer entfernt lag, hatten Freunde ein Fest organisiert und erwarteten uns. Wir fuhren los, und nachdem ich zweimal angehalten hatte, um Nachbarn zu grüßen, näherten wir uns der Hauptstraße.

Ich schaltete das Autoradio an. Schon nach den ersten Klängen erkannte ich, dass diese Kassette seit längerer Zeit im Kassettenrecorder lag, und sagte Klara, sie solle eine neue raussuchen. Sie kramte lange im Handschuhfach, bis sie eine fand, die ihr gefiel, und legte sie ein. ›Le più belle canzoni‹ von Adriano Celentano drang aus dem Autoradio.

Das Auto näherte sich der Zufahrt neben dem Hotel ›Erlauftalerhof‹, wo die Straße und der Fluss Erlauf zusammentrafen um fortan nebeneinander her zu verlaufen. Wir hatten noch nicht einmal einen ganzen Kilometer hinter uns, als ich plötzlich ein Geräusch hörte und sah, dass ein blaues Auto vor uns unkontrolliert ins Schlingern geriet und nach einigen Metern zum Stehen kam. Ich hielt ebenfalls an. Aus dem blauen Auto stieg eine junge Frau aus. Sie wirkte erschrocken, doch wusste sie noch nicht, was eigentlich geschehen war.

Ihr Gesicht zeigte blankes Entsetzen über die Angst, womöglich jemanden überfahren zu haben. Sie näherte sich unserem Auto. Ich ließ das Fenster herunter, und sie fragte mich, ob ich vielleicht etwas gesehen hätte. Als ich verneinte, gingen wir gemeinsam auf die andere Seite ihres Autos, wo wir den verbogenen Kotflügel sahen. Er war vollgespritzt mit Blut, das sich über die Scheinwerfer bis hinauf zum Beifahrerfenster verteilte. Dann entdeckten wir es.

Neben dem Reifen lag ein Rehkitz, das scheinbar die Straße passieren wollte, ohne von den Gefahren zu wissen oder sich darüber Gedanken zu machen, wahrscheinlich um seine Freunde oder Verwandten, die sich auf der anderen Seite befanden, aufzusuchen. Das Mädchen, das noch keine zwanzig Jahre alt und recht unerfahren hinter dem Steuer war, legte ihre Hand auf meine Schulter und fing an zu weinen. Ich hörte ihr Schluchzen und die sich wiederholenden Worte: »Was ist mir nur passiert, oh Gott, oh Gott!«

Ich sah das schöne Tier, wie es da lag, gen Himmel gerichtet die Augen, in denen sich die Farben dessen spiegelten, was es zuletzt gesehen hatte, die letzten Strahlen der Sonne, bevor sie anfing, unterzugehen, und ein hellblauer Himmel, der sich langsam in das beginnende Rot der Dämmerung hüllte.

In diesem Moment kam das Tierchen mir vor wie ein kleines Kind, das gerade von der Mutter gestillt worden war und sich nun in einem tiefen Schlaf befand, noch ohne in der Sicherheit des eigenen Bettes zu sein, die Hände zwischen die Beine gelegt. Dem Mädchen sagte ich, sie müsse den Vorfall melden. Gemeinsam gingen wir zum Hotel ›Erlauftalerhof‹, um zu fragen, wem das Reh gehöre. Die Hotelbesitzerin fanden wir an der Theke. Ihr Gesicht wurde von einem müden Licht angestrahlt, das von der mit Blumenstoff überzogenen Lampe kam, die ungefähr in Kopfhöhe hing. Sie war eine mollige Frau um die fünfzig, die gerade ein Glas mit Bier füllte, zwei weitere standen neben ihr. Sie sah uns, aber verstand nicht, was das Mädchen mit ihrer vom Schock des Ereignisses zittrigen Stimme zu sagen versuchte. Ohne uns zu antworten, nahm sie die drei vollen Gläser und ging in einen anderen Raum, aus dem Männerstimmen zu hören waren und aus dem eine dichte Rauchwolke und der Geruch nach starken Zigaretten zu uns schwebte.

Sie kehrte zurück und fragte, was wir wollten. Das Mädchen setzte erneut an, zu erzählen, dass sie vom Ort Lunz am See kam und plötzlich ein Reh aufgetaucht war, mitten auf der Straße gegenüber dem Hotel. Die Besitzerin ging zum Fenster, schob den Vorhang zur Seite, sehr vorsichtig, mit mechanischen Bewegungen, schaute hinaus, drehte sich dann zu uns um und fragte, was sie denn mit der Sache zu tun habe.

Das Mädchen fragte, ob sie vielleicht den Besitzer des Tieres kenne, und bat sie, ihr zu helfen, da sie nicht aus der Gegend war und nicht wusste, an wen sie sich zu wenden habe. Die Hotelbesitzerin starrte einen Fleck an der Wand an, und nachdem sie einige Zeit still nachgedacht hatte, ging sie zum Telefonbuch und begann, Seite um Seite nach einem bestimmten Namen zu durchsuchen. Es verging einige Zeit, und weil sie die gesuchte Nummer scheinbar nicht fand, blickte sie noch einmal kurz zum Fenster, wählte dann eine Nummer und wandte sich an jemanden mit den Worten: »He, Schatzi.« Sie fragte ›Schatzi‹, ob sie vielleicht die Nummer von Hans hätte, der in Gaming lebte und dem die Rehe gehörten, die hin und wieder vor ihrem Hotel passierten.

Ich konnte hören, dass die Person am anderen Ende der Leitung, die wohl eine Frau mit ungewöhnlich tiefer Stimme war, antwortete, dass sie nicht die leiseste Ahnung habe, wer dieser Hans war und schon gar nicht, ob der für Rehe zuständig sei. Die beiden Frauen führten das Gespräch noch einige Zeit fort und, soweit ich hören konnte, fragte die Frau mit der tiefen Stimme nach dem

Ehemann der Wirtin, der scheinbar irgendwo unterwegs war. Schließlich beendete sie das Gespräch mit der Frage, ob die Kücheneinrichtung, die sie in Gaming bestellt hatte, schon angekommen sei.

Die Wirtin legte auf und rief plötzlich mit lauter Stimme in den Raum, in den sie vorher die großen Krüge Bier getragen hatte. Doch weil da drinnen ein Riesentumult herrschte, bekam sie keine Antwort. Sie ging selbst hinein und fragte, ob denn einer von den Männern den Besitzer der Rehe kenne.

Die Männer standen auf, gingen zum Fenster und starrten hinaus, so wie es zuvor die Wirtin getan hatte. Dann drehten sie ihre Köpfe in Richtung des Mädchens, um zu sehen, ob man sie kannte. Einer der Männer wusste, wer für das Reh zuständig war, und meinte, er würde dessen Telefonnummer haben.

Er ging zu seiner Jacke, die neben dem Eingang hing, kramte aus der Tasche einen Block heraus und begann, darin zu suchen. Wenig später reichte er Hildegard, wie er die Gastwirtin nannte, den Zettel mit der Nummer. Sie nahm ihn in die Hand, ging wieder zum Telefon und wählte erneut.

Das Klingeln schrillte laut durch die Gaststube. Die Wirtin machte bereits Anstalten, aufzulegen, als sich eine dunkle Männerstimme meldete: »Hans.«

»Hallo Hans, ich bin Hildegard vom Hotel ›Erlauftalerhof‹, hier in Kienberg«, und fing an, ihm zu erzählen, was zuvor das Mädchen berichtet hatte. Hans wollte wissen, wer das Reh angefahren habe und ob Hildegard das Mädchen kannte. Danach teilte er mit, dass er sich momentan in Gresten befand und bald beim ›Erlauftalerhof‹ sein würde.

Ich lauschte dem Gespräch noch eine ganze Weile, obwohl ich nicht immer verstehen konnte, was gesagt wurde. Endlich legte Hildegard auf und teilte uns mit, dass Hans gleich kommen würde. Das Mädchen ging gemeinsam mit mir hinaus zu unseren Autos.

Klara war ausgestiegen und wartete auf uns. Das junge Mädchen erzählte uns, dass sie den Führerschein noch nicht mal drei Monate besaß. Ich versicherte ihr, dass das, was geschehen war, nichts mit ihrer Erfahrung oder der Dauer des Führerscheinbesitzes zu tun hätte, dass so etwas jedem passieren konnte, und dass es nicht ihre Schuld war, wenn das Reh so plötzlich vor das Auto lief.

Ich sah, dass sie sich beruhigte und aus dem Handschuhfach ihres Autos eine Packung Zigaretten hervorholte, die sie Klara und mir anbot. Mit einem kurzen Winken gab ich ihr zu verstehen, dass weder Klara noch ich rauchten. Mit zitternden Händen nahm sie eine Zigarette für sich selbst heraus, legte sie an ihre Lippen, holte das Feuerzeug aus ihrer Jackentasche und zündete sie an.

Gerade hatte ich angefangen, ihr zu erzählen, dass ich in der Fabrik arbeitete, die gegenüber zu sehen war und von der aus ich während der Arbeit ab und zu Rehe beobachten konnte, die aus dem dichten Wald hervorkamen, um miteinander auf der Weide zu spielen, als plötzlich ein großer, grüner Toyota vor uns hielt, der mit Matsch vollgespritzt war. Ein Mann stieg aus. Er trug eine Kappe mit großen Federn an der Seite und eine Ledertracht, deren Hosen nur bis zu den Knien gingen und deren dunkelgrüne Socken genau dort anfingen.

Er näherte sich uns und stellte sich als Hans vor. Ich verstand, dass es sich bei ihm um den Besitzer des Rehs handeln musste. Nachdem er das Mädchen gefragt hatte, ob sie für Unfälle dieser Art versichert sei, drehte er sich zu seinem Auto um und holte aus einer Tasche auf dem Fahrersitz ein Formular heraus, das er sofort ausfüllte.

Er warf noch einen kurzen Blick auf den ausgefüllten Zettel und gab ihn dann dem Mädchen, die ihn zwei oder drei Mal durchlas, ihn unterzeichnete und zurückgab.

Hans kehrte zu seinem Auto zurück, legte den Zettel in seine Tasche und nahm das tote Reh, um es in den Kofferraum zu laden. Noch mit dem toten Tier in den Händen schaute er sich um, als ob er versuchte, zu begreifen, was das Tier dazu gebracht hatte, hierherzukommen, und lud es dann in den Kofferraum ein, den er verschloss.

Ich näherte mich ihm und sagte, dass es wohl klüger wäre, einen Zaun am Waldrand anzubringen.

Er drehte den Kopf in meine Richtung und warf mir einen Blick zu, als wollte er sagen: »Ich weiß, ich weiß.« Doch er sagte nichts. Er setzte sich nur in sein Auto, fuhr los und war bald im Wald verschwunden. Ich sagte dem Mädchen, während ich Hans' Auto mit den Augen verfolgte, dass sie bei einer Waschanlage, die sich nach der Ausfahrt Scheibbs befand, halten sollte, um ihr blutiges Auto zu waschen. Dann fuhr auch ich mit Klara weiter.

Um ungefähr 20 Uhr kamen wir in Wieselburg an, wo unsere Freunde uns schon erwarteten und fragten, weshalb wir uns so sehr verspätet hatten. Ich begann zu erzählen, was passiert war, und musste erläutern, weshalb man in solchen Fällen unbedingt jemanden informieren sollte, obwohl man einfach weiterfahren könnte, wie es so viele taten, wenn sie einen Hund oder eine Katze anfuhren.

Mehrmals musste ich darauf hinweisen, dass solche Lebewesen nicht umsonst auf Straßenschildern mit ihren Umrissen zu sehen waren, die einen vor ihrem plötzlichen Auftauchen warnten, und dass es eine gesetzliche Pflicht gebe, bei einem Unfall mit einem dieser Tiere, diesen auch zu melden.

Die Diskussion zu diesem Thema sollte nicht lange dauern. Gegen Mitternacht beschlossen Klara und ich, nach Hause zu fahren. Auf dem Rückweg hielt ich noch einmal kurz am Unfallort. Ich sah, dass sämtliche Spuren vom Straßendienst beseitigt worden waren.

Nach diesem Vorfall fuhren wir weniger mit dem Auto. Nicht nur wegen des Unfalls, sondern auch, weil Klara in den neunten Monat ihrer Schwangerschaft kam und der Arzt empfohlen hatte, während dieser Zeit vermehrt spazieren zu gehen.

2

Die Tage vergingen monoton in ihrer Normalität, und jedes Mal, wenn ich die Arbeit verließ und zwischen den Bäumen nach Hause ging, sah ich meine Frau Klara, die am Fenster auf mich wartete. An sonnigen Tagen wartete sie vor dem Tor der Fabrik, bis ich auftauchte, und zusammen gingen wir das kurze Stück nach Hause.

Nach dem Mittagessen schlief ich immer ein wenig, und nachdem wir einen Kaffee getrunken hatten, machten wir einen kleinen Spaziergang entlang des Teichs beim ›Herrenhaus‹, dem Haus, das der Familie Reitlinger gehörte, und dort warfen wir den Schwänen Brotstückchen zu.

Die Schwäne zu füttern war eine Art Tradition geworden und diese hatten sich daran gewöhnt, dass wir fast jeden Tag ungefähr zur selben Uhrzeit kamen. Wenn sie uns aus der Ferne sahen, schlugen sie vor Freude wild mit den Flügeln und näherten sich uns.

Manches Mal kam es jedoch vor, dass sie unsere Ankunft regungslos zur Kenntnis nahmen. Es musste sie wohl bereits jemand anderer gefüttert haben, vielleicht Lily Claire und Carl Theodor Reitlinger, die Besitzer der Fabrik. Ihnen gehörte nahezu das ganze Dorf, sogar der Berg und die Bäume drumherum, und es wurde gemunkelt, dass ihnen auch ein Teil des Flusses sowie alle Fische darin gehörten.

Tatsächlich sahen wir Lily und Carl am Rande des Teiches stehen. Wie immer, wenn wir sie während unserer

Spaziergänge trafen, unterhielten wir uns mit ihnen, wobei sie das Gespräch stets mit der Frage nach unserer Familie in Albanien begannen, sich über Klaras Schwangerschaftsverlauf erkundigten oder fragten, ob ich ein neues Gemälde gemalt hätte. Als ich damit fertig war, ihnen zu beschreiben, welche Motive ich gewählt hatte, entfernten sie sich langsam und setzten ihren Spaziergang fort.

An diesem Nachmittag, nachdem sich unsere Wege wieder trennten, erinnerte ich mich an meine erste Begegnung mit ihnen und fing an, Klara davon zu erzählen.

***

Es war vor etwas mehr als einem Jahr gewesen, Mitte November 1991, als ich gemeinsam mit einigen anderen, die ebenfalls als Migranten nach Österreich gekommen waren und mit mir im Gasthaus ›Kreuztanne‹ in den Bergen von Sankt Anton/Jeßnitz lebten, in einem Gespräch hörte, dass die Firma ›Heiser‹ in Kienberg, zwölf Kilometer entfernt auf der Straße in Richtung Gaming, Arbeiter suchte und dass sich viele aus den umliegenden Gegenden beworben hätten.

Der nächste Tag war sonnig. Bereits früh am Morgen machten wir uns auf den Weg dorthin, um uns vorzustellen. An der Rezeption, wo wir unser Interesse an einem Job äußerten, wurden uns Formulare ausgehändigt. Diese fragten nach Namen, Herkunft, Alter, Ausbildung, ob wir gesundheitliche Einschränkungen oder Krankheiten hätten, auf die sich diese Arbeit negativ auswirken könnte.

Weil ich viele Wörter nicht verstand, suchte ich Hilfe bei jemandem, der schon länger in Österreich lebte.

Nachdem wir auch Adresse und Telefonnummer angegeben hatten, gaben wir die Formulare ab.

Täglich lasen wir Stellenanzeigen, doch es verging nicht einmal eine Woche, als im Gasthaus das Telefon klingelte und die Hausherrin Annemarie sich während des Gesprächs viele Notizen machen musste. Als ich gerade von einem Spaziergang zurückgekehrt war, ließ sie mich wissen, dass ein Anruf von der Firma ›Heiser‹ gekommen war und man mich um ein Treffen am nächsten Montag, um 12:00 Uhr, in die Firmenbüros bat, die in der Nähe des Herrenhauses in Kienberg lagen.

In dieser Woche schien die Sonne durchgehend und das Wochenende war warm. Vormittags spazierte ich in den Bergen und sobald die Mittagszeit hereinbrach, kehrte ich zum Gasthaus zurück, um zu essen. Des Öfteren kam ich zu spät und fand meine Mahlzeit mit einem Geschirrtuch bedeckt auf dem Tisch. Ich setzte mich allein hin und sah während des Essens fern.

Dieses Wochenende erschien mir länger als alle Wochen, die ich nun schon in Österreich verbracht hatte, und weil ich nicht wusste, womit ich mich beschäftigen sollte, fing ich an, wie die Impressionisten, dasselbe Motiv immer und immer wieder zu malen, in verschiedenen Farbtönen.

Ich weiß nicht mehr genau, wie viele Bilder ich an diesem Wochenende malte, aber mein Verlangen, mit den Farben zu spielen, war groß. Jedes Mal, wenn ich ein Bild fertiggestellt hatte, begann ich ein neues, bis ich schlussendlich in Erinnerungen versank und anfing, Landschaften zu malen, die ich schon häufig in Vlora gesehen hatte, als ich die Nachmittage am Meer verbrachte.

Nachdem ich mein letztes Bild beendet hatte, begab ich mich hinunter, wo die anderen beim Fernsehen saßen und darauf warteten, dass Fritz »Essen!« schrie.

Einstweilen erzählte ich von meinen neuen Bildern.

In seltenen Fällen diskutierte ich auch mit Besuchern des Gasthauses, die ein wenig von Kunst verstanden. Viele kannten Vlora nicht oder wussten nicht, dass es am Meer lag. Sie waren stets sehr verwundert, wenn ich ihnen erzählte, wo ich die Landschaften auf meinen Gemälden gesehen hatte. Sagte ich ihnen, dass sie aus meinem Heimatland waren, fragten sie, was ich denn hier in den Bergen zu suchen hatte, wenn ich zuvor in einer so schönen Landschaft gelebt hatte. Sie begannen, meine Impressionen mit den Landschaften zu vergleichen, die sie im Urlaub auf den griechischen Inseln gesehen hatten.

Es kam schon mal vor, dass jemand unter den Gästen wusste, wo Vlora lag, das er wie ›Flora‹ aussprach, dann wurden die Gespräche etwas achtloser und unbekümmerter und dauerten länger an. Manchmal, wenn ein Gast allein war, ohne ein großes Publikum um ihn herum, freute er sich, dass man ihm zuhörte, und hin und wieder notierten wir ein Wort, das wir noch nie gehört hatten, um es später übersetzen zu können, was dem Gast das Gefühl gab, uns zu beeindrucken, und er deswegen anfing, wie ein Vortragender der Universität Wien zu reden, und als wir hofften, dass er seine Erzählung endlich beenden würde, bestellte er bei Fritz noch eine Runde Bier und fing mit der nächsten Geschichte an, so als ob er sie gerade erst aus einer Schublade geholt hätte, die lange Zeit verschlossen gewesen war.

3

Der Montag kam näher. Ich hatte gehört, dass Fritz in Richtung Scheibbs fahren würde, also fragte ich ihn am Vorabend, ob er mich bis zur Zugstation nach Neubruck mitnehmen könnte. Ich wollte keinesfalls zu spät zu meinem Vorstellungsgespräch kommen.

Wir fuhren um neun Uhr morgens los, und nach einer Viertelstunde stieg ich vor der Haltestelle aus.

Es war noch immer recht früh, und ich näherte mich den Schildern mit den Fahrplänen der Züge, auf denen ich las, dass der nächste um 11:00 Uhr kommen würde.

Ich setzte mich auf eine der Bänke, und während ich auf den Zug wartete, blickte ich immer wieder auf die Uhr, bis ich die Geräusche hörte, die seine Ankunft ankündigten, und nachdem er angehalten hatte, stieg ich ein und fuhr los.

Um 12:00 Uhr fand ich mich vor der Tür der Firmenleitung ein und klingelte. Es dauerte nicht lange, bis die Tür geöffnet wurde und eine junge Frau mit kurzen Haaren auftauchte, die sich als Andrea Walter vorstellte. Sie fragte mich, ob ich zum Vorstellungsgespräch gerufen worden war, und bat mich dann, links von der Tür Platz zu nehmen, bis die Chefin, Frau Reitlinger, mich empfangen würde.

Bevor sie wieder zurück an ihren Tisch ging, fragte sie mich sehr herzlich, ob ich gern etwas zu trinken hätte, und ließ mir die Wahl zwischen Kaffee und Tee.

Nach kurzer Zeit brachte sie mir eine große Tasse Tee. Ich stellte sie auf einen kleinen Tisch neben der Couch, auf der ich saß, und schaute mir die Fotografien in einem Magazin an, als ich hörte, dass sich oben eine Tür öffnete und eine sehr gepflegte Frau, die noch keine 60 Jahre alt sein konnte, mit blonden Haaren und blauen Augen, die Treppe herunterkam. In ihrem Auftreten wirkte sie, als wäre sie den Romanen von Honoré de Balzac entsprungen.

Von den Stiegen aus lächelte sie mich an, und als sie sich mir näherte, streckte sie ihre Hand aus und sagte: »Guten Tag und herzlich willkommen!«

Nachdem sie mir die Hand gereicht hatte, sagte sie mir, ich solle ihr folgen, und wir gingen in einen Raum, dessen Größe und Einrichtung mich beeindruckten. Er erschien mir wie die Eingangshalle eines luxuriösen Hotels, die ich nur aus Filmen kannte.

Sie begann das Gespräch, indem sie mich noch einmal herzlich willkommen hieß, und sobald sie begriffen hatte, dass mein deutscher Wortschatz begrenzt war und kein langes und detailliertes Gespräch ermöglichte, fragte sie mich mit einem Lächeln, auf welcher Sprache wir das Gespräch fortführen sollten.

Glücklich über diese Frage, gestand ich ihr, dass es mir leidtäte, ihre Sprache nicht besser zu beherrschen, und dass die einzigen deutschen Wörter, die ich in Albanien gelernt hatte, ›Nein‹, ›Halt‹ und ›Achtung‹ seien, die ich in Filmen gesehen oder in Büchern über den Zweiten Weltkrieg gelesen hatte.

Italienisch sprach ich gut, und kaum hatte ich ein paar Sätze gesagt, antwortete sie mir, dass sie gehört hatte, in Albanien wäre Italienisch quasi die Zweitsprache, und als ob sie bloß eine andere Kassette einlegen musste, wechselte sie sofort ins Italienische.

Verwundert stellte ich fest, dass sie besser Italienisch sprach als ich. Als ich ihre Fragen zu meiner Behausung im Gasthaus ›Kreuztanne‹ beantwortete, erzählte ich ihr, dass ich dort zum Zeitvertreib hin und wieder zu den Farben griff und malte. Sie wollte wissen, warum ich nach Österreich gekommen war. Ihre Gedanken hingen bei den Nachrichten über die vielen Schiffe mit Flüchtlingen, die vom Hafen Durrës und Vlora abgelegt hatten.

Ich erzählte ihr, dass ich mein ganzes Leben lang geträumt hatte, in Rom zu leben, aber dass dieser Traum mich an jenen Tagen, an denen sich die Schiffe mit vielen anderen Träumern füllten, verließ. Das Schicksal sollte mich nach Österreich verschlagen.

Meine Reise begann am 17. Juli 1991, als ich von Albanien in den Kosovo fuhr, wo ich in Peja bei Freunden meiner Cousine unterkam. Am nächsten Morgen schon setzten sie mich in einen Bus der Linie Peja-Göteborg. Dieser Bus fuhr quer durch Jugoslawien, wo gerade der Krieg ausgebrochen war, und brachte mich schließlich zur österreichisch-slowenischen Grenze ›Šentilj–Spielfeld‹.

Im Morgengrauen, nach fast zwanzig Stunden Fahrt, kam ich in Salzburg an. Dort nahm ich den Zug nach Wien und später den nach Traiskirchen, da man mir erzählt hatte, dies wäre der Ort, an dem man sich vorstellen müsse, um Asyl beantragen zu können.

Still lauschte Frau Reitlinger jedem Detail und jeder Winzigkeit meiner Erzählung, und mich überkam das Gefühl, als hätte ich sie während der ganzen Reise an meiner Seite gehabt. Ihre Augen hingen an meinen Lippen, und sie fragte mich nach meiner Familie, welche Arbeit meine Eltern gehabt hätten, nach meinen Schwestern und letzten Endes nach meinem Familienstatus.

Ich fing an, ihr von meinem Vater Melo zu erzählen. Er hatte seine Ausbildung in Moskau absolviert und seine Arbeit als Vorstand einer Erdölfirma war stets vor Angst und Sorge über die vorgeschriebenen und zu erfüllenden Resultate begleitet, da seine Freunde niedergeschossen oder inhaftiert wurden, lediglich weil sie kein Öl dort fanden, wo man es laut der Regierung hätte finden müssen. Das machte sie neugierig, und sie fragte, ob mein Vater noch am Leben sei. Ich erzählte ihr von meiner Mutter, welche als leitende Buchhalterin gearbeitet hatte, sich aber wegen der häufigen Abwesenheit meines Vaters, der sich stets bei den Ölquellen aufhielt, voll und ganz der Familie verschrieben hatte und uns zugleich Mutter und Vater wurde. Dann erzählte ich von meinen Schwestern und letztlich auch von meiner Verlobten, die sich im letzten Jahr des Geschichtsstudiums an der Universität Tirana befand. Wir wollten nächsten August heiraten und danach gemeinsam nach Österreich kommen.

Frau Reitlinger fragte mich, ob ich noch Tee wünsche, und sagte mir, dass ihre Kenntnisse über Albanien sehr begrenzt seien, dass sie lediglich von Skanderbeg, Mutter Teresa und der Zeit des Kommunismus, während der die Menschen weder in das Land hinein noch aus ihm heraus konnten, gehört hatte. Sie erzählte mir, dass sie in der Schule die gesammelten Werke von Karl May gelesen hatte, wobei eine Geschichte den Titel ›Durch das Land der Skipetaren‹ trug.

Mit einem Lachen fing sie an, eine seltsame Geschichte nachzuerzählen, die ich noch nie gehört hatte, und als sie meine Verwunderung sah, meinte sie, ich solle das nicht ernst nehmen, denn es handle sich um eine literarische Überspitzung des Autors, der nie in Albanien gewesen war und seiner Fantasie freien Lauf gelassen hatte.

Als ich die Tasse Tee ausgetrunken hatte, erklärte sie, dass wir zur Fabrik müssten, um deren Leiter, Herrn Konul, zu treffen. Sie nahm das Telefon in die Hand, das neben dem Couchsessel stand, und wählte eine Nummer.

Nachdem es einige Male geklingelt hatte, hob am anderen Ende der Leitung jemand ab. Ich hörte die Stimme eines Mannes, dem sie sagte, sie würde vorbeikommen, um etwas zu besprechen.

Er antwortete, es sei eine Freude, ihre Stimme zu hören, und dass er sich im Büro befände. Sie stand auf und bat jemanden in einem anderen Büroraum, das kleine Auto bereitzumachen.

Überwältigt blickte ich auf die Einrichtung des Raumes, bis mein Blick an einem goldenen Luster hängen blieb, dessen Kristalle im Licht, das durch das Fenster fiel, glitzerten.

Ich senkte den Kopf, betrachtete die schweren Möbel, die wer weiß wie alt sein mochten, und drückte mit meiner Hand gegen das Leder, um die Federung zu testen, während ich mir dachte, dass ich noch nie auf solchen Couchsesseln gesessen hatte.

Mein Blick wanderte zu den mit Gemälden überfüllten Wänden. Es waren alte Porträts von Menschen, in Frack gekleidet, mit weißen Einstecktüchern. Ich vermutete, dass es sich bei ihnen um die Ahnen der Familie Reitlinger handelte.

Ich hörte Frau Reitlinger zurückkommen. Sie fand mich vor einem großen Gemälde stehend, auf dem ein ungefähr siebzig Jahre alter Mann abgebildet war, und erzählte mir, dass der Mann auf dem Gemälde Joseph Anton Winter war, der Gründer der Firma. Im Jahr 1817, in der Zeit der Monarchie Österreich-Ungarn, hatte er gemeinsam mit seinen Söhnen Ludwig und Carl die Fabrik am Ufer des Flusses Erlauf errichtet, um verschiedenste Metallarbeiten zu fertigen, die bis dahin nur aus England gekommen waren.

Nach Carl Winters Tod übernahm seine Witwe die Leitung, die nach einiger Zeit Josef Heiser, einen Industriellen aus Bayern, heiratete. Dann weihte sie mich noch in die Geschichte einiger Exponate im Raum ein.

Während sie mir erzählte, welcher Epoche diese entstammten, sah ich beim Gebäudeeingang ein Auto anhalten. Genau in diesem Moment sagte sie mir, wir müssten gehen.

Wir gingen hinaus und mit einer Handbewegung ließ sie mich wissen, dass ich einsteigen sollte. Weil die Sonne über uns warm schien, öffnete sie das Autodach, um die letzten Sonnenstrahlen aufnehmen zu können. Als wir fuhren, sah ich zwischen den Bäumen das Gedrängel der verschiedenen Gelb- und Rottöne der Blätter, die bald vom Grau des Winters verdrängt werden würden.

Nach fast einem halben Kilometer hielten wir am Tor der Fabrik an, das der Portier, als er ihr Auto sah, eilig öffnete. Frau Reitlinger nickte ihm zu, so als ob sie ›Danke‹ sagen wollte, und fuhr noch ein kleines Stück, bis sie vor einem Gebäude anhielt, vor dessen Tür ein Mann mit schwarzem Haar, wohl um die 40 und, seiner dunkleren Hautfarbe nach zu urteilen, nicht österreichischer Herkunft, uns mit einem Lächeln erwartete:

»Willkommen, *gnädige* Frau!«

Wir gingen hinein und Frau Reitlinger fing an, mit ihm über die Produktion, die vielen Anfragen, die aus verschiedenen Ländern Europas und aus Amerika gekommen waren, sowie über verschiedene technische Angelegenheiten zu diskutieren. Schließlich kam sie auf mich zu sprechen. Sie gab ihm mein Bewerbungsformular und erklärte ihm, dass sie mich ins Herz geschlossen hatte und sie der Meinung wäre, dass man mich in der Fabrik aufnehmen sollte. Sie fragte ihn, ob er derselben Meinung wäre.

Herr Gürel Konul, so war sein Name, den ich mir sofort einprägte, sagte ihr lächelnd, dass es ihr Wunsch gewesen wäre, jemanden einzustellen, und wenn sie das wünschte, wäre er derselben Meinung.

Nach einiger Zeit kehrten wir zum Eingang zurück, wo sie mich der Verwaltungschefin vorstellte, eine blonde Frau, bei der ich nicht wusste, ob ihr Lächeln von Herzen kam oder ob sie sich angewöhnt hatte, immer zu lächeln, wenn ein Vorgesetzter etwas zu sagen hatte.

Ich blieb noch kurz bei der Verwaltungschefin, und nachdem ich einige Formulare ausgefüllt hatte, erklärte sie mir, dass es bereits Ende des Jahres sei und die Fabrik während der Weihnachtsfeiertage geschlossen sein würde. Daher sollte ich besser erst am 2. Jänner anfangen.

Ich verließ die Fabrik und begann, die Gebäude des Herrenhauses zu besichtigen. Eine Ruhe überkam mich, und das einzige Geräusch, das zu mir drang, war das Rascheln der trockenen Blätter unter meinen Füßen.

Als ich das Firmengrundstück verließ, ging ich Richtung Hauptstraße, um den Ort, an dem ich Monate später wohnen sollte, zu erkunden. Die einzigen Menschen, denen ich begegnete, war ein Ehepaar mit einem kleinen

Hund, der an einer roten Leine angebunden war. Alle anderen mussten wohl in der Arbeit sein. Ich ging zur Zugstation und wartete, bis ich das Signal des Zuges hörte. Ich bereitete mich darauf vor, zurückzufahren, woher ich gekommen war – zur ›Kreuztanne‹.

4

Mir war damals nicht bewusst, dass dies der Grundstein für mein neues Leben sein sollte.

Der Gedanke, dass ich eine Arbeit gefunden hatte und bald beginnen würde, sorgte dafür, dass ich mir keine Sorgen mehr über meine Zukunft machte. Es wurde für mich weniger wichtig, ob ich in einer großen Stadt lebte oder irgendwo inmitten von Bergen.

Ich hatte gehört, dass jene, die in große Städte gegangen waren, dort nur kleinere Anstellungen gefunden hatten, die sie beinahe jede Woche wechselten. Ich beruhigte mich selbst, indem ich mir sagte, dass so etwas in einer großen Fabrik nicht passieren würde.

Ich dachte an meine ersten Tage im Gasthaus ›Kreuztanne‹ zurück, etwa zwei Monate vor meinem Treffen mit Frau Reitlinger, die völlig belanglos verlaufen waren. Damals wollte ich gar nicht so genau wissen, wo ich gelandet war. Ich glaubte, mein Aufenthalt hier wäre nur vorübergehend, bis man mich woanders unterbrachte, so wie es auch im Lager Traiskirchen gewesen war, wo ich am 21. Juli 1991 angekommen war.

Nach Österreich zu kommen, war meine Entscheidung gewesen. Es war nicht so, als ob ein Österreicher nach Vlora gekommen wäre und mir gesagt hätte: »Komm, wir brauchen dich.«

Als ich am Bahnhof Traiskirchen ankam, fragte ich die erstbeste Person auf Italienisch, wo das ›Campo Profughi‹ sei. Schnell verstand ich, dass es egal war, ob ich

Italienisch, Albanisch oder Chinesisch sprach, da die meisten Menschen hier nur Deutsch oder ab und zu ein wenig Englisch sprachen. Ich fragte den nächsten, der wieder nicht verstand, was ich sagte, jedoch an meinem ermüdeten Gesicht und meinen zerzausten Haaren, meiner Kleidung und ganz besonders an meinem erschrockenen Blick erkannte, wonach ich suchte. Er gab mir mit Zeichen zu verstehen, dass ich ihm folgen solle.

Nach dreihundert Metern hielten wir vor einem riesigen Stahltor, hinter dem man eine grüne Wiese mit großen Bäumen erkennen konnte, auf der Männer, Frauen, Jungen und Mädchen, vor allem aber kleine Kinder spazierten. Nach fast dreißig Stunden Fahrt war ich am erträumten Ort angelangt.

Ich stellte mich bei der Polizei vor, die vor den Torbögen Posten bezogen hatte, und zeigte ihnen meinen Ausweis, den sie von allen Seiten begutachteten und mir danach einige Formulare reichten, die glücklicherweise auf Albanisch waren. Sie riefen jemanden an und es dauerte nicht lange, bis ein Mann um die 40 mit langen, zu einem Zopf zurückgebundenen Haaren erschien. Er führte mich auf die Wiese und gab mir ein Zeichen, dass ich warten sollte, bis er zurückgekommen war.

Ich setzte mich auf die Wiese. Plötzlich überkam mich eine schwere, alles ausfüllende Müdigkeit, und ich legte mich hin. Ein tiefer Schlaf kroch durch meinen Körper und ich schloss meine Augen so fest, als hätte sie mir jemand zugeklebt. Ich hörte Stimmen in verschiedenen Sprachen und verstand nicht, wo ich mich befand. Schließlich öffnete ich die Augen und blickte zu einer Gruppe Jungen und Mädchen hinauf, die aussahen, als wären sie Osteuropäer. Sie sahen, dass ich aufgewacht war, und lächelten mich an. Ich versuchte, mich zu orientieren, und drehte den Kopf von links nach rechts. Ich sagte zu einem Jungen, dass ich Durst hätte und etwas trinken wollte, doch dieser verstand mich nicht. Mir fiel ein, dass Wasser auf Englisch ›water‹ hieß, doch ich wusste nicht mehr, wie ich es aussprechen sollte, vermutlich wegen der prallen Sonne, die mir auf den Kopf geknallt war wie tausend Schläge. Doch er verstand und hielt die Hand an seinen Mund, wie man es macht, wenn man zum Brunnen geht und Wasser trinkt.

Ich nickte dankbar und lachte über die Art, in der er mir meine eigenen Worte erklärte. Er stand auf und gab mir zu verstehen, dass ich ihm folgen sollte. Er führte mich zu einem Brunnen, der aus der Wiese stand, und dort beugte ich meinen Kopf, formte meine Hände zu einem Trichter und trank wer weiß wie viele Liter Wasser. Ich hörte erst auf, als mein Bauch zu schmerzen begann.

Ich kehrte zu dem Platz zurück, an dem mich der Mann zurückgelassen hatte. Schon von Weitem sah ich ihn auf mich zukommen. Wir gingen gemeinsam in den dritten Stock eines sehr großen Gebäudes, und weiter einen langen Gang entlang, an dem zu beiden Seiten viele ebenso lange Räume lagen, in denen ich Leute erkennen konnte, die in Betten lagen oder an Fenstern standen, und von denen ich nur schwer sagen konnte, woher sie kamen.

Vor einer Tür blieben wir stehen. Er ging in ein Lager, aus dem er mir Bettwäsche und Polster, einige Handtücher und einen Beutel mit Seife, Zahnbürste und Zahnpasta brachte. Ich nahm die Sachen und ging in das Zimmer, das er mir zugewiesen hatte. Ein paar Menschen lagen bereits in ihren Betten. Stehend wartete ich, ob ich vielleicht ein Wort Albanisch vernehmen würde, doch ich begriff schnell, dass dies nicht passieren würde. Wahrscheinlich war es besser so, denn ich wollte nur schlafen und mich sammeln.

Das Zimmer, in dem ich schlief, war mit Stockbetten ausgestattet. Ich teilte es mit ungefähr zwanzig Leuten, von denen jeder in seiner eigenen Sprache über seine eigenen Sorgen sprach. Ich entschied mich, im unteren Bett zu schlafen, damit mich das Licht der Lampe nicht blendete. Ich war nicht sicher, ob es jemals abgedreht wurde.

Dann begann mein Leben in Traiskirchen. Die Essenszeiten waren strikt geregelt, ich war gezwungen, rasch zum Frühstück zu gehen, denn danach nahm ich den Zug nach Wien oder in die umliegenden Städte und wusste nie, ob ich zu Mittag rechtzeitig zurück wäre oder die Mensa geschlossen vorfinden würde.

Das Leben im Flüchtlingslager war schwer und häufig deprimierend, wenn man sich vorgestellt hatte, man würde in Österreich Walzer und schöne Musik wie beim Neujahrskonzert vorfinden.

In Gedanken malte ich mir Bunteres, Fröhlicheres aus. Ich wusste, mein Aufenthalt war nur vorübergehend, bis sie einen anderen Platz für mich finden würden, an dem ich mein neues Leben beginnen konnte.

Am Morgen des 5. August stieg ich schließlich in einen weißen Minibus. Man sagte mir, dass ich, wie alle anderen, die im Hauptgebäude registriert worden waren, in eine der umliegenden Städte umverteilt werden würde.

Wir fuhren eine Straße entlang, die an der Stadt Baden vorbeiführte, um sich in den Wäldern des Helenentals zu verlaufen, bis wir uns nach einer halben Stunde auf der Autobahn befanden. Die Schilder zeigten mir, dass wir uns in Richtung Linz, Salzburg und ›D‹ befanden. Jedes Mal, wenn sich ein neues Schild auftat, drehte ich den Kopf und lächelte die Mitfahrenden an, weil sich in meinem Kopf die Idee formte, dass wir in eine dieser Städte kämen, von denen ich zumindest schon gehört hatte. Nach ungefähr einer Stunde verließ das Auto die Autobahn und fuhr auf eine Bundesstraße ab, wo zunächst einige Dörfer an uns vorbeirauschten, die immer kleiner wurden, doch bald sahen wir nur noch Berge, Täler, einzelne Häuser, zu denen Autos in verschiedensten Farben gehörten, und weidende Kühe.

Wir sahen einander an und begriffen, dass diese Straße uns weder nach Linz noch nach Salzburg oder in eine andere Stadt bringen würde, begruben den Gedanken daran und ließen fortan das Schicksal entscheiden, wohin wir kommen würden. Nach einer langen, steilen und kurvenreichen Straße hielt das Auto an. Gegenüber von uns lag ein zweistöckiges Haus.

Es war ein heißer Tag und wir dachten, der Fahrer hätte angehalten, um eine Flasche Wasser zu holen, doch er stieg mit einem blauen Ordner aus und setzte sich an einen Tisch im Schatten des Hauses, um mit einer Frau zu sprechen, die uns offenbar bereits erwartet hatte, denn sie stand mit einem weißen Papier in der Hand neben dem Haus, ging zum Fahrer und setzte sich neben ihn. Es verging nicht viel Zeit, bis sie eine Tasse Kaffee und Wasser für ihn holte und zusammen verlasen sie Namen, unter denen ich auch meinen hörte. Nach einigen Minuten kam der Fahrer zu uns. Wir hatten uns schon zusammengerottet und musterten die Berge mit den dichten Wäldern. Er sagte uns, wir sollten unsere Sachen nehmen und in das Gebäude gehen.

Wir sahen einander an und verstanden nicht, wer gemeint war und welche Sachen wir nehmen sollten, da jeder von uns nicht mehr als einen kleinen Beutel bei sich trug. Er begann erneut, Namen vorzulesen, und uns wurde klar, dass nur wir fünf Albaner hier untergebracht werden würden und die zwei anderen, von denen ich weder Namen noch Herkunft verstand, ihre Reise weiter hinter den Berg fortführen würden.

Ich ging zum Auto und holte mein Sackerl, in dem sich einige Unterhosen, eine Zahnpasta und Zahnbürste sowie eine Packung Aquarellfarben mit Pinsel befanden, die mir mein Onkel aus Amerika geschickt hatte, bevor ich meine Reise nach Österreich angetreten hatte. Weil es Mittagszeit war, blieben wir ein wenig draußen bei den Tischen, bis ein Mann mit dichten Locken und einer soldatenhaften Stimme zu uns kam und sagte: »Essen«, ein Wort, dessen Bedeutung wir schon in Traiskirchen gelernt hatten.

Wir gingen einer nach dem anderen hinein, als Artur, ein Junge aus Korça, noch einmal den Kopf zu den Bergen und dem Wald drehte, in deren Mitte einige Wolken schwebten, und zu mir sagte: »Ich glaube, wir sind in einem Flugzeug.«

Die erste Nacht schlief ich tief und fest. Nach so vielen Tagen in großen Zimmern, voller Lärm und Zigarettenrauch und unter vielen Menschen, deren Gespräche in verschiedensten Sprachen bis in die Früh hinein nicht abbrachen und wo das Licht nie abgedreht wurde, sollte ich schlussendlich mein Zimmer mit Edmond, einem anderen jungen Mann aus Korça, teilen.

Auf den Betten fanden wir Bettdecken. Vor dem Schlafengehen entfernten wir diese und öffneten das Fenster, da wir die Nächte Traiskirchens gewohnt waren, die ebenso heiß waren wie die Tage. Doch mitten in der Nacht wachte ich auf, schloss das Fenster und holte meine Decke, weil ich von der Bergluft fror.

Ich wurde früh munter, und nachdem ich eine Weile im Bett gelegen hatte, ging ich hinaus.

Anfangs setzte ich mich an einen Tisch im Garten und merkte, dass die Sonne bald aufgehen würde, da die Spitzen der Bäume bereits in sanftes Licht getaucht waren. Kurz danach kam die Sonne vollständig heraus und erhellte das ganze Tal, bis hin zu einer grünen Wiese, an deren Rand ein dichter Wald begann und vor dem ein Traktor stand.

Ich erhob mich und ging ziellos herum, als meine Beine mich plötzlich Richtung Straße trugen.

Ich begann, die Straße nach oben zu steigen, und nach ungefähr hundert Metern kam ich an einem Punkt an, von dem aus die Straße in drei verschiedene Richtungen verlief.

Eine führte steil nach unten, die andere verlief über einen Berg nach oben und die dritte war jene, von der ich gekommen war, sie war noch steiler als die anderen. Einige Meter weiter sah ich Schilder, die mir verrieten, wohin die Straßen führten: Die Straße, von der ich gekommen war, führte in das fünf Kilometer entfernte Sankt Anton/Jeßnitz. Die Straße nach unten führte nach Frankenfels, ebenfalls fünf Kilometer entfernt, und die Straße nach oben führte nach Puchenstuben, auch dieser Ort war fünf Kilometer entfernt.

Ich blieb einige Zeit lang stehen, um herauszufinden, in welche Richtung die meisten Autos fuhren, denn dort müsste auch der Ort mit den meisten Einwohnern sein. Nachdem ich einige Zeit an dieser Stelle verweilt hatte, den Blick auf die Berge und Täler gerichtet, umfangen von einer Stille wie in einem Aufwachzimmer, merkte ich, dass nach einer halben Stunde noch immer kein einziges Auto an mir vorbeigefahren war. Ich drehte meinen Kopf in alle Richtungen, um zu sehen, ob aus der Ferne ein Auto kommen würde, doch ich sah nichts als die stummen Wegweiser.

Schnell begriff ich, dass das Schicksal nicht großzügig mit mir gewesen war und dass meine Vorstellungen über ein aufregendes Leben in einer großen Stadt, mit Theater, Kinos, breiten Straßen mit vielen bunten Autos, voller Parks und Skulpturen, in denen Herren Frack trugen und Frauen Hüte voller Federn, an diesem Tag, dem 5. August, wie mit einem Radiergummi ausgelöscht worden waren. Ich befürchtete, dass es sehr mühsam sein würde, hier Arbeit zu finden, und dass ich ohne einen Funken Glück wenig Chancen hätte.

Für mich hatte nun eine neue Ära begonnen, in der mich Ideen und Fantasien in diesem unbekannten Terrain leiten würden, und der Rest wäre das Ergebnis unermüdlicher Arbeit voller Courage, um dorthin zu gelangen, wo ich hinwollte und wofür ich Albanien verlassen hatte.

Ich kehrte zum Hotel zurück und versuchte die Gedanken, die sich geformt hatten, als ich diese drei leeren Straßen beobachtete, zu verdrängen. Ich fing an, mir gut zuzureden, dass dies nur der Anfang sei. Egal, wie hart er sein würde, es war eben nur der Anfang. Wie jeder

Anfang lag auch in diesem eine Ungewissheit, doch im Gegensatz zu einem Neuanfang auf bekanntem Terrain lag dieser so weit außerhalb meiner Vorstellungen, die ich mir in Vlora ausgemalt hatte. Ich hatte, sprichwörtlich, die ›Rechnung ohne den Wirt gemacht‹, als ich mein ganzes Leben lang davon träumte, eines Tages an der ›Piazza di Spagna‹ oder ›Via Margutta‹ in Rom zu leben.

Ich setzte mich auf einen Stuhl im Garten und starrte auf die großen Berge, die sich vor mir erhoben, arrogant, überheblich und muskulös, als wollten sie mir zeigen, dass sie die Herren dieses Ortes waren und ich tun und lassen müsse, was sie wollten. Ich fühlte mich im Vergleich zu ihnen schwach und ausgeliefert, und in meinem Blick lag eine Bitte um eine Gnadenfrist. Sie mochten mir noch ein wenig Zeit geben, bis ich mich erholt hatte. Dann würde ich mich mit ihnen messen.

Mein Blick schweifte von den Bergen ab, und ich begann, darüber nachzudenken, was ich tun würde, wenn hier bald Schnee und Kälte hereinbrechen würden, an die ich nicht gewohnt war. So blieb ich dort sitzen, bis die anderen kamen. Als sie sich neben mir niederließen, richteten auch sie ihre Blicke auf die Berge und den Wald, ohne etwas zu sagen, und ab und zu sahen wir einander an, bis wir nach einiger Zeit mit einem schiefen Lächeln aufstanden, weil aus dem Gasthaus ein tiefer Ruf erklang: »Essen!«

5

Das Gasthaus ›Kreuztanne‹ war ein zweistöckiges Gebäude mit einem Garten. Die Wiese des Gartens wuchs direkt aus dem harten Asphalt empor. An einer Seite wurde der Garten von einem Lokal begrenzt, vor dem einige Tische und Stühle standen, sowie rote und gelbe Schirme, auf denen ›Coca-Cola‹ und ›Almdudler‹ zu lesen war.

Während an der Frontseite des Gebäudes die Straße nach Sankt Anton/Jeßnitz verlief, lag die Rückseite am Rande eines Tals, in dem sich ein Wald erstreckte.

Im Gebäude befand sich auf der rechten Seite eine Wirtsstube, in der man an kalten oder regnerischen Tagen, unabhängig von der Jahreszeit, verschiedenste Menschen ein- und ausgehen sah.

Auf der anderen Seite befand sich ein Raum, dessen Tische mit rot karierten Tüchern gedeckt waren und der als Esszimmer fungierte. Dort stand auf einer Kommode der Fernseher, der an vielen Tagen den Mittelpunkt unserer kleinen Gemeinschaft bildete.

Am Tag unserer Ankunft sagte man uns, dass dieser Raum mit dem Fernseher unser Raum sei und wir dort sitzen konnten, wann immer wir wollten. Dieser Raum war mit der Wirtsstube durch einen Gang verbunden, in dem das einzige Telefon im Haus auf einem Kasten thronte. Der Gang führte weiter in die Küche, neben der sich die Stiegen in den ersten Stock befanden, wo unsere fünf Schlafzimmer untergebracht waren, und am Ende dieses Ganges befand sich ein großes Badezimmer.

Eine braune Tür deutete den Aufgang in den zweiten Stock an, in dem die Hausherren wohnten, doch dorthin hatten wir keinen Zutritt.

Die Tage im Gasthaus ›Kreuztanne‹ verliefen sehr monoton.

Im Gegensatz zu anderen Gasthäusern, die Leute aus Südosteuropa aufgenommen hatten, waren wir in der ›Kreuztanne‹ nur zu acht, was einem das Gefühl einer kleinen Familie gab.

Die Inhaber, Fritz und Annemarie Hinteregger, waren typische Österreicher, und Annemarie bemühte sich zu zeigen, dass sie moderner und belesener als ihr Mann war.

Sie hatten drei Töchter, von denen eine Isolde hieß, noch sehr jung war und bei ihren Eltern wohnte. Sie ging in der Nähe zur Schule. Die anderen zwei, Daniela und Monika, lebten und arbeiteten weiter entfernt.

Außerdem wohnte in der ›Kreuztanne‹ noch die Mutter von Fritz, Pauline, deren Stimme ich während meines ganzen Aufenthaltes nur wenige Male vernahm. Sie stand früh auf, setzte sich auf die Bank der Busstation gegenüber dem Gasthaus und weckte den Eindruck, sie würde auf jemanden warten. Anfangs dachte ich, dass sie tatsächlich auf jemanden wartete oder mit dem Bus wegfuhr, doch als ich sah, dass die Busse kamen und fuhren und sie noch immer dort saß, verstand ich, dass sie auf niemanden wartete und auch nicht vorhatte, wegzufahren, sondern sich an diese Haltestelle setzte, weil sie mit ihr wohl gewisse Erinnerungen verband.

Da unsere Deutschkenntnisse begrenzt waren, verknüpften wir den Namen des Gasthauses, ›Kreuztanne‹, mit dessen Lage, die sich an der Kreuzung Sankt Anton/Jeßnitz, Frankenfels und Puchenstuben befand.

Ungefähr einen Kilometer entfernt lag ein Ort namens Winterbach und einige Meter weiter eine Zugstation, von der aus Züge nach Mariazell oder St. Pölten, die Hauptstadt des Bundeslandes, in dem wir lebten, fuhren. Doch diese Züge nutzte ich nie, denn das Schicksal verschlug mich nicht an diese Orte.

Bei näherer Betrachtung der Umgebung fielen einem keine Unterschiede auf. Anfangs dachten wir, es gäbe viel Kundenverkehr im Gasthaus. Immerhin lagen viele Ortschaften in der Umgebung und direkt daneben verlief eine Straße, von der vielleicht der eine oder andere abfahren würde, um eine Pause einzulegen und ein Mittagessen, einen Kaffee oder ein Bier zu sich zu nehmen.

Zudem hofften wir darauf, dass eines Tages jemand kam, der die Möglichkeit hatte, uns anzustellen, oder zumindest wusste, wo es Firmen gab oder einen Tipp für uns hatte, wie wir in den umliegenden Orten Arbeit finden konnten.

Jedoch verstanden wir bald, dass der Zufall wahrhaftig der Herr über unsere Situation war und dass abgesehen von uns, die dort lebten, nur dann und wann jemand mit dem Auto anhielt oder gelegentlich jemand aus dem Dorf kam, der im Wald holzhacken gewesen war, und sich kurz mit den Besitzern unterhalten sowie eine Erfrischung zu sich nehmen wollte.

Uns kam zu Ohren, dass sich die Zone, in der wir lebten, in den Alpen befand, und dass es ein wenig weiter Skipisten und Hotels gab, die im Winter voller Einheimischer und Touristen waren.

Ende August strahlte die Umgebung in einem Grün, dessen Intensität ich noch nie zuvor gesehen hatte, und es dauerte nicht lange, bis es von einem Gelb verdrängt wurde, dieses später von Ocker, dann trat ein Orange an seine Stelle und schließlich ein Dunkelrot, bis die Blätter Anfang Dezember hinunterfielen, um von Weiß bedeckt zu werden. Doch zu dieser Zeit war der Schnee noch weit entfernt und ich konnte mir seine Ausmaße kaum vorstellen.

Es hieß, dass die Gegend aus mehreren kleinen Dörfern bestand und am Rande der Bundesstraße 25 lag, die gleich bei der Autobahn Wien–Salzburg begann und bis ins Herz der Steiermark führte, von deren Hauptstadt Graz ich schon gehört hatte, da es dort eine Universität gab, in der viele berühmte Albaner studiert hatten.

Entlang dieses Straßenverlaufs, der ein wichtiger Teil der ›Eisenstraße‹ war, eine Strecke entlang verschiedener Städte, die während der österreichisch-ungarischen Monarchie für die Stahlproduktion zuständig gewesen waren, lag Scheibbs, mit ungefähr 4.000 Einwohnern die größte Stadt, die wir am öftesten zu Gesicht bekamen.

Die Stadt wirkte auf uns, als hätte sie mindestens 20.000 Einwohner, denn die Häuser bestanden aus zwei oder drei Stockwerken, in denen jedoch bloß ein oder zwei, in seltenen Fällen, wenn die Kinder noch zur Schule gingen, höchstens vier Personen lebten. Von der Hauptstraße aus, besonders nachts, leuchteten die Lichter der Häuser bis zum Berg hinauf. Die Stadt lag am Fluss Erlauf, der aus dem gleichnamigen See entsprang. Dieser lag in der Nähe der Stadt Mariazell und mündete in die Donau. Man sagte uns, dass der Fluss Erlauf besonders wild war und dass er, sobald im Frühjahr der

Schnee schmolz, seine ›Muskeln‹ zeigte und alles überschwemmte, was sich ihm in den Weg stellte.

Scheibbs war ungefähr zwölf Kilometer von unserem Hotel entfernt und der Verwaltungssitz. Wir fuhren häufig hin, da dort das Gebäude der Bezirkshauptmannschaft stand, in der wir unsere Aufenthaltsgenehmigung oder Dokumente abholen mussten. Ebenfalls in Scheibbs war das Arbeitsamt, wo wir jede Woche nach einer Anstellung suchten oder hingingen, um Monika zu treffen, eine Frau, die unsere Bewerbungsunterlagen ordnete und uns dabei half, uns am Arbeitsmarkt zu orientieren.

In Scheibbs gab es Geschäfte, Cafés, Autohändler und zwei Kirchen, von denen die größere am Hauptplatz stand. Am Stadtrand lagen eine steinerne Brücke, die man ›Römerbrücke‹ nannte, sowie ein Krankenhaus und ein Friedhof.

Scheibbs vermittelte einen aristokratischen Eindruck und die Bewohner wirkten auf den ersten Blick so, als wären sie jene Menschen, die sich nur um ihre eigenen Angelegenheiten kümmerten.

Die Idee, dass sie noble Leute seien, fixierte sich so sehr in unseren Köpfen, dass ich hin und wieder zu den Bauern, die ins Gasthaus kamen und sehr hochnäsig waren, sagte: »Aber bitte, kommen Sie runter. Sie sind doch nicht aus Scheibbs!«

Viele Jahre später, als ich nicht mehr in dieser Gegend lebte, sollte ich hören, dass ein berühmter österreichischer Sänger ein Lied namens ›Von Scheibbs bis nach Nebraska‹ geschrieben hatte. Ich wusste nicht, wieso er diese zwei Orte für sein Lied ausgewählt hatte, aber eines Tages hörte ich das Lied in einem Restaurant. Ich sprach den erstbesten Mann am Tisch gegenüber auf das Lied an.

Er sah mir in die Augen, lächelte und sagte:

»In Scheibbs war ich schon mal. Aber wie heißt der andere Ort?«

»Nebraska«, sagte ich.

»Wo befindet sich Nebraska?«, fragte er mich.

»In Amerika«, antwortete ich.

Er senkte den Blick, dachte nach und ergänzte schließlich: »Dort bin ich noch nie gewesen«, nahm die Bierflasche und trank weiter.

Etwas weiter von Scheibbs entfernt lag die Ortschaft Purgstall, in der ich nur gelegentlich zu tun hatte, und noch ein Stück weiter Wieselburg, woher das berühmte Bier seinen Namen hat und mir oft als das beste Bier angepriesen wurde, und noch etwas weiter, bei der Autobahn, war die Stadt Ybbs an der Donau, etwas größer als die übrigen.

Auf der anderen Seite von Scheibbs fand sich der Ortsteil Neubruck, wo früher dank einer Papierfabrik eine rege industrielle Entwicklung stattgefunden hatte. Sie war bis Mitte des 19. Jahrhunderts die modernste Fabrik Europas gewesen sowie führend in der technologischen Entwicklung. Ihr Inhaber war der mächtigste Papierindustrielle in der ganzen Donaumonarchie gewesen. Von der Hauptstraße sah man nur noch verlassene Gebäude und Schornsteine und als wir näherkamen, fanden wir die Fabrik leer vor.

Die Hauptstraße verlief weiter bis zum Dorf Kienberg, das durch die Fabrik und die Firma ›Heiser‹, die Gas- und Sauerstoffflaschen für Krankenhäuser produzierte, gewachsen war.

Von der Ausfahrt Kienberg führte die Straße weiter nach Gaming, einem kleinen Ort mit einer Kartause, die wegen ihres berühmten Namens häufig besucht wurde. Schließlich führte die Straße einen Berg hinauf bis zur Stadt Lunz, die am gleichnamigen See lag und einen magischen Ausblick bot.

Einmal hörten wir, dass etwas weiter eine große Eisenfabrik stand. Doch unsere Hoffnung auf Arbeit wurde enttäuscht, denn sie lag zu weit entfernt. Die Fahrt dorthin würde zu lange dauern, es gab keine Zugverbindung und wir hätten darauf hoffen müssen, dass uns jemand mit dem Auto mitnahm.

All das hörte ich im Gasthaus oder während verschiedener Unternehmungen, um Arbeit zu finden. An solchen Tagen standen wir am Straßenrand und hielten einen Daumen hoch, und ab und zu hielt jemand an, der in dieselbe Richtung fuhr, uns mitnahm und unterwegs über die Orte erzählte, während wir auf einem Notizblock mitschrieben, was für Arbeitsmöglichkeiten es gab. Wenn wir heimkehrten, erzählten wir einander davon und überlegten, ob wir all diese sagenhaften Orte aufsuchen sollten, und ob wir an einem von ihnen vielleicht Arbeit finden würden.

6

Noch Tage nach meiner Ankunft im Gasthaus ›Kreuztanne‹ wusste ich nicht, wo dieser Ort sich auf der österreichischen Landkarte befand oder wie die nächstgelegene Stadt hieß.

Ich hörte, dass in der Nähe die Stadt Sankt Anton/Jeßnitz sei, welche am Ufer des Flusses Jeßnitz lag. Also nahm ich gleich am ersten Tag das Telefon und rief zu Hause an, um zu erzählen, ich wohne nun in Sankt Anton.

Nur so viel war notwendig, damit meine Schwester, nachdem sie aufgelegt hatte, im Stiegenhaus und überall, wo sie bekannte Gesichter finden konnte, Nachbarn und Freunden davon berichtete, dass ich gesund und munter in ›San Antonio‹ angekommen sei, während sie es aussprach, als wäre es irgendeine Stadt in Italien, von wo die meisten Neuigkeiten über die Geflohenen herkamen. Daraufhin ließen die Menschen aus meinem Heimatort ihrer Fantasie freien Lauf und verbanden den italienischen Namen mit dem Musikverein in Wien, um hie und da, beim Tratschen in Cafés oder während sie am Markt Schlange standen, zeigen zu können, dass sie über alles so gut informiert waren, als hätten sie gerade persönlich mit mir telefoniert und ich hätte ihnen über ausgedehnte Spaziergänge in eleganter Kleidung erzählt. Sie wäre nicht zu vergleichen mit jener Kleidung, die ihnen aus Griechenland zugeschickt wurde, sondern war richtig ›österreichisch‹, wie auch immer eine solche Kleidung aussehen mochte, und mit dieser Kleidung ging ich durch Gassen, die voller Geschäfte waren, oder ich saß am Rande irgendwelcher Brunnen, umgeben von Skulpturen, Blumen und Tauben, während ich ein kühles Bier trank.

Doch die Wahrheit sah anders aus: Eigentlich war Sankt Anton ein kleines Dorf und wie alle österreichischen Dörfer war der Hauptplatz umgeben von einer Kirche, einem Gemeindeamt, einem Arzt, einem Greißler und von zwei- oder dreistöckigen Häusern mit Spitzdächern und Balkonen mit Blumen in allen Farben.

Vom Gasthaus bis zum Ort ging es steil bergab und der Weg hinunter war nie so problematisch wie der Weg zurück, doch weil wir nicht oft hinmussten, verbrachten wir die meiste Zeit im Gasthaus, wo wir uns nach dem Frühstück raus auf die Terrasse setzten und den Geschichten lauschten, die jene erzählten, die kamen, um etwas zu essen oder zu trinken. Sie erklärten uns, wie wir uns bei einem Arbeitgeber präsentieren sollten, oder wo wir Arbeit finden konnten.

In den Händen hielt jeder von uns ein Deutschwörterbuch in der Sprache, die er am besten sprach, und wenn wir etwas nicht verstanden, schlugen wir darin nach, um so den Zusammenhang zu verstehen.

Eines Tages kam Artur, der irgendwo eine Redewendung aufgegabelt hatte, und uns erzählte, dass wir die Chefin, weil sie eine Frau war, mit ›Sehr geehrte Frau‹ ansprechen sollten. Wenn sie aber eine ältere Dame war, sollten wir ›Gnädige Frau‹ sagen, und noch eine Spur eleganter mussten wir sein, wenn es sich um eine junge Frau handelte, denn in diesem Fall sollten wir ›Fräulein‹ sagen.

In unserem Hotel war außer uns fünf Albanern – Çim, einem jungen Mann aus Tirana, Artur, Albert und Edmond, die alle drei aus Korça kamen, und mir – noch ein Serbe mit dem Namen Slavomir, den wir kurz ›Sllavo‹ nannten.

Außerdem gab es noch ein Paar aus Rumänien, das ein kleines Kind hatte.

Der Serbe blieb immer für sich allein mit einer großen Tasse Kaffee in der Hand, sodass ich das Gefühl hatte, er musste irgendwo eine große Kanne Kaffee versteckt halten, weil er seine Tasse nie aus der Hand gab.

Er näherte sich uns nur, um uns irgendwelche Verdächtigungen oder Gerüchte über die Hausherrin Annemarie zu erzählen, und ging dann wieder zu seinem Platz.

Anfangs unterhielt sich Çim, der Junge aus Tirana, mit ihm, weil er ein wenig Serbisch sprach und wir kein Deutsch verstanden. Die Inländer konnten seinen Namen, Shkelqim, nicht aussprechen, also fragten sie ihn nach seinem Spitznamen, und er sagte, sie könnten ihn ›Çim‹ nennen. Doch, weil die Österreicher den Buchstaben ›Ç‹ nicht aussprechen konnten, sagten sie ›Cim‹, und er fühlte sich unwohl.

Eines Tages schlug ich ihm vor, er sollte behaupten, seine Freunde würden ihn ›Jim‹ – wie Jim Morrison – nennen, und als er abends von Scheibbs zurückkam, sagte er mir, dass sie seinen Namen nun leichter aussprechen konnten und die Aussprache viel schöner klang.

Im Jänner 1991 wollte Jim Albanien verlassen, doch als er den Kosovo betrat, wurde er von serbischen Patrouillen verhaftet und in ein Gefängnis in Belgrad gesperrt, wo er nach drei Monaten mit einigen anderen die Chance ergriff und floh.

Er sagte Gefängnis, doch ich glaube, dass es ein Flüchtlingslager war und nicht ein Gefängnis wie in Albanien, wie jene fürchterlichen in Spaç oder Burrel, in denen meine Verwandten während des kommunistischen Regimes inhaftiert gewesen waren. In Belgrad hatte er ein wenig Serbisch gelernt, damit kommunizierte er mit Sllavo, wenn dieser zu uns kam und etwas über das Gasthaus ›Kreuztanne‹ erzählte, das wir seiner Meinung nach wissen sollten.

Ich weiß nicht, wieso, aber ich hatte das Gefühl, er habe Angst vor uns und bemühte sich darum, nicht zu viel mit uns in Kontakt zu treten. Er wohnte bereits auf der anderen Seite des ersten Stocks, als wir ankamen, und er wollte uns den Eindruck vermitteln, er wüsste viele Geheimnisse über das Gasthaus.

Es kam vor, dass samstags ein Mann namens János, ein Ungar, der vor uns hier gelebt hatte, vorbeikam. Scheinbar wusste er nicht, wie er seine Samstagnachmittage verbringen sollte, und wenn er mit der Arbeit fertig war, begab er sich rauf zum Gasthaus ›Kreuztanne‹. Wenn er kam, begrüßte er Annemarie und setzte sich stets an denselben Tisch, der scheinbar sein Stammtisch war, wo er wartete, bis Annemarie kam, mit der er sich lange unterhielt.

Sllavo, der mit der Tasse in der Hand an seinem Platz saß und aus dem Augenwinkel alles beobachtete, kam sofort zu uns, als er sah, dass János und Annemarie in den zweiten Stock des Hauses gingen, und erzählte uns, dass János Annemaries Geliebter sei.

Anfangs, als wir noch nicht mit ihm ins Gespräch gekommen waren, dachten wir, dass er mit seiner Art, genau dort zu sitzen, wo er alle Ein- und Ausgänge beobachten konnte, sicherlich ein Spion der jugoslawischen Geheimpolizei UDBA sein musste, denn obwohl wir noch nie zuvor einen Serben gesehen hatten, waren wir der Meinung, dass er das passende Gesicht dafür hatte.

Doch im Verlauf der Zeit merkten wir, dass er das Hotel so gut wie nie verließ und dass ihn auch niemand anrief, also verdrängten wir den Gedanken an den möglichen Spion und dachten: »Was für ein Spion könnte das schon sein, der das Gasthaus nie verlässt? Was sollte er außerdem ausspionieren? Die Höhe der Berge rundherum, oder was Annemarie so treibt?«

Schnell begriffen wir, dass er schlichtweg faul war und obwohl er groß war wie ein ›serbisches Pferd‹, wie man in Albanien leicht spöttisch zu sagen pflegt, arbeitete er nicht und lebte von dem Bundesbetreuungs-Taschengeld.

Eines Tages saß ich im Garten und sah, wie sich Sllavo näherte, den Oberkörper vornüber beugte, nach links und rechts schaute, um sich zu vergewissern, dass niemand zuhörte, und mit leiser Stimme sagte:

»Wusstest du, dass der Vater von Fritz ein Nazi war?«

»Nein«, sagte ich, »woher sollte ich das wissen? Wir sind noch nicht lange hier.«

Meine Gedanken drehten sich um das Gesicht von Fritz, und in meinen Ohren konnte ich förmlich hören, wie er mit seiner beinahe soldatenhaften Stimme »Essen« schrie und uns damit zu verstehen gab, dass das Frühstück, Mittag- oder Abendessen bereit war.

»Doch, doch«, sagte Sllavo, er machte dabei ein furchterregendes Gesicht, und er setzte sich mit seiner Tasse Kaffee zurück an seinen Platz.

Ich drehte meinen Kopf zur Bushaltestelle auf der anderen Straßenseite. Ich sah die Mutter von Fritz auf der Bank sitzen und stellte mir vor, wie ein Wagen mit deutschen Soldaten anhielt und der Vater von Fritz, einen schwarzen Ledermantel tragend, aus einem ebenso schwarzen Volkswagen Cabrio ausstieg. Die Mutter von Fritz käme daraufhin aus dem Gasthaus, bekleidet mit einer rot-karierten Schürze, wie die Tischtücher im Speisesaal, mit einem Teller Frankfurter in der Hand, jene, die Annemarie uns manchmal zum Abendessen reichte, und gab sie den Soldaten, die sich im Garten hingesetzt hatten, ein Bier nach dem anderen tranken und Lieder sangen.

Ich begann jedoch, am Wahrheitsgehalt von Sllavos Erzählung zu zweifeln, als ich im Gemeindeamt von Sankt Anton, wo ich ein Dokument abholen wollte, eine Galerie mit Fotos der ehemaligen Bürgermeister sah und darunter den Namen ›Friedrich Hinteregger‹ las. Zurück in der ›Kreuztanne‹, fragte ich Fritz, der gerade das Kreuzworträtsel in der Zeitung zu lösen versuchte, ob Friedrich Hinteregger mit ihm verwandt sei. Er antwortete mir, ohne den Blick vom Kreuzworträtsel zu nehmen, völlig konzentriert auf die leeren Kästchen, mit einer trockenen Stimme: »Mein Vater.«

Die rumänische Familie hingegen war anders. Wir freundeten uns schnell an. Es fühlte sich an, als wären wir schon immer Nachbarn gewesen. Der Mann hieß Viorel und wurde von seiner Frau Adina kurz ›Tido‹ genannt. Ich verstand nicht, wieso sie ihn so nannte, und dachte es wäre ein rumänischer Spitzname.

Er hielt sich die meiste Zeit im Korridor des ersten Stocks auf und trug immer Jogginganzüge, die manchmal schwarz, manchmal blau und manchmal rot waren, und er rauchte ununterbrochen. Sobald ich aufwachte, merkte ich, dass er im Sessel vor meinem Zimmer saß, denn dort traf ich ihn häufig an, meist allein und ganz selten mit einem Kinderwagen neben sich.

Eines Tages brannte die Sonne besonders stark auf uns herunter und wir saßen alle, tief in unseren Gedanken verloren, im Garten an unterschiedlichen Tischen, als er plötzlich aus dem Fenster der Küche seinen großen Kassettenrekorder der Marke ›JVC‹ hielt und die süßen Klänge von ›Wind of Change‹ der Scorpions die Stille durchbrachen. Wir wandten den Kopf nicht in Richtung der Musik, sondern blickten weiterhin in die Ferne, ohne wirklich etwas anzuvisieren, und wippten lächelnd mit dem Kopf zum Rhythmus, als würde etwas in Erfüllung gehen, auf das wir gewartet hatten. Ich sah Fritz im Gang umhergehen, während er die Worte »Change, Change, Chaaange« sang. Als das Lied beinahe zu Ende war und wir immer noch auf die Berge blickten, kam er zur Tür und sagte laut:

»Essen!«

»Essen, ganz vergessen«, hörte ich Sllavo sagen, während er Fritz mit einem Blick ansah – so wild und wütend wie ein Sturm am Meer vor Vlora.

Gleichzeitig begannen wir ihn, jeder in seiner eigenen Sprache, zu beschimpfen, weil er uns diesen schönen Moment, womöglich den schönsten, den wir bis dahin, dort oben in den Bergen, erlebt hatten, mit seinem Ausruf ruiniert hatte, der uns das Essen mittlerweile schon völlig verdarb.

Die Frau von Viorel, Adina, war wirklich hübsch.

Einmal bemerkte ich, dass ihre Haare kastanienfarben sein mussten, weil ihre Augenbrauen diese Farbe hatten und sie bloß blond gefärbt waren, weil, so meine Vermutung, man ihr gesagt hatte, das würde ihr besser stehen. Obwohl sie erst vor ein paar Monaten ein Kind zu Welt gebracht hatte, wirkte sie sehr jugendlich, das wurde ihr auch durch die Reaktionen ihres Umfelds bestätigt. Sie versuchte, diesen Eindruck noch zu verstärken, indem sie Strumpfhosen und Leggings mit Blumen und Mustern trug, die ihre langen Beine und ihre schöne Figur betonten.

Eines Morgens sahen wir sie nicht beim Frühstück und hörten, dass sie eine Stelle als Sekretärin in einer Baufirma in Frankenfels erhalten hatte.

Immer öfter kam es dazu, dass wir uns hinsetzten und über das Leben in Rumänien unter Nicola Ceaușescu und über jenes in Albanien unter Enver Hoxha sprachen, doch vor allem sprachen wir über rumänische Filme, die hin und wieder in Albanien ausgestrahlt wurden, wie jene mit Kommissar Miklovan oder jener mit dem Titel ›Declaratie de dragoste‹ (›Liebeserklärung‹), der ausgestrahlt worden war, kurz bevor ich Albanien verlassen hatte, um darin übereinzustimmen, dass Rumänien viel liberaler als Albanien gewesen war. Denn Albanien war unter Enver Hoxha das totalitärste Land der Welt gewesen, völlig isoliert von der Außenwelt. So isoliert, dass sich nicht mal italienische Fische vor unsere Küsten verirrten.

Langsam merkten wir, dass auch Tido viel liberaler war, als wir uns jemals hätten vorstellen können. Bis dahin kannten wir das Wort Liberalismus nur von Parolen wie ›Kampf der Bürokratie‹ oder ›Kampf dem Liberalismus‹, die auf Wänden oder Werbetafeln in Stadien zu sehen waren.

Für ihre Arbeit brach Adina früh am Morgen auf und kehrte spätabends zurück, stets in der Begleitung eines Mannes namens Georg, der eine Brille trug und einen leichten Bart hatte.

Er parkte den Wagen stets auf dem Parkplatz der ›Kreuztanne‹, und die beiden blieben für lange Zeit im Auto. Wir bemerkten, dass Tido das nicht bekümmerte, und nach einer Weile, in der die Lichter des Autos dunkel geblieben waren, stieg sie aus dem Wagen und ging hinauf in ihr Zimmer, wo Tido auf sie wartete.

Kurz darauf kamen beide ins Wohnzimmer, wo wir gerade zu Abend gegessen hatten. Sie lachte und bestellte eine Kiste Bier, er drehte die Musik auf, und sie luden uns zu einem Fest ein.

Anfänglich dachten wir, dies geschehe aus einem besonderen Anlass oder wegen eines Familienfests, doch mit der Zeit wiederholte sich der Ablauf und wurde zu einem Ritual.

Eines Abends kam sie nicht mehr mit Georg, sondern mit einem anderen Begleiter. Wir dachten, sie hätte den Arbeitsplatz gewechselt, doch sie kam in immer anderen Autos und mit wechselnden Begleitern, war stets anders gekleidet und hatte Taschen unter dem Arm, die teuer wirkten.

Sie stieg müde aus dem Auto, ging hinauf, wo Tido wie immer wartete, in einem Sportanzug und mit einer Zigarette in der Hand, im Sessel vor meinem Zimmer.

Sie blieben nicht lange in ihrem Zimmer, bevor beide, Adina mit nassen Haaren, herunterkamen, wo wir mit dem Deutschwörterbuch in der Hand vor dem Fernseher saßen und versuchten, neue Wörter zu lernen. Tido und Adina sagten zu Fritz, er solle wieder eine Kiste Bier bringen, Tido legte eine Kassette ein, und das Fest begann erneut.

Damals begriff ich, dass Adina auf ihre eigene Art und Weise sehr bemüht war, ihre Brötchen zu verdienen.

Nichtsdestotrotz waren sie uns sympathisch, und es war uns gleich, mit wem sie abends kam und ging oder wer ihr das ganze Geld gab. Letzten Endes hatten Tido und Adina ihr eigenes Leben und wir das unsere. Im Grunde genommen wussten wir nicht, woher sie kamen oder wohin sie gingen. Sie hatten ihren Weg vor sich und wir den unseren. Für uns blieben sie sehr gute Menschen, die von Beginn an herzlich mit uns umgingen, als würden uns Jahre der Freundschaft verbinden.

Häufig dachten wir darüber nach, dass die zwei nie telefonierten, und abgesehen von einzelnen Telefonaten, die Adina mit ihren Arbeitgebern führte, hörten wir weder das Telefon für sie klingeln, noch einen von ihnen am Apparat Rumänisch sprechen, sodass wir hätten annehmen können, sie telefonierten mit ihrer Familie. Da sie uns jedoch erzählt hatten, sie kämen aus Timişoara, wo die Revolution gegen Nicolae Ceauşescu in Rumänien ihren Anfang genommen hatte, vermuteten wir, dass ihre Familie vielleicht ermordet worden war, denn sie erwähnten nie, dass sie noch Eltern oder Verwandte zu Hause hatten.

Die Tage im Gasthaus ›Kreuztanne‹ verliefen meist so, dass jeder abwechselnd Geschichten über sein Leben oder das seiner Familie erzählte, und tatsächlich waren wir eine große Familie geworden, in der jeder die Familienmitglieder der jeweils anderen bei Vor- und Nachnamen nennen konnte, und man uns auch getrost ›Familie Kreuztanne‹ nennen oder zumindest jeder von uns den Nachnamen ›Kreuztanne‹ hätte tragen können.

7

Der Oktober brachte Hoffnung auf Arbeit.

Wir verließen jeden Morgen zeitig das Gasthaus und kamen spätabends müde zurück. Nach dem Abendessen saßen wir gemeinsam im Wohnzimmer und erzählten, wo wir gearbeitet und wie viel wir verdient hatten. Danach gingen wir in unsere Zimmer und kamen nicht mehr heraus, bis wir uns frühmorgens wiedersahen, als wir uns bereitmachten, um anschließend per Anhalter zur Arbeit zu fahren.

Eines Tages war ich in Gaming um Arbeit bei einem Tischler zu suchen, als ich ein Schild sah, das in Richtung Kartause zeigte. Schon nach kurzer Zeit hatte ich sie erreicht, ging einige Male um das große und imposante Gebäude herum und erblickte schließlich eine kleine Tafel, auf der ›Restaurant‹ stand.

Wenn ich schon hier war, konnte ich auch fragen, ob es Arbeit gebe.

Ich trat ein und erkundigte mich nach dem Chef.

Am Ende des Raums stand ein Herr auf, ungefähr sechzig Jahre alt, begleitet von einem Hund mit großen Ohren. Wie alle Hunde, die in Restaurants lebten und sich keine Gedanken um ihre Nahrung machen mussten, weil sie täglich Eimer voller Reste erhielten, sah auch dieser müde aus und hatte Schlafsand um seine Augen.

Er blickte mich fragend an. Ich bemerkte, dass er kaum gehen konnte und unglaublich faul wirkte. Während ich noch immer den Hund musterte, fragte ich den

Mann, ob er vielleicht einen Arbeiter brauchte. Der Mann kraulte eine Weile seinen Bart, der bis zum dritten Knopf seines Hemdes reichte. Schließlich sagte er, dass heute ein Mitarbeiter nicht zur Arbeit erschienen sei und ich an seiner Stelle bis zum Ende der Mittagsschicht arbeiten könnte, um alles für das Abendessen vorzubereiten.

Zusammen gingen wir in die Küche, in der ein Mann und eine Frau kochten. Sie stellten sich nicht vor, sondern befahlen mir bloß, schnellstens alle Töpfe zu waschen, die in der Spüle standen. Zuhause hatten mir meine zwei Schwestern jede Hausarbeit abgenommen, und selbst hatte ich noch nie Hand an solche Töpfe legen müssen. Doch ich konnte das Geld gut gebrauchen, also krempelte ich die Ärmel hoch und machte mich an die Arbeit.

Ich sah mir die Töpfe genau an. Sie waren so riesig, dass sie sogar die großen Töpfe, die wir beim albanischen Militär hatten, übertrafen. Beim Transport von der Spüle zum Herd zitterten mir die Knie. Als ich mit den Töpfen und Pfannen fertig war, war die Mittagszeit angebrochen, und vor mir stapelten sich Berge von Tellern in verschiedensten Farben, Messer, Gabeln und Löffel. Ich fing an, abzuwaschen, doch kaum hatte ich eine Ladung fertig, wartete schon die nächste auf mich.

Es war wahrscheinlich die mühsamste Arbeit, die ich je in meinem Leben verrichtet hatte. Am Ende dieses erschöpfenden Tages steckte ich mein Geld ein. Als ich endlich in meine Jacke schlüpfen wollte, sagte mir der Chef, dass die Arbeit morgen um 10:00 Uhr beginnen würde. Ich antwortete ihm, dass ich morgen woanders sein müsste. Danach verließ ich das Restaurant, wartete allein auf den Bus, der nach Neubruck fuhr, stieg dort aus und wartete weiter am Straßenrand, ob mich jemand zur ›Kreuztanne‹ mitnehmen würde.

Für eine Weile war kein Auto zu sehen, also begann ich, mich zu Fuß auf den Weg zu machen. Ich hatte noch keine drei Kilometer zurückgelegt und Sankt Anton noch nicht erreicht, als ein Auto neben mir hielt. Eine Frau fragte mich durch das heruntergelassene Fenster, wohin ich müsste. Ich sagte es ihr, und sie winkte mich auf den Beifahrersitz. Als wir beim Gasthaus ankamen, bedankte ich mich und wünschte eine gute Nacht. Mit meinen letzten Kräften schleppte ich mich zum Eingang. Meine Beine konnten mich kaum noch tragen.

Die Lichter im Erdgeschoss brannten, und ich ging ins Wohnzimmer, wo alle beim Abendessen saßen. Weil ich nicht gesagt hatte, dass ich in die Stadt fahren würde, und niemand wusste, wo ich hingegangen war, fragten sie mich voller Sorge, wo ich den ganzen Tag gesteckt hatte.

Ich aß, und als ich fertig war, ging ich nach oben in mein Zimmer und legte mich vollständig bekleidet ins Bett. Ich öffnete die Augen erst, als Edmond kam und das Licht anmachte. Ich zog die Kleidung aus, die ich den ganzen Tag über getragen hatte, legte mich erneut hin und fiel in einen tiefen, bewegungslosen Schlaf.

Der Schmerz, den ich nach dem Waschen der Töpfe in den Armen und Schultern verspürte, ließ erst nach einigen Tagen nach und ich hoffte, dass ich niemals wieder so eine Arbeit würde verrichten müssen.

Ungefähr eine Woche danach saß ich mit Artur draußen im Garten. Es war neun Uhr morgens und die anderen waren unten, in Scheibbs. Vor uns hielt ein schwarzer Jeep an. Ein Mann stieg aus, begrüßte uns und ging ins Gasthaus, um mit Fritz zu sprechen. Kurze Zeit später traten sie zu uns ins Freie und Fritz fragte uns, ob wir Interesse hätten, ein paar Stunden für diesen Mann zu arbeiten, der in einem Haus am Stadtrand von Scheibbs wohnte. Wir kannten die Straße, in ihr lag auch das Krankenhaus. Wir waren interessiert und er nahm uns in seinem Jeep mit.

Unterwegs erzählte er uns, dass er als Lehrer in der Hauptschule arbeitete, und fragte uns, woher wir kamen. Das Gespräch mit ihm verlief schleppend, und es wurde bald still im Auto, bis er in eine Gasse am Ufer der Erlauf fuhr.

Das Auto hielt vor einem Garten, der zu einem zweistöckigen Haus gehörte. Wir stiegen aus und folgten ihm ins Haus. Bei einem Kaffee erzählte er uns von der Arbeit, die er für uns hatte. Wir verstanden jedoch nicht genau, was er von uns verlangte.

Schließlich führte er uns wieder nach draußen, wo neben der Garage ein paar Baumstämme standen und neben ihnen eine Sägemaschine. Er sagte uns, dass wir die Baumstämme unter die Säge legen sollten. Endlich verstanden wir. Ich näherte mich einem Stamm, den ich für den handlichsten hielt, und versuchte, ihn hochzuheben. Doch schnell begriff ich, dass das allein nicht möglich sein würde. Ich rief Artur, der sich mit dem Mann unterhielt. Zusammen hoben wir den Stamm unter Schwierigkeiten an, schleppten ihn ächzend zur Maschine und legten ihn unter die Säge. Der Mann warf die Maschine an und zersägte den Stamm in vier Teile.

Wir brachten einen Baumstamm nach dem anderen, insgesamt fünfzig Stück. Nachdem der letzte geschafft war, dachte ich, dass diese Arbeit nicht weniger hart war als jene, die ich hinter mich gebracht hatte.

Der Hausherr fragte uns, was wir trinken wollten. Wir antworteten beide mit der Furcht der Verdurstenden: Wasser.

Er kam zurück, setzte sich und erklärte uns, dass wir ihm nun die zerkleinerten Teile zur Elektrosäge bringen sollten, damit er sie in noch kleinere Teile zersägen konnte. Als auch diese Arbeit getan war, lud er uns zum Essen ein. Dann stiegen wir wieder in seinen Jeep, und er fuhr uns zur ›Kreuztanne‹ zurück. Die Arme schlotterten uns, und unsere Beine fühlten sich an wie das Sägemehl, das sich während unserer Arbeit kiloweise auf dem Boden gesammelt hatte.

Den Rest der Woche arbeiteten wir nicht mehr und blieben den ganzen Tag im Gasthaus, bis wir eines Tages ein Auto anhalten sahen, aus dem ein Mann und eine Frau ausstiegen. Sie begannen schon, miteinander zu streiten, ehe sie das Gasthaus betraten. Sie gingen in den Speisesaal, und wir merkten, dass sie für Fritz und Annemarie scheinbar keine Unbekannten waren, denn ohne nach ihren Bestellungen zu fragen, brachten sie schon Bierflaschen. Ich lauschte ihrem lauten Gespräch und drehte hin und wieder meinen Kopf, um zu schauen, ob er sie schlagen würde, doch ich merkte, dass sie plötzlich miteinander lachten. Ich konnte nicht einschätzen, was als Nächstes passieren würde: Ob sie sich Bierflaschen über die Köpfe ziehen würden oder sich lachend umarmen.

Wenig später kam der Mann in unseren Raum, setzte sich zu uns und fragte, ob wir eine Flasche Bier wollten. Natürlich lehnten wir nicht ab.

Annemarie brachte das Bier. Nachdem wir angestoßen hatten, fragte er Edmond und mich, ob wir Lust hätten, eine Woche lang bei ihm in Frankenfels zu arbeiten. Aus Angst, dass wir wieder stundenlang Baumstämme zersägen würden, fragte ich, was wir denn zu tun hätten. Er erklärte uns, dass nächste Woche Allerheiligen sei. Gemeinsam mit seiner Frau betrieb er ein großes Blumengeschäft. Sie bräuchten uns, um Blumensträuße zusammenzustellen.

Edmond und ich zögerten keine Sekunde. Unsere Zustimmung klang sogar etwas zu euphorisch.

Am nächsten Morgen holte uns der Mann bereits sehr früh ab. Die Arbeit bot meiner Kreativität Raum, und ich stellte Blumensträuße in verschiedensten Farbkombinationen zusammen. Sie gefielen seiner Frau Erna so gut, dass sie mich fragte, woher ich die Ideen für so viele ineinanderfließende Farben nahm.

Ich erzählte ihr, dass ich malte. Als wir am nächsten Tag wieder abgeholt wurden, saß auch Erna im Auto und bat mich, ihr meine Bilder zu zeigen. Konzentriert betrachtete sie ein Bild nach dem anderen, um schließlich vor einem Gemälde des Tals von Frankenfels stehenzubleiben. Sie fragte mich nach dem Preis. Weil ich nicht wusste, was ich verlangen sollte, sagte ich ihr, sie solle so viel zahlen, wie sie wollte.

Als ich sah, wie sie aus ihrer Tasche eine Geldbörse zog und ihr tausend Schilling entnahm, dachte ich zunächst, ich müsste ihr einen Haufen Wechselgeld geben, das ich nicht hatte. Doch sie steckte die Brieftasche wieder ein, und ich erkannte, dass ihr mein Gemälde tausend Schilling wert war. So viel, wie sie mir für eine ganze Woche Arbeit in ihrem Blumengeschäft bezahlte.

Auch weiterhin kam das Auto von Erna und ihrem Mann täglich, um uns nach dem Frühstück abzuholen und uns nach Frankenfels zu führen. Wir arbeiteten bis zwölf Uhr oder bis Ernas Mutter vor der Tür stand. Die ältere Dame erzählte uns stets, wie Frankenfels früher gewesen war. Dann sagte sie uns, das Essen sei fertig, und wir begleiteten sie zu ihrem Haus, das ungefähr hundert Meter entfernt lag.

Diese Frau löste dasselbe Gefühl in mir aus, das mir auch meine eigene Großmutter gab. Genau wie über meine Oma, die sehr gut kochte und über die ich ein Leben lang sagen sollte: »Meine Oma kocht sehr gut«, was überall auf breites Verständnis und Kopfnicken stieß, sowohl in Albanien als auch in Österreich, sagten Edmond und ich auch bald über Ernas Mutter, sie koche sehr gut. Nicht mal das tolle Essen von Annemarie gab uns dieses Gefühl.

Es war eine Hausmannskost, wie sie eben nur eine Großmutter zubereiten konnte.

8

Die Kälte hielt den November bis zum letzten Tag fest im Griff. Zu Beginn des Monats hatte mich Frau Reitlinger bei der Firma ›Heiser‹ eingestellt. Ich sollte meine Arbeit mit dem 2. Jänner des nächsten Jahres aufnehmen. Da ich nicht an dieses Klima gewöhnt war, blieb ich im Hotel und ging nur hinaus, um dringendste Angelegenheiten zu klären. Die Kälte kam mir vor wie ein Feind, der sich hinter Bäumen, zwischen Wolken und sogar auf offener Straße verbarg und nur darauf wartete, mich niederzustrecken.

Nachdem ich bereits viele Tage drinnen verbracht hatte, beschloss ich schließlich doch, einen Spaziergang nach Sankt Anton zu unternehmen. Die Straße lag ruhig vor mir, und als ich bereits einen Kilometer gegangen war, fiel mir auf, dass keine Autos an mir vorbeifuhren.

Bald wurde mir langweilig, und ich beschloss, umzudrehen. Ich trat wieder ins Gasthaus und warf einen Blick in den Raum, in dem sich stets die Gäste aufhielten, doch fand ihn leer vor. Aus dem Wohnzimmer hörte ich den Fernseher.

Fritz kam zu mir und sagte:

»Jemand hat nach dir gesucht.«

»Wer?«, fragte ich ihn.

»Ich habe ihn noch nie gesehen.«

»War er Einheimischer oder Ausländer?«

»Ein Ausländer, wäre er ein Einheimischer gewesen, hätte ich mit ihm gesprochen.«

»Hat er etwas gesagt?«

»Er sprach kein Deutsch. Deinen Namen wiederholte er zwei-, dreimal und als er ging, sagte er: ›Winterbach‹.«

»Winterbach«, sagte ich zu mir selbst, doch es dauerte eine Weile, bis mir etwas zu dem Namen einfiel. Es war ein Ort. Vor ein paar Tagen hatten wir gehört, dass dort in einem kleinen Hotel Flüchtlinge untergebracht worden waren, aber dass sich unter ihnen Albaner befinden würden, war uns nicht zu Ohren gekommen.

Ich überlegte, ob vielleicht jemand von weiter weg mit dem Zug gekommen war, Hilfe brauchte und deshalb nach mir gesucht hatte. Aber wer?

Ich kam nicht darauf und schob den Gedanken beiseite, indem ich mir einredete, dass er mich erneut aufsuchen würde, wenn es sich um eine ernste Angelegenheit handelte.

Ich blieb noch einige Zeit im Wohnzimmer und schaltete zwischen den Fernsehsendern hin und her.

Nach einer Weile ging ich in den Speisesaal und sah am anderen Ende des Raumes einen Mann und eine Frau sitzen, die ihrer Kleidung nach zu urteilen keine Einheimischen sein konnten. Überraschend betrat Adina den Raum, die das erste Mal so früh von der Arbeit kam, und begrüßte mich.

Wir unterhielten uns über den Winterbeginn, und ich fragte sie, wie kalt es wohl werden würde.

»Du brauchst dir keine Sorgen machen«, entgegnete sie mir. »Du hast deine Arbeit gefunden.« Dann ging sie hinauf. Wenig später tat ich es ihr gleich.

Mit meinen Farben setzte ich mich ans Fenster, um ein Aquarell von der nebeligen Ansicht des Berges zu malen. Die Blätter der Bäume wurden jedoch zunehmend vom Nebel verschluckt. Schließlich gab ich auf.

Es kam kein einziges Motiv zustande, meine Hände wollten diese eintönige Natur nicht mehr malen, die so grau-schwarz-weiß wie ein Röntgenbild war. Ich wollte sie nicht mal als Bild erleben, denn durch die Tristesse, die mir diese Farben brachten, kam es mir vor, als würden sie mich von der Leinwand herablassend betrachten.

Die Farben und Blätter räumte ich weg und entfernte mich vom Fenster.

»Schluss«, sagte ich zu mir selbst.

Diese grauen Berge konnte ich nicht mehr ertragen. Früher hatte ich sie als schön und inspirierend empfunden, wenn ich sah, wie verschiedenste Grün-, Rot-, Orange- oder Gelbtöne dort gediehen. Doch nun, in diesem Nebel, kamen sie mir schlichtweg traurig und ausgewaschen vor.

Ich kehrte zum Bett zurück und legte mich hin.

Ich fing an, über Winterkleidung nachzudenken. Was sollte ich anziehen? Welche Stiefel sollte ich kaufen, wenn ich mit der Arbeit anfing? Womit sollte ich in die Arbeit fahren? Die Fabrik lag fast zwölf Kilometer entfernt. Selbst im Sommer war es nicht leicht, in diese Gegend zu kommen. Man musste ein steiles Stück hinauf nach Sankt Anton gehen und dann auf die Hauptstraße wechseln, um am Flussufer der Erlauf zu folgen. Mit dem Fahrrad war das nicht zu schaffen. Der Bus fuhr nicht bis dorthin, und selbst wenn er fuhr, wusste man nicht, wann er kommen würde oder ob man rechtzeitig in der Arbeit ankam.

Ein Auto hatte ich nicht.

Doch was würde mir ein Auto nützen? Ich konnte nicht fahren, und noch schlimmer, ich hatte keinen Führerschein. Auch hatte ich gehört, dass es lange dauerte, einen zu bekommen. Ein Gast aus Scheibbs hatte mir außerdem erzählt, dass der Führerschein viel kosten würde. Fast ein Monatsgehalt. Viele schafften es gar nicht beim ersten Versuch. Wo sollte ich das Geld dafür hernehmen? Und wer sollte mir das Fahren hier oben in den Bergen beibringen? Niemand meiner Freunde hatte ein Auto.

Doch war ein Auto so anders als ein Fahrrad?

Ich dachte daran, wie ich das Fahrradfahren gelernt hatte, und musste lachen. Bis ich endlich ein längeres Stück fahren konnte, waren meine Hände und Beine mit Kratzern und blauen Flecken übersät.

Doch von einem Auto hatte ich keine Ahnung. Wie man die Kupplung bediente oder Gänge in Bewegung setzte, wusste ich nicht.

Ein Klopfen an der Tür riss mich aus meinen Gedanken.

»Wer ist da?«, fragte ich, denn wäre es Edmond gewesen, wäre er ohne zu klopfen eingetreten.

»Hinteregger«, hörte ich die Stimme von Fritz sagen.

Ich stand auf und öffnete die Tür.

»Was gibt es?«, fragte ich.

»Der Typ ist wiedergekommen.«

»Wer, der vom Vormittag?«

»Ja, der.«

»Ich komme«, sagte ich, schloss die Tür und zog mich an.

Ich ging runter ins Wohnzimmer. Vor dem Fernseher saß jemand und blickte konzentriert auf den Bildschirm. Er hörte meine Schritte und drehte sich um.

Es war Jani, ein junger Mann aus Vlora, der mit mir in die Schule gegangen und oft in meine Gegend gekommen war, weil sein Onkel dort lebte.

»Was hast du hier in diesen Bergen verloren?«, fragte ich ihn.

»Als ob ich hierher gewollt hätte. Man hat mich hierher gebracht«, sagte er.

»Ausgerechnet hier haben sie dich hergebracht? Hab ich ihnen nicht gereicht.«

Wir setzten uns hin, und er sagte, er wohne im Hotel in Winterbach.

Er war seit drei Tagen hier, eine Nacht zuvor war er rausgegangen, um zu sehen, wo er sich hier eigentlich befand. Er hatte sich mit einem Mann unterhalten, der albanisch aussah, und der hatte ihm erzählt, dass ich hier in der ›Kreuztanne‹ lebte.

Jani, wie wir ihn zu Hause nannten, hieß eigentlich Adrian und hatte keine Ahnung, wo er sich befand oder was auf ihn zukam. Der Winter hatte gerade erst angefangen, und es würde nicht leicht werden ihn durchzustehen, schließlich waren wir das milde Klima Vloras gewöhnt.

Er war der einzige Albaner in Winterbach, und er fragte mich, ob es Platz bei uns gab, damit auch er kommen konnte. Ich wusste es nicht. Trotz der Kälte gingen wir raus und blieben eine Weile im Garten.

Ein Auto hielt vor der ›Kreuztanne‹. Albert und Artur stiegen aus. Sie kehrten aus Scheibbs zurück, wo sie einen Termin beim Arbeitsamt gehabt hatten.

»Na, hat man euch was gesagt?«, fragte ich.

»Ja, sicher«, sagte Albert lächelnd. »Man hat uns ein Formular gegeben, damit wir uns im Jagdklub anmelden. Als wir ihnen erzählt haben, dass wir in den Bergen wohnen, sagten sie uns, dass es hier oben viele Wildtiere gibt. Wenn wir sowieso hier sind, könnten wir ruhig einige schießen.« Damit gingen sie hinein.

Janis Blick folgte ihnen, bis sich die Tür hinter ihnen schloss.

Ohne nachzudenken, begannen wir, in die Richtung seines Hotels zu gehen. Unterwegs sagte er mir, dass er gehört hatte, es würde nicht mehr aufhören zu schneien, wenn es erst mal angefangen hatte. Also entweder müsste er bald arbeiten finden, oder er würde den ganzen Winter das Hotel nicht mehr verlassen.

»Das ist Glückssache«, sagte ich ihm und erzählte ihm kurz, wie ich meine Arbeit gefunden hatte.

»Vielleicht war es einfach Zufall«, sagte er.

»Hast du gehört, was die zwei anderen gesagt haben?«, fragte er und drehte den Kopf zur ›Kreuztanne‹, deren Lichter durch den Nebel gedämpft wirkten.

Wir hielten bei der Kreuzung, die sich in drei Richtungen teilte, und ich hörte, wie Jani mit Schwierigkeiten versuchte, die Namen der Dörfer auf den Schildern zu entziffern.

»Sind die wirklich alle fünf Kilometer entfernt?«, fragte er und sah auf das Tal von Frankenfels, wo die Lichter eines Autos, das gerade hinauffuhr, die Nacht durchstachen.

Nach einer Weile kamen wir bei dem Hotel an, in dem er untergebracht worden war, und gingen hinein. Ich hörte Stimmen in slawischer Sprache.

Wir setzten uns in eine Ecke des Wohnzimmers, und ich betrachtete die Leute um uns herum.

»Siehst du den da drüben?«, fragte Jani.

»Wen?«

»Der, beim Tisch in der Ecke.«

»Ja, was ist mit ihm?«

»Der hat gestern Abend so laut geschrien, dass ich dachte, etwas wäre passiert. Er ist aus Jugoslawien«, sagte Jani, der scheinbar nicht wusste, woher genau aus Jugoslawien der Mann stammte.

»Wer weiß, was für Sorgen der Ärmste hat«, sagte ich. Wer weiß, wen er dort zurückgelassen hatte und wen er im Traum sah. Vielleicht die ganze Familie.

Ich ging zur Theke und bestellte zwei Tassen Tee. Es dauerte nicht lange, bis der Kellner mit unserem Tee kam. Wir gingen in sein Zimmer im zweiten Stock.

Wenigstens hatte er das Zimmer für sich allein, denn das zweite Bett war nicht benutzt. Er hatte außerdem einen Balkon.

Ich machte die Balkontür auf, und wir traten ins Freie. Vom Frankenfelser Tal kam eine eisige Kälte herauf, die einen wie ein scharfes Messer schnitt, und sofort wanderten meine Hände zu den Knöpfen, um meine Jacke zuzumachen.

Die Zugstation war zu sehen und weiter weg, am Ende des Tals, die Lichter einiger Häuser.

Danach begann große Dunkelheit.

Pechschwarz.

Das Zugsignal war zu hören, und kurz darauf hielt der Zug in der Station. Ein Mann und eine Frau mit Taschen in den Händen stiegen aus. Vielleicht waren es Mitarbeiter des Hotels.

»Woher kommt dieser Zug?«, fragte Jani.

»Aus Mariazell«, antwortete ich, während mein Blick den fahrenden Zug verfolgte.

»Wo liegt Mariazell?«

»Irgendwo hinter diesen Bergen«, sagte ich und drehte den Kopf in die entsprechende Richtung, »es ist eine Stadt.«

»Weit weg von hier? Gibt es dort Arbeit?«, fragte Jani weiter.

»Ich weiß nicht. Ich war noch nie dort.«

Die Lichter der Waggons verschwanden zwischen den Bäumen. Die Dunkelheit bedeckte das Tal unter dem Hotel ›Winterbach‹, doch es dauerte nicht lange, bis die kreisrunden Lichter wieder zu sehen waren. Offenbar fuhr der Zug durch Tunnel in den Bergen.

»Ich habe diesen Zug schon gestern gesehen. Er ist mehrmals hier unten vorbeigefahren«, sagte Jani.

»Das tut er immer. Er ist der Zug, der zwischen Sankt Pölten und Mariazell fährt.«

»Er ist fast leer, wenn er hinfährt, und fast leer, wenn er zurückkommt. Gestern ging ich zur Station, denn ich langweile mich hier. Ich wusste nicht, wohin ich gehen sollte, und dachte, ich könnte dort die Zeit totschlagen, indem ich die Züge, die jede Stunde kamen und gingen, beobachtete. Es waren stets nur zwei Leute im Waggon.«

»Die Strecke wird nicht geschlossen. Wer weiß, wie viele Jahre er schon diese Strecke fährt, egal, ob jemand einsteigt oder nicht.«

»Ich rede nicht über die Strecke, sondern über die Menschen. Ich glaube, dass es nicht viele Leute gibt, dort, wo der Zug hinfährt. Und auch keine Arbeit«, sagte Jani.

»Ich glaube, ja, so ist es auch hier. Nur Hotels, Bauern, die Holz hacken, und viele weidende Kühe.«

»Aber wofür sind wir gekommen? Für gehacktes Holz und weidende Tiere? Da waren wir in Vlora besser dran als hier inmitten von Bären und Bergen«, sagte Jani mit einem schiefen Lächeln.

»Wir sind selbst gekommen, Jani. Die haben uns nicht eingeladen oder uns das Paradies versprochen. Vlora bleibt dort, wo wir es zurückgelassen haben. Wenn es uns nicht gefällt, können wir jederzeit zurück.« Damit beendete ich das Gespräch, verabschiedete mich und verließ das Hotel.

Bevor ich jedoch die Tür hinter mir schloss, sagte ich ihm, er solle mich doch wieder besuchen kommen und nicht so ängstlich auf die Situation blicken. Er wisse nicht, wo sich das Glück versteckte. Dann ging ich.

Unterwegs traf ich einige Leute, deren Sprache ich nicht verstand, und nahm an, dass auch sie neu im ›Winterbach‹ waren.

Zurück in der ›Kreuztanne‹ traf ich im Korridor des ersten Stocks auf Artur, der ein Wörterbuch in der Hand hielt.

»Ist Edmond schon zurück?«, fragte ich ihn.

Artur zuckte mit den Schultern.

Edmond, der andere junge Mann aus Korça, hatte hervortretende Augen, weshalb wir ihn ›Syçko‹, was so viel wie ›Äuglein‹ hieß, nannten. An jenem Tag hatte er das Hotel früh verlassen, und wir hatten ihn noch nicht wieder zu Gesicht bekommen. Bereits seit einigen Tagen ging er nach Frankenfels, um dort zu arbeiten.

Erst spätnachmittags sah ich, wie Edmond in einem dunkelroten Opel zurückkehrte. Der Fahrer des Opels war ein Mann, offenbar sein Arbeitgeber. Die beiden setzten sich in die Stube der ›Kreuztanne‹ und tranken gemeinsam Bier.

Eine Woche später stieg er aus demselben Auto, doch war er angezogen wie ein echter Herr. Er trug einen braunen Kurzmantel mit dunkelbraunen Flecken, dessen

Kragen einen Pelz hatte. In der Hand hielt er eine Tüte, die voller Kleidung war. Scheinbar hatte man sie ihm geschenkt.

Nachdem sich Edmond von dem Mann im roten Opel verabschiedet hatte, ging er in sein Zimmer und kam nicht mehr hinaus.

Er wird wohl müde sein, dachte ich. Wer weiß, welche harte Arbeit er verrichten musste. Als ich nach oben ging, bemühte ich mich, leise zu sein. Ich machte kein Licht an, und versuchte, ihn nicht zu wecken, als ich ins Zimmer trat.

Ich legte mich ins Bett, doch es dauerte nicht lange, bis ich hörte, wie er mich fragte:

»Na, bist du wach?«

»Ja«, sagte ich.

»Wo warst du heute?«, fragte er mich.

»Ich war den ganzen Tag hier. Wo warst du?«

»Ich war mit dem Grafen unterwegs.« So nannte er den Mann, der ihn jeden Morgen mitnahm.

»Wo wart ihr?«

»In der Früh war ich in der Bezirkshauptmannschaft und danach war ich arbeiten.«

»Also wirst du nicht so erschöpft sein«, sagte ich.

»Du, ich will dich was fragen. Hast du die eine Frau gesehen, die in der Bezirkshauptmannschaft arbeitet?«, fragte er.

»Wen?«

»Diese Eva. Die, die in der Fremdenpolizei arbeitet.«

»Ach, die! Natürlich, vor zwei Tagen war ich bei ihr und habe nach einer Verlängerung meines Aufenthalts gefragt.«

»Hast du gesehen, wie hübsch sie ist? Und was für ein Körper. Sie schaut sehr jugendlich aus.«

»Ja, sie ist nicht nur hübsch, sondern auch ausgesprochen freundlich und hilfsbereit.«

»Hübsch sind die Frauen hier eigentlich alle, und auch sehr locker im Umgang, als ob man sie schon ewig kennen würde.«

»Such dir doch hier eine Frau, Edmond«, sagte ich ihm. »Du bist ungebunden hergekommen. Finde jemanden und gründe eine Familie.«

»Recht hast du. Ich werde mir eine von denen suchen. Eine, die ein zweistöckiges Haus hat«, sagte er lachend.

Ich merkte, dass meine Augen träge wurden, als er weitersprach, Neuigkeiten aus der Heimat berichtete:

»Mein jüngerer Bruder in Korça hat ein neues Auto. Meine Schwester hat es mir heute erzählt. Mein Vater war auch dabei.«

»Na Gott sei Dank«, sagte ich schläfrig.

»Mein älterer Bruder, der im Rathaus arbeitet, hat es wahrscheinlich ermöglicht.«

»Wen kümmert es schon, wer es ermöglicht hat. Freu dich lieber, so schlecht wie die Straßen dort sind.«

»Ja, Gott sei Dank, sagen wir alle.«

Ich sah, dass auch er langsam einschlief.

Der Schlaf zögerte noch ein wenig, ehe er sich meiner erbarmte. Ich dachte über die Zeit nach, die ich schon hier verbracht hatte, über die Strecken, die ich zu Fuß gegangen war, und über die Leute, die ich kennengelernt hatte. Ich fühlte, wie die Tristesse dabei war, sich vom Fußende meines Bettes unter meine Decke zu schleichen, also dachte ich an die Feste, die wir im Wohnzimmer gefeiert hatten, und versuchte, meinen Aufenthalt hier zusammenzufassen – was ich schon getan hatte und was ich hätte besser machen können.

Ich drehte meinen Kopf zu Edmond. Er bewegte sich und sprach im Schlaf. Ich wusste nicht, wie lange ich noch wach lag, mit dem Blick zum Fenster, wo das sanfte Mondlicht gegen die Scheibe pochte und Einlass verlangte.

Schließlich schlief ich ein.

9

Der Morgen kam spät. Ich öffnete die Augen und sah, dass es fast neun Uhr war. Dann drehte ich den Kopf zum anderen Bett. Es war leer. Wie es schien, arbeitete Edmond bereits wieder für den Grafen. Ich zog mich an, ging hinunter und trat auf die Straße vor der ›Kreuztanne‹. An der Rückseite des Gasthauses saß Fritz auf einem Traktor, mit dem er einige große Baumstämme in Position brachte, um sie später mit der Motorsäge zu zerkleinern.

Ich kehrte zurück auf mein Zimmer.

Stille empfing mich.

Erneut stieg ich zum Wohnzimmer hinunter und blickte lange in den stummen Raum.

Die gleiche Ansicht.

Die Tische mit den rot karierten Tüchern erinnerten mich an das Kopftuch von Jassir Arafat oder einen arabischen Prinzen. Neben dem Fernseher entdeckte ich einige alte Magazine. Ich setzte mich an den Tisch, an dem ich sonst immer aß, und sah, dass Annemarie mein Frühstück nicht abserviert hatte. Jedes Mal, wenn einer von uns zu spät kam, deckte sie das Frühstück mit einem anderen Teller zu, damit es warm blieb.

Ich hob den oberen Teller an. Darunter kamen Salami, Käse und ein hart gekochtes Ei zum Vorschein.

Ich holte mir ein Glas, füllte es mit Milch, und begann zu essen. Den Mund voll mit Salami und Käse, stand ich auf, um den Fernseher einzuschalten. Er empfing bloß zwei österreichische Sender. Wir hatten Fritz gefragt, ob er eine Satellitenschüssel montieren könnte, damit wir italienische oder zumindest deutsche Sender sehen konnten, doch er zeigte keine Reaktion. Wer weiß, was er dachte? Wahrscheinlich, dass wir ohnehin nicht lange hierbleiben würden. Wofür also brauchten wir so viele Sender? Er selbst saß überhaupt nur sehr selten vor dem Fernseher.

Jeden Morgen lief das ›Wetter-Panorama‹ über den Bildschirm. Darin wurden österreichische Landschaften gezeigt und die Aufnahmen mit Volksmusik untermalt. Es kam mir merkwürdig vor, dass sie so einem Programm so viel Sendezeit einräumten. Doch es gab offenbar viele Zuseher, sonst würden sie es nicht jeden Morgen ausstrahlen.

Ein Schrei unterbrach die Musik, die bis soeben die schöne Natur begleitet hatte. »Steiermark!« – Annemarie kam ins Zimmer gelaufen, starrte wie gebannt auf den Fernseher und wippte leicht mit dem Kopf, als könnte sie diese Bewegung direkt in die steirischen Berge versetzen.

Die Bilder veränderten sich, und auch die Melodie wurde von einer anderen abgelöst. Offenbar hatte jedes Bundesland eine andere Musik. Ich konnte keinen Unterschied in der Landschaft feststellen, doch offenbar war das, was ich nun sah, nicht die Steiermark, denn Annemarie verließ den Raum.

Das Licht im Raum kam mir plötzlich anders vor.

Leblos.

Leichenblass.

Es hatte sich in ein hässliches Gelb verwandelt. So ein Gelb hatte ich in meinem Farbkasten noch nie gesehen, auch beim Mischen meiner Farben war es mir nie gelungen, so einen Farbton zu erzeugen. Waren es die Lampen, die dieses Licht erzeugten? Doch die Lampen in diesem Raum unterschieden sich nicht von den Lampen in den anderen Zimmern des Gasthauses.

Es musste von dem Stoff kommen, der die Lampen im Wohnzimmer umhüllte. Es war derselbe Stoff, aus dem auch die Vorhänge gemacht waren. Dieser Stoff erzeugte wohl dieses Urin-Gelb, das mich mit Ekel erfüllte.

In der Wirtsstube sah ich Annemarie mit einer Zeitung in der Hand. Ich sagte ihr, sie solle eine stärkere Glühbirne im Wohnzimmer einsetzen, sonst würden wir noch erblinden. Sie sah mich an, doch antwortete nicht.

Als ich mich wieder auf den Weg nach oben machte, kam Fritz' Mutter den Gang entlang, eine Hand in die Hüfte gestemmt.

Diese Haltung nahm sie oft ein, wenn sie zur Bushaltestelle ging. Womöglich eine elegante Geste, die sie aus ihrer Jugend gerettet hatte. Sie war beinahe achtzig. War ihr wirklich wichtig, noch elegant zu wirken? Wahrscheinlich litt sie bloß an Nierenproblemen.

Die alte Dame trat in die Gaststube und setzte sich neben die Tür. Sie bat Annemarie um ein Glas Wasser.

Nachdem das Glas vor ihr stand, holte sie eine Medikamentendose aus ihrer Tasche, entnahm ihr eine Tablette und steckte sie sich in den Mund. Vermutlich nahm sie Medikamente für ihr Herz, denn eine solche Dose hatte ich auch meinem Vater nach Vlora geschickt.

Nach einer Weile fragte sie mich, ob ich mit meiner Familie telefoniert hatte. Ich antwortete ihr, dass ich sie vor zwei Tagen in Sankt Anton aus einer Telefonzelle angerufen hatte.

Ich sprach nur selten am Telefon im Gasthaus. Meistens nahmen es Artur und Albert stundenlang in Beschlag und ließen einen nicht ran.

Ich fragte sie, wo sie gearbeitet hatte, als sie noch nicht in Pension war.

»Hier, in der ›Kreuztanne‹«, antwortete sie, als wäre es das Selbstverständlichste auf der Welt.

Als sie wieder aufstand, entfuhr ihr ein Ächzen, und sie legte die Hand wieder an ihre Hüfte. »Hüftschmerzen«, erklärte sie mir.

Die Ärmste, dachte ich. Wer weiß, was für Schmerzen sie den ganzen Tag erträgt? Und ich dachte, sie wollte eleganter wirken.

Ich beobachtete, wie Fritz mit einer Glühbirne in der Hand ins Wohnzimmer ging. Er stellte sich auf einen Stuhl und wechselte die Birne in der Lampe. Das Zimmer leuchtete nun in neuem, hellem Glanz. Gott sei Dank, denn das alte Licht hatte uns fast blind gemacht, wie Maulwürfe unter der Erde hatten wir uns gefühlt. Außerdem strahlten die Möbel im Raum jetzt viel stärker und einladender.

Ich wusste nicht, was ich mit dem Tag anfangen sollte. Nach draußen wollte ich nicht. Ich ging in die Diele, um vielleicht ein Geräusch oder eine Bewegung zu hören – doch nichts. Wo waren alle hin? Niemand hatte am Abend zuvor erwähnt, in die Arbeit zu müssen. Ich trat ans Fenster und sah, wie die ganze Landschaft farblos ineinander verschwamm.

Wie konnte die Natur nur so sein?

Wie die Röntgenaufnahme eines Brustkorbs, in der Äste aussahen wie Rippen.

Grau.

Formlos.

Ohne Geschmack, ohne Salz.

Als ich sie anblickte, fühlte ich nichts.

Ich musste an ein Bild denken, das ich einige Tage zuvor im Wartezimmer eines Arztes in Scheibbs gesehen hatte. An den Wänden der Praxis hingen Aquarelle. Es gab ein Bild von der Kirche am Hauptplatz von Scheibbs, das der Künstler in ähnlichen Farben gemalt hatte, wie ich sie nun vor mir sah. Ich hatte gedacht, der Künstler müsse wohl sehr sparsam sein, wenn er seine Bilder nur in Schwarz und mit viel Wasser malte. Eine starke und getrübte Wässrigkeit. Wollte er diese Eindrücke einfangen? Ging es ihm wie mir, wenn er aus dem Fenster blickte? Hatte er einfach keine Farben mehr gehabt, oder keine andere Möglichkeit gesehen, als so zu malen?

Als ich den Korridor des ersten Stocks betrat, hörte ich keinen einzigen Laut. Nicht mal Tido sah ich, der normalerweise in dem Sessel neben meinem Zimmer saß und rauchte.

Sllavo trat aus dem Badezimmer und grüßte mich, bevor er in seinem Zimmer verschwand. Er war der Einzige, der ein Einzelzimmer hatte.

Wahrscheinlich hatte er Fritz gebeten, keine Fremden in sein Zimmer zu lassen, denn wir waren alle Albaner, bis auf Tido und Adina, die aus Rumänien kamen. Sllavo war der einzige Serbe unter uns.

Als er sein Zimmer wieder verließ, hatte er ein Handtuch um seine Haare gewickelt. Er ging auf mich zu und setzte sich in den Sessel, in dem sonst immer Tido saß. Ich spürte, dass er mir etwas sagen wollte und nur auf den richtigen Moment wartete. Gespannt blickte ich ihn an, doch Sllavo wich meinem Blick aus.

Erneut stand er auf, und ich dachte schon, nun würde er endlich den Mund aufmachen. Doch er wandte sich nur ab und verschwand wieder in seinem Zimmer.

Hatte er die Lust verloren? Oder traute er sich nicht? Noch bevor ich weiter rätseln konnte, war er wieder in den Gang zurückgekehrt, diesmal mit einer Tasse Kaffee in der Hand. Nun schien er bereit.

Er setzte sich erneut. Es war das erste Mal, dass er sich hinsetzte, wenn er mit mir redete.

»Wie lange lebst du schon hier im Gasthaus?«, fragte ich ihn.

»Nächsten Monat wird es ein Jahr«, sagte er.

»Und den ganzen Tag verbringst du hier? Suchst du keine Arbeit?«

»Ich habe vor neun Monaten eine Woche lang als Küchenhilfe in einem Winterhotel in Lackenhof gearbeitet. Doch sie haben mich gekündigt. Ich hatte ihnen gesagt, dass ich Koch sei, doch sie haben mir nicht geglaubt. Eines Tages ließen sie mich probekochen. Den Gästen hat mein Essen nicht geschmeckt. Es war nicht österreichisch genug. Deswegen haben sie mich gefeuert. Seitdem habe ich nicht mehr gesucht.«

Wir schwiegen eine Weile, dann fragte er mich, woher ich kam.

Aus Vlora, antwortete ich. Offenbar wusste er, wo Vlora lag, denn er fragte mich: »Wie hast du es diesen Sommer ohne das Meer ausgehalten?«

Er selbst kam aus Požarevac, eine Stadt achtzig Kilometer südlich von Belgrad. Er machte eine Pause, als suche er ein Gesprächsthema. Dann erklärte er, dass aus Požarevac große Leute kämen. Ich dachte, er meinte vielleicht Künstler oder Schriftsteller, doch er fügte hinzu: Slobodan Milošević und seine Frau Mira Marković.

»Aber wenn es bei dir in der Stadt so große Leute gegeben hat, wieso hast du dort keine Arbeit gesucht?«, fragte ich. »Sie hätten dich mit nach Belgrad nehmen können, damit du in ihren Häusern oder Büros kochst. Oder ihnen Ćevapčići machst.«

Er stand wortlos auf und ging in sein Zimmer.

Kurz dachte ich, er sei vielleicht beleidigt, doch gleich darauf kam er zurück mit einigen Postkarten aus seiner Heimat. Es waren Ansichten von einem Dorf.

Ich sah sie an und sagte: »So schaut also deine Heimat aus, die so große Leute hervorgebracht haben soll.«

Es stellte sich heraus, dass er nicht direkt aus Požarevac kam, sondern aus einem der umliegenden Dörfer. Auch in Albanien kannte ich viele Leute, die voller Stolz behaupteten, sie kämen aus Vlora, obwohl sie eigentlich in einem Dorf wohnten. Doch sie waren häufig in Vlora und kannten viele Leute, und jedes Mal fragten sie einen, ob man nicht diesen oder jenen Namen kennen würde, mit dem sie zusammen beim Militär gewesen waren oder der sich mit dem schönsten Mädchen ihres Dorfes vermählt hatte.

»Jetzt, wo ich diese Postkarten gesehen habe, scheint es mir nicht verwunderlich, dass es für dich kein Problem ist, den ganzen Tag hier zu sitzen«, sagte ich ihm. »Denn an solch einen Ausblick bist du gewöhnt.«

»Nein, nein. So viele Berge wie hier habe ich dort nicht gesehen und so kalt war es auch nicht«, sagte er. Mit einem Nicken deutete er nach draußen. »Der Winter steht vor der Tür«, sagte er leise. »Die Straßen werden weiß und kein Auto kommt mehr durch.«

Ich folgte seinem Nicken mit meinem Blick und sah, dass der Himmel sich dunkel gefärbt hatte. Die Nebelschwaden, die aussahen wie Rauch aus dem Auspuff eines Autos, bewegten sich hinter dem Fenster in ruckartigen Bewegungen.

Er meinte, dass die Arbeit in der Firma ›Heiser‹, die ich bald antreten würde, sehr hart sei. Er habe einmal einen Serben gekannt, der dort gearbeitet hatte, aber bereits nach einem Monat aufhörte.

Außerdem habe er in einer Zeitung gelesen, dass ein türkischer Mitarbeiter dort nach einem Unfall gestorben wäre. Man munkelte, die Fabrik würde bald zusperren und die Polizei verstecke sich bereits hinter den Bäumen, um sofort einschreiten zu können, falls dort etwas passieren sollte.

Stillschweigend ließ ich Sllavos Blödsinn über mich ergehen und erinnerte mich an das, was ich mit meinen eigenen Augen gesehen hatte. Ich dachte an Frau Reitlingers Büro und an die Fabrik, in der ich Herrn Konul getroffen hatte.

Sllavo erzählte mir noch immer von der harten Arbeit, doch ich hörte schon nicht mehr hin. Als er gerade ansetzen wollte, mir ein neues Gerücht zu erzählen, unterbrach ich ihn.

»Ich habe es mir anders überlegt«, erklärte ich ihm. »Ich werde am zweiten Jänner nicht mit der Arbeit anfangen, sondern den ganzen Tag hier mit dir in der ›Kreuztanne‹ bleiben und Kaffee trinken. Wenn du das nächste Mal nach Scheibbs fährst, bring mir also bitte eine Kaffeekanne mit.«

Seine Art zu sprechen, so leise und ruhig, als würde er mir Staatsgeheimnisse anvertrauen, nervte mich. Ich verabschiedete mich und ging in mein Zimmer, wo ich das Radio aufdrehte, das Edmond geschenkt bekommen hatte. Ich wechselte durch die Kanäle, doch alles, was ich zu hören bekam, war Volksmusik.

Schließlich gab ich es auf, ließ die Musik laufen und griff nach meinem Malkasten, dessen Farben schon austrockneten. Ich benetzte sie über dem Waschbecken mit etwas Wasser. Ich hatte den Malkasten neben der Heizung liegen gelassen, und die Wärme im Zimmer hatte die Farben wohl ausgetrocknet.

Ich legte die Farben wieder zurück in den Kasten und setzte mich an die Bettkante. Ich griff mir ein Buch, ließ mich auf den Rücken fallen und begann zu lesen, obwohl ich nur die Hälfte verstand. Bald wurde es mir zu anstrengend, jeden Satz einzeln zu entziffern, und ich nahm ein Wörterbuch zu Hilfe. Doch auch das half nicht viel, und bald legte ich das Buch wieder weg.

Ich ging hinaus auf den Flur, doch Sllavo war verschwunden. Aus dem Zimmer von Artur, Albert und Jim drangen Geräusche. Offenbar waren sie zurückgekommen.

Sie mussten gekommen sein, als ich in meinem Bett gelegen hatte. Ohne anzuklopfen trat ich in ihr Zimmer. Jim hängte gerade ein großes Poster auf und Albert, den wir alle nur Guri nannten, war über ein geöffnetes Wörterbuch gebeugt und notierte sich etwas auf einen Notizblock.

Artur hatte sein Gesicht zur Wand gedreht und lag im Bett.

Jim machte einen Schritt zur Seite, und ich konnte erkennen, dass Freddie Mercury auf dem Poster zu sehen war. Er riss ein Stück Klebeband ab und befestigte das Poster an der Wand.

Zufrieden betrachtete er es.

»Hast du gehört?«, fragte er.

»Was?«

»Gestern hat mir jemand in Scheibbs gesagt, dass Freddie Mercury gestorben ist.«

»An AIDS, nehme ich an?«

»Ja, er litt schon lange.«

»Er war ein guter Sänger«, sagte Albert und ging zum Fenster, um seine Gitarre zu holen, die er vor ein paar Tagen in Scheibbs gekauft hatte.

Auf dem Fensterbrett stand ein Foto seines Vaters in Militärkleidung. Er hatte mir erzählt, sein Vater wäre Offizier. Daneben stand noch ein Foto, doch die Personen darauf kannte ich nicht. Auf meine Frage erklärte mir Artur, dass es seine Eltern seien und man ihm das Foto per Post geschickt hatte.

Albert legte die glänzende Gitarre auf seinen Oberschenkel.

Er hatte das Lyzeum von Korça besucht, und jedes Mal, wenn wir in Scheibbs waren, stockte ihm der Atem, wenn er beim Musikgeschäft vorbeiging. Er zupfte ein paar Saiten, und es ertönte ein Klang, ohne jegliche Melodie. Oft sah man ihn den ganzen Tag mit der Gitarre in der Hand. Er hatte mir erzählt, dass er sich das Gitarrespielen selbst beigebracht hatte. Im Lyzeum hatte er ein anderes Instrument gelernt.

Jim, der scheinbar ein Fan der Gruppe ›Queen‹ war, ging zur Kommode, schaltete den Kassettenrekorder an und spulte vorwärts, bis ich die ersten Klänge von ›Living on My Own‹, eines von Freddie Mercurys berühmtesten Liedern, hörte. Dann legte er sich in sein Bett, den Blick auf die Deckenlampe gerichtet.

»Hast du mit deiner Familie gesprochen?«, fragte ich ihn.

»Nein.«

Verwundert schüttelte ich den Kopf.

Seitdem er im Jänner aus Albanien geflohen war, hatte er seine Familie nicht kontaktiert. Sie wussten nicht, wo er war und was er tat.

»Ruf sie doch an, Junge. Sie machen sich bestimmt Sorgen. Lebst du noch, oder bist du bereits tot? Deine Familie weiß nicht, wo sich ihr einziger Sohn befindet«, sagte ich.

Jim hatte seinen eigenen Kopf, und es war schwer, zu wissen, was darin vor sich ging. Doch nach meinen Worten stand er auf und verließ das Zimmer. Ich konnte hören, wie er die Stiegen nach unten ging. Nach nicht mal fünfzehn Minuten kam er wieder und sagte mir, dass er mit seiner Familie in Tirana gesprochen hatte. Sie hatte sich sehr gefreut, von ihm zu hören. Er holte für jeden eine Flasche Bier. Als wir unsere Flaschen in der Hand hielten, stellte er sich neben das Fenster und blickte nach draußen, wo gerade der erste Schneefall eingesetzt hatte.

Ich verließ das Zimmer und ging nach unten.

Im Wohnzimmer sah ich, dass Adina und Tido in der Gaststube saßen. Ich begrüßte sie und setzte mich zu ihnen. Sie erschienen mir verändert. Vielleicht hatten sie ein Problem? Ich entschuldigte mich und behauptete, etwas aus meinem Zimmer holen zu müssen. Ich fühlte, dass sie lieber allein sein wollten, auch wenn sie zu freundlich waren, mir das zu sagen.

Wieder in meinem Zimmer, schaltete ich erneut Edmonds Radio ein und beobachtete die Autos, die vor meinem Fenster die Straße entlangfuhren. Schließlich sah ich den roten Opel, der Edmond von der Arbeit zurück zur ›Kreuztanne‹ brachte. Mit einer großen Tüte in der Hand stieg er aus.

Ich verlor ihn und den Grafen aus dem Blick, als sie das Gasthaus betraten.

10

Als ich Samstagmorgen aufwachte, war Edmonds Bett bereits leer.

Ich stand auf, ging zum Fenster, zog den Vorhang auf und musste zurückweichen vor den Strahlen reflektierenden Lichts, die in meine Augen stachen. Eine dicke Schneeschicht hatte sich über die mir bekannte Welt gelegt. Selbst das Auto von Fritz und Annemarie war kaum mehr auszumachen.

Auf der Hauptstraße fuhren Autos vorbei, auf deren Dächern sich der Schnee türmte. Ich konnte Fußspuren vor der ›Kreuztanne‹ entdecken. Jemand musste bereits früh das Gasthaus verlassen haben. Mein Blick folgte den Spuren über die Straße bis zur Bushaltestelle, die wie ein kleines Bollwerk dem glitzernden Weiß und dem kalten Grau trotzte. Dort saß die Mutter von Fritz, trotz der eisigen Kälte, und wartete.

Dort, wo normalerweise die Holzscheite gelagert wurden, stand ein Auto, das ich hier noch nie gesehen hatte. Es war schwarz und hatte ein Wiener Nummernschild. Es musste schon länger hier parken, denn eine sehr dicke Schneeschicht lag auf dem Autodach. Vielleicht hatte der Schnee den Fahrer überrascht, und er hatte im Gasthaus Zuflucht gesucht?

Ich zog mich schnell an und lief hinaus, um den Schnee zu berühren. Neben der Tür lehnte ein Mädchen, vermutlich knapp über zwanzig.

»Guten Morgen«, sagte ich. Sie nickte, und aus ihrem Mund drang Zigarettenrauch, der vom umliegenden Nebel aufgesogen wurde.

»Es ist das erste Mal, dass ich so viel Schnee sehe«, sagte ich und hockte mich hin, um eine große Menge in die Hand zu nehmen.

Sie antwortete nicht, doch sie blickte mich an, verwundert über das, was ich ihr anvertraut hatte.

»Ich bin am Meer aufgewachsen«, fügte ich erklärend hinzu, beinahe entschuldigend. »Schnee kenne ich sonst nur aus dem Fernsehen.«

Jetzt lächelte sie, warf die Zigarette in den Schnee und verschwand im Gasthaus.

Erst gegen Mittag sah ich sie wieder. Sie saß an einem Tisch im Lokal, hatte die Beine übereinandergeschlagen, und ihr Blick verlor sich irgendwo hinter den Fensterscheiben.

Bald erfuhr ich, dass dieses Mädchen Daniela war, die Tochter von Fritz und Annemarie, die in Wien arbeitete. Sie trug einen schwarzen Hosenanzug mit einem weißen Hemd, glänzende schwarze Schuhe und nur eine ganz leichte, fast natürlich wirkende Schicht Make-up.

Es war ein starker Kontrast zu den albanischen Mädchen, die gleich nach dem Systemwechsel, als die ersten italienischen Touristen kamen, starkes und buntes Make-up auftrugen und sich grell kleideten, um möglichst aufzufallen. Dabei sahen sie aus wie Bilder von Kandinsky.

Daniela blieb an diesem Wochenende in der ›Kreuztanne‹. Wir bekamen sie oft zu Gesicht, wenn sie die Stiegen rauf- oder runterging, und immer trug sie dabei etwas in der Hand. Bald erschien sie in unserem

Wohnzimmer, setzte sich an einen Tisch neben der Tür und richtete die Augen auf den Fernseher. Doch ich war mir sicher, dass sie mit den Gedanken ganz woanders war.

Es entstand kein langes Gespräch. Sie wollte offenbar den Eindruck erwecken, dass sie nicht so war wie die Leute, die ins Gasthaus kamen, oder die Einwohner von Sankt Anton, sondern eine Städterin mit Geschmack und Sinn fürs Leben.

Wir saßen noch immer an unserem Tisch und warteten auf die Nachrichten. Aus dem Augenwinkel warfen wir immer wieder Blicke zu Daniela, die dort neben der Tür saß, die Zigarette zwischen zwei Fingern, der Rauch bedeckte ihr Gesicht wie eine Maske und steigerte den mysteriösen Eindruck, den sie auf uns machte.

»Sie muss jemand Wichtiges sein«, sagte Albert leise.

»Was erwartest du? Hast du gedacht, du siehst hier ein Mädchen aus Menkulas?«, entgegnete ihm Artur.

Ich lachte. Menkulas war ein Dorf in der Nähe von Korça, aus dem der berühmte albanische Schriftsteller Dritëro Agolli kam. Doch Arturs Tonfall entnahm ich, dass Menkulas irgendwo in der Einöde liegen musste.

»Was ist mit Jim?«, fragte ich die beiden, um das Thema zu wechseln.

»Er wurde von dieser ›Lehrerin‹ abgeholt«, antworteten sie mir.

In letzter Zeit war öfters eine Frau ins Gasthaus gekommen, die Jim nach Scheibbs fuhr. Ihr Name war Irmgard, und wir nannten sie nur Irmi. Sie war gar keine richtige Lehrerin, ich weiß nicht, wer ihr diesen Namen gegeben hatte. Sie arbeitete in der Gemeinde von Scheibbs und nachmittags gab sie einen Gymnastikkurs, in den auch Jim ging. Er hatte uns erzählt, dass er auch in Tirana ab und zu solche Kurse besucht hatte.

Bald war uns aufgefallen, dass er an den Wochenenden nicht mehr in die ›Kreuztanne‹ zurückkehrte, sondern bei Irmi in einem zweistöckigen Haus schlief. Sie hatte drei erwachsene Kinder. In diesem Haus lebten nun nur noch sie und ihr Mann Herbert, der gelähmt war.

Annemarie kam ins Zimmer und brachte Daniela ein Glas Wasser. Sie bedankte sich, ohne sich umzudrehen, und legte das Glas an den Mund. Mit einem großen Schluck trank sie es aus, zündete sich dann noch eine Zigarette an und fragte uns, ob wir rauchten. Wir schüttelten nur die Köpfe. Sie fragte, ob uns der Rauch stören würde, und wieder schüttelten wir die Köpfe, diesmal etwas bestimmter.

Sie schwieg kurz und probierte es dann erneut. »Woher kommt ihr?«, fragte sie. »Wie lange seid ihr schon hier?«

»Aus Albanien«, antworteten wir. »Wir sind alle drei am selben Tag angekommen, Anfang August.« Ich war überrascht, dass ihre Mutter ihr davon offenbar nichts erzählt hatte.

Sie nahm einen langen Zug. »Wollt ihr etwas zu trinken?«, fragte sie.

»Nein«, antwortete Albert. »Wir haben gerade etwas getrunken.«

»Ich lade euch ein.«

Wir blieben stumm, denn wir wussten nicht, was wir bestellen sollten.

»Eine Cola«, sagte Artur schließlich.

»Alle drei?«

»Ja«, antwortete ich. »Alle drei.«

Sie ging in die Gaststube und kam mit zwei Flaschen Cola und einem Fanta zurück. Offenbar hatte sie nur zwei Colas gefunden. Sie stellte die Flaschen mitsamt drei Gläsern auf dem Tisch ab und lächelte.

»Setz dich«, sagte ich zu ihr.

»Nein, ich muss arbeiten«, antwortete sie. »Vielleicht später.« Dann verschwand sie im Gang. Wenig später hörten wir, wie sich die Tür in den zweiten Stock, die uns verboten blieb, knarrend öffnete und wieder schloss.

»Sie muss etwas Besonderes sein«, wiederholte Artur.

»Wer weiß, was Edmond sagen würde, wäre er hier«, meinte Albert und lachte.

»Er lässt nichts anbrennen«, sagte Artur. Bestimmt hätte er gesagt, sie soll in sein Zimmer kommen, weil er sein Bett nicht allein herrichten kann.

Edmond war der Einzige, der nur mit seiner Familie telefonierte und sonst mit niemandem. Artur und Albert hingegen klebte das Telefon am Kopf wie ein drittes Ohr. Zwei- oder dreimal die Woche hörte ich Annemarie schreien: »Anila! Anida!« – Das waren die Namen ihrer Freundinnen.

Kurz darauf bebten die Stiegen, weil Artur und Albert zum Telefon rannten. Sie telefonierten so viel, dass Annemarie irgendwann das Telefon wegsperrte, weil sie den ganzen Vormittag neben der Kommode im Flur saßen und sich mit ganz Korça unterhielten.

Die beiden waren nicht nur Cousins, auch ihre Freundinnen in Korça waren eng befreundet und verbrachten viel Zeit miteinander. Die vier waren wie zwei parallele Binome, hunderte Kilometer voneinander entfernt, durch nichts miteinander verbunden als ihre Gedanken und die Telefonleitung.

Eines Tages erzählten sie mir, dass die Freundinnen einen Bekannten bei der Post von Korça hätten und daher umsonst telefonierten. Das ergab Sinn, dachte ich, denn nicht mal die Tochter von Baki Balili könnte jeden Tag so lange nach Österreich telefonieren. Ich erinnerte mich, dass sich auch der Direktor der Post von Vlora häufig mit meinem Vater traf.

Montagfrüh war das Auto von Daniela nicht mehr da. Sie war wohl am Vorabend zurück nach Wien gefahren.

»Schon wieder weg«, hörte ich Artur sagen, als er die Stiegen zum Frühstück hinunterging und einen Blick in den Garten warf.

»Ja, immerhin ist heute Montag«, sagte Albert. »Sie musste wohl in die Arbeit. Sie ist bestimmt etwas sehr Besonderes«, wiederholte er einmal mehr. Als ich noch im Lager Traiskirchen lebte, hatte ich einige Ausflüge nach Wien unternommen. Ich stellte mir Daniela vor, wie sie in einer der U-Bahn-Stationen stand oder durch die Gänge eines Gebäudes lief, die voller Skulpturen waren, bis sie zur Tür ihres Büros kam, sie öffnete und dahinter verschwand.

Ein kluges Mädchen, dachte ich. Sie hatte diesen Ort verlassen, um nicht verrückt zu werden.

›*Entweder geh fort und rüttle dich wach, oder such in den Bergen, was keiner mehr sacht*‹, sagte ich zu mir selbst, als ich auf den leeren Platz blickte, wo zuvor Danielas Auto gestanden hatte, und den der Schnee sich nun allmählich einverleibte.

11

Bittere Kälte war der Begleiter der nächsten Woche. Keiner von uns traute sich, seine Nase zum Fenster herauszustecken. Vorbeifahrende Autos wurden immer seltener, denn die Sonne war nicht stark genug, um das Eis von der Fahrbahn zu schmelzen.

Manchmal sah ich Fritz im Gasthaus ein und ausgehen, mit einer Uschanka auf dem Kopf und einem Schal, der beide Ohren bedeckte.

Nun saß nicht mal mehr Fritz' Mutter auf der Bank der Bushaltestelle. Das Postauto kam mittwochs und danach nicht mehr.

Zum ersten Mal verstand ich, dass das hier der wirkliche Winter war, nicht zu vergleichen mit dem, was ich aus Albanien kannte. Dort nannten wir es einen Winter, wenn das Quecksilber auf plus zehn Grad fiel oder wenn während der Nacht der Wind vom Meer in die Stadt zog und die Fensterläden klappern ließ, wie eine Symphonie, die uns in den Schlaf wiegt. Ein behutsamer Winter.

Ich wusste nicht, wie ich das hier bezeichnen sollte. Das Thermometer, das am Fenster hing, zeigte minus 20 Grad. Näherte ich mich nur der Türschwelle, zitterten bereits meine Nasenhaare, weil sie einzufrieren drohten.

Am Wochenende nahm uns ein Gast in Richtung Scheibbs mit, damit wir uns dort Hauben kaufen konnten, die auch die Ohren bedeckten. Abends saßen wir länger vor dem Fernseher, nicht nur weil es sonst nichts zu tun gab, sondern weil wir die Sprache immer besser verstanden. Wörterbücher nahmen wir seltener in die Hand und bei den Gesprächen mit den Einheimischen wurden wir mit jedem Satz sicherer.

Eines Abends kam Edmond später zurück als üblich. Er wirkte sehr müde. Ohne ein Wort zu sagen, stieg er die Treppen hinauf und verschwand in seinem Zimmer.

Doch es dauerte nicht lange, bis er wieder herunterkam und sich in den Türrahmen des Wohnzimmers stellte. »Das nennt man Arbeit, liebe Brüder«, sagte Edmond, der als Holzfäller arbeitete. »Nicht das, was wir drüben getan haben.«

»Ja«, sagte ich. »Wir sind hergekommen mit der Einstellung zur Arbeit, wie wir sie aus Albanien kennen. Aber wir hatten keine Ahnung, dass Arbeit hier wirklich Arbeit bedeutet.«

Die Mutter von Fritz hatte ich schon länger nicht mehr gesehen. Ich hatte gehört, sie läge mit einer Erkältung im Bett.

Man hatte uns erzählt, dass es einige Berge weiter noch ein anderes Hotel gab, in dem ebenfalls Flüchtlinge untergebracht worden waren. Angeblich gab es dort Leute aus allen Ostblockländern, außer Albanien. Sozusagen ein Mini-Warschauer Pakt. Am späten Nachmittag, gegen sieben Uhr, wir hatten gerade zu Abend gegessen, sahen wir die Lichter eines Autos durch die Fenster scheinen. Zwei Männer stiegen aus, dick eingepackt, die Hauben tief ins Gesicht gezogen.

Sie blieben kurz vor dem Eingang stehen, rieben die Hände aneinander, um sie aufzuwärmen, und traten dann erst ein. Es war bereits dunkel, und ich konnte nicht erkennen, wer sie waren. In der Gaststube war es ebenfalls dunkel, also kamen sie zu uns ins Wohnzimmer und setzten sich an einen Tisch. Sie sagten nichts, bis sie Annemarie sahen und einen Tee bestellten.

Erst dann nahmen sie die Hauben ab und fuhren sich durch die Haare, um sie wieder in Ordnung zu bringen. Sie erzählten uns, dass sie den ganzen Weg aus Traiskirchen hergefahren waren. Jetzt erkannten wir, dass es jene Männer waren, die mit uns zusammen am 5. August im Bus gesessen hatten, jedoch woanders untergebracht worden waren. Sie waren auf dem Rückweg von einem eintägigen Job gewesen und hatten hier gehalten, um zu erfahren, wie wir wohnten und ob es für sie besser gewesen wäre, ebenfalls hier zu landen. Sie waren Bulgaren und lebten in einem Hotel weiter weg, dabei zeigten sie irgendwo in die Dunkelheit in Richtung eines Berges und bewegten die Hand so energisch, dass man denken könnte, sie meinten die Karpaten.

Ihr Hotel war groß und sehr voll. Sie erzählten Geschichten über ihre ersten Tage, die Schwierigkeiten, oben in den Bergen zu leben, wie sie Arbeit in Kuhställen gefunden hatten oder in anderen Hotels, die sich auf die bevorstehende Saison vorbereiteten. Wir lauschten, als sie uns über Debatten mit den Hotelbesitzern erzählten, die mit lauter Stimme und in verschiedenen Sprachen geführt worden waren, ein Mischmasch aus Klängen, das einige Gäste so störte, dass sie ihnen mit leiser Stimme sagten: »Wartet nur, wartet noch ein bisschen, bis er an die Macht kommt und euch dahin zurückschickt, woher ihr gekommen seid«, und dabei hatten die Gäste auf einen Fernseher gezeigt, in dem gerade Jörg Haider zu sehen war, der Parteiobmann der Rechtsextremen.

Die beiden Bulgaren waren beunruhigt, weil in ihrem Hotel laute Streitereien an der Tagesordnung waren. Einem von ihnen hatte der Arbeitgeber eines Tages gesagt, dass er Haiders Partei wählen würde. Wir sahen Jörg Haider zwar auch fast täglich in den Abendnachrichten, er hinterließ bei uns aber keinen bleibenden Eindruck.

Wir hörten oft, wie er gegen Ausländer wetterte, Phrasen benutzte, die schon Hitler verwendet hatte, und behauptete, er würde alle dorthin zurückschicken, woher sie gekommen waren, sollte er erst einmal gewählt werden.

Doch würde er uns, die wir uns bereits von unseren Familien getrennt hatten, von hier verjagen, einem Ort, an den uns keine Blutsverwandtschaft band, so würden wir einfach nach Deutschland, Frankreich oder sonstwohin weiterziehen. So jedenfalls dachten wir.

Ganz egal, wohin, wichtig war uns nur, dass wir hier nichts zurückließen, weil unser Leben noch gar nicht richtig begonnen hatte. Wenn wir Österreich verlassen müssten, würden wir eben nach Deutschland gehen, immerhin hatten wir bereits die Sprache gelernt und es würde uns leichter fallen, uns dort zu integrieren.

Für mich war der Traum von einem Leben in Italien ohnehin längst vorbei, denn aus Gesprächen, die ich mit meiner Familie in Vlora führte, hatte ich mitbekommen, dass Albaner, die mit Schiffen an die italienische Küste kamen, sich dort schwer einleben konnten, keinen Platz zum Schlafen bekamen und kein Taschengeld erhielten.

Die Bulgaren wirkten ängstlich. Wer wusste schon, was sie für Sorgen hatten, was auf sie in Bulgarien wartete, falls sie eines Tages zurückgehen mussten.

Die Vorstellung, die Berge verlassen zu können, erfüllte mich mit einem Gefühl des Glücks, denn vielleicht würde man mich dann in Wien oder Salzburg unterbringen, wo ich das Geheule Haiders aussitzen könnte, und bei dieser Gelegenheit würde ich mein Leben in einer Großstadt beginnen.

Doch die Leute, mit denen wir im Gasthaus sprachen oder die uns in ihren Autos mitnahmen, versuchten uns zu beruhigen und meinten, dass wir Haider nicht so ernst nehmen sollten. Der würde nur große Reden schwingen.

Nachdem die Bulgaren gegangen waren, erschien plötzlich Sllavo, der von seinem Platz aus offenbar alles gehört und gesehen hatte. Er setzte sich an unseren Tisch und erzählte uns, dass auch Fritz und Annemarie sie wählten – die Partei von Haider.

Wir, die schon lange nicht mehr über Haider nachdachten, lachten, doch trotzdem wunderten wir uns über das, was er sagte. Durch die Wohnzimmertür konnte ich Fritz und Annemarie in der Gaststube an einem Tisch sitzen sehen. Warum sollten sie uns Flüchtlinge aufnehmen und gleichzeitig eine rechtsextreme Partei wählen? Doch dann dachte ich daran, was unsere Betreuerin Monika aus Scheibbs gesagt hatte. Der Staat und internationale Organisationen würden Hotels und Gasthöfe gut bezahlen, wenn sie sich bereit erklärten, Flüchtlinge aufzunehmen. So konnten sie von uns profitieren. Wer sonst würde hier schlafen, in diesem Gasthaus inmitten der Berge, abgesehen von Bauern oder Vorbeifahrenden, die bloß für ein schnelles Getränk hereinkamen und möglichst schnell wieder aufbrachen?

Doch Sllavo bestand auf dem, was er uns schon einmal erzählt hatte, dass nämlich der Vater von Fritz ein Nazi gewesen sei, die Familie nach dem Krieg ihren Namen und ihre Identität gewechselt hatte und als ›anständige‹ Menschen zurückgekehrt waren.

Ich sagte ihm, er solle aufhören, solche Verschwörungstheorien zu verbreiten, und dass ich den Namen von Fritz' Vater in Sankt Anton gesehen hatte, wo er Bürgermeister gewesen war. Da drehte sich Sllavo zu mir und meinte, es sei doch auch der österreichische Präsident ein Nazi-Offizier gewesen, und war dennoch Generalsekretär der Vereinten Nationen geworden.

Sllavo fing Gespräche immer damit an, dass er etwas einwarf, als wäre es ihm gerade erst eingefallen, und dann entwickelte sich schnell eine Diskussion. Ich war nicht besonders gut darüber informiert, wie Österreich funktionierte und wer es regierte. Wir beendeten das Gespräch, indem wir ihm sagten, dass Serbien auch nicht besser wäre als Hitler-Österreich, und wir zeigten ihm im Fernsehen die brennenden Häuser in Slowenien und Kroatien. Er sei doch aus derselben Stadt wie Miloševic, erinnerten wir ihn. Daraufhin bekam er einen hochroten Kopf und verließ schnaufend das Zimmer.

In den Nachrichten hörten wir hin und wieder, dass man in Argentinien oder anderswo in Lateinamerika einen ehemaligen Nazi aufgespürt hatte, der dort fast fünfzig Jahre lang unter falschem Namen gelebt hatte. Vielleicht hatte Sllavo von dort die Idee mit der falschen Identität bekommen. Doch wir hatten keine Lust, in solche Gespräche verwickelt zu werden. Wir waren gekommen, um Arbeit zu finden und uns eine Existenz aufzubauen. Was interessierte es uns, wer in jenem Jahr in Österreich regierte? Das Wichtigste war, dass er sich an unserem Dasein nicht störte und wir gut leben konnten – schön und ruhig in einem Gasthaus irgendwo in den Bergen, ein Umstand, den wir nicht als Strafe sahen, sondern als Glücksfall, als ein Wink des Schicksals. Wir dachten an all die Leute, die wir getroffen und mit denen wir gearbeitet hatten, und die allesamt sehr freundlich und hilfsbereit gewesen waren. Deshalb war uns egal, wer der Vater von Fritz gewesen war oder wer gerade der österreichische Präsident war.

Wir kamen aus einer Region Europas, die gerade in ihre Bruchstücke zerfallen war. Daher galt für uns nun: ›Wer das Donnerwetter überstanden hat, soll beim Nieselregen nicht zusammenzucken.‹

Albert stand auf und ging nach oben. Kurz darauf kam er mit einer Gitarre in der Hand zurück. Er setzte sich, legte die Gitarre auf seinen Oberschenkel und begann, die Saiten zusammenhanglos zu zupfen. Er drehte sie abwechselnd enger und lockerer.

»Das Gespräch hat mich ganz schön runtergezogen«, gab er zu und zupfte weiter die Saiten. »Lieber singe ich Lieder aus Korça, als über Haider zu sprechen.« Er fing an zu singen: »Augen wie deine …« Doch er hörte gleich wieder auf, um eine Saite zu stimmen.

Ich verstand nicht gleich, wovon er da sang, und dachte, er hätte Edmond ein Lied gewidmet, den er immer ›Äuglein‹ nannte. Aber Edmond regte sich nicht, als Albert wieder anfing: »Augen wie deine findet man nirgends …«

Es wurde Mitternacht.

Albert spielte noch immer auf der Gitarre und verteidigte die unmelodischen Klänge, indem er nochmals betonte, dass er im Lyzeum ein anderes Instrument gelernt hatte. Dennoch blieb in mir der Eindruck, dass Albert kein großes musikalisches Talent besaß. Seine hervorstechende Eigenschaft war, abgesehen von seiner Erscheinung und seiner ruhigen Art zu sprechen, sein Sinn für

Abenteuer. Wenn man es am wenigsten erwartete, überraschte er einen mit einer verrückten Geschichte, die andere nie zu erzählen gewagt hätten.

Am nächsten Tag fuhr er nach Wieselburg, wie immer auf der Suche nach Arbeit. Doch es war kein besonders erfolgreicher Tag, also ging er zu einem Autohaus, um sich die Zeit zu vertreiben. Nicht lange, und er hatte ein Auto nach dem anderen Probe gefahren, obwohl er mit seiner Kleidung nicht den Eindruck erweckte, genug Geld zu besitzen, um eines davon kaufen zu können. Welcher Autohändler würde ihm also bereitwillig die Schlüssel aushändigen? Doch nachdem er mit den neuen Modellen fertig war, probierte er noch die alten aus und ging zum Schluss zu den schrottreifen Wagen, die für Ersatzteile genutzt wurden. Schließlich sagte er dem Autohändler, er wolle eines von den gebrauchten Autos kaufen. Sobald er einen Wagen ausgesucht und ihn gestartet hatte, wollte er eine Probefahrt machen. Ohne Führerschein und ohne zu wissen, wie man Auto fährt, fuhr er bis zur ›Kreuztanne‹, die von Wieselburg dreißig Kilometer entfernt war, und zu der nur eine steile und kurvenreiche Straße führte.

Wir saßen im Wohnzimmer und sahen fern, als wir die Geräusche eines Autos hörten und ans Fenster traten. Ein gelbes Auto, ganz anders als die, die wir bisher gesehen hatten, bog auf den Parkplatz ein und stieß dabei schwarzen Rauch und Dieselgeruch aus. Albert stieg aus und schloss die Tür locker mit der Ferse.

Er steckte den Schlüssel in die Hosentasche, setzte sich auf einen der Sessel im Garten, als würde er auf Annemarie warten, um ihr zu sagen: »Kaffee, bitte! Aber schnell!«

Wir gingen raus, setzten uns zu ihm und warteten, was er uns erzählen würde. Mit seiner ruhigen Art und einigem Lachen berichtete er uns, wie er auf einer Straße voller Autos losgefahren und die Bergstraße von Sankt Anton bis hier heraufgefahren war und wie sich das Auto nicht in den zweiten Gang schalten ließ.

Doch in der Nacht schlief er nicht gut, denn er hatte Angst, die Polizei würde auftauchen und ihn festnehmen. Immerhin hatte er dem Besitzer des Autohauses gesagt, er würde bloß eine Runde drehen. Das Auto hatte kein Kennzeichen und offenbar hatten sie nicht daran gedacht, dass eine kleine Runde für Albert eine Fahrt bis zur ›Kreuztanne‹ bedeutete.

Frühmorgens, als die ersten Sonnenstrahlen über den eisigen Asphalt leckten, saß er bereits im Auto, auf dem Weg zurück nach Wieselburg.

12

Am 2. Jänner 1992 begann meine Arbeit bei der Firma ›Heiser‹, der Fabrik in Kienberg. Ich hatte noch nie zuvor in einer Fabrik gearbeitet.

An meinem ersten Tag wurde ich von Abteilung zu Abteilung geführt. Zum Abschluss gab man mir eine Tasse Kaffee, stellte mich neben einen anderen Mitarbeiter und sagte mir, ich solle zusehen, was er tue. Ich blieb zwei Wochen neben diesem Mann, und erst als er überzeugt war, dass ich meine Arbeit verstanden hatte, ließ er mich unbeaufsichtigt.

Die ersten drei Monate waren schwierig und hart. Das waren die Probemonate, und ich wusste, ich musste die Zähne zusammenbeißen, damit sie mich fest anstellten. Denn sollten sie mich wegschicken, würde erneut eine Odyssee von einer Stadt zur anderen beginnen, von einem Vorstellungsgespräch zum nächsten. Und weil unsere Region keine Industrieregion war, hätte ich vor allem in Restaurants und Hotels nach Arbeit suchen müssen. Darauf hatte ich keine Lust.

Ich musste mehrmals den Arbeitsplatz wechseln, um den Verarbeitungsprozess verschiedener Maschinen zu erlernen. Irgendwann jedoch erhielt ich meinen festen Platz und blieb dort so lange, bis Herr Konul, der Direktor, eines Tages zu mir kam. Frau Reitlinger ließ fragen, wie ich mit der Arbeit zurechtkam, und ob es etwas gebe, das mir nicht gefiele. Denn immerhin war ich laut ihr ein Künstler, und Künstler seien empfindlich.

Ich durfte keine Schwielen auf den Händen bekommen. Bis dahin war es meine Aufgabe gewesen, Stahl in die Sägemaschine zu legen, die den Stahl daraufhin in drei Schichten zersägte. Doch nach Frau Reitlingers Anordnung durfte ich die Aufsicht über die Maschine führen und setzte meine Hände viel seltener ein.

Wegen meiner neuen Arbeit musste ich auch umziehen, in das Gasthaus ›Hübner‹ in Kienberg, wo ich ein Zimmer ganz für mich allein hatte. Samstags erledigte ich kleine Arbeiten im Zimmer und brachte meine Kleidung in den Waschsalon. Danach machte ich mich auf den Weg zu meinen Freunden, die ich in der ›Kreuztanne‹ zurückgelassen hatte.

So lebte ich mich ein, bis ich Anfang Juni von der Büroleitung angerufen wurde. Die Chefin wollte mit mir sprechen. An diesem Tag hielt ich also, bevor ich in ein Restaurant nebenan zum Mittagessen ging, bei der Büroleitung und wartete, mit einer Zeitung in der Hand, auf Frau Reitlinger.

Ich las gerade einen Artikel, den ich bereits ziemlich gut verstand, als ich Schritte hörte. Ich hob den Kopf und sah eine der Sekretärinnen mit einem Lächeln auf mich zukommen. Sie blieb vor mir stehen und erklärte mir, dass Frau Reitlinger zurzeit in Palma de Mallorca Urlaub machte, ihr aber aufgetragen hatte, mir etwas auszurichten.

Frau Reitlinger wusste, dass ich bald nach Albanien fahren würde, um zu heiraten, und dann mit meiner Braut hierher zurückkehren würde. Als frisch verheiratetes Ehepaar wollte sie uns eine Wohnung der Firma zinsfrei zur Verfügung stellen.

Ich war verwundert, glücklich und dankbar. Die Sekretärin bat mich noch um etwas Geduld. Kurz darauf kam ein Mann, der sich als Günther Ehrgott vorstellte. Er sollte mir meine neue Wohnung zeigen, die in der ›Alten Straße‹ lag.

Ich hatte nun eine eigene Wohnung, und bald würde ich mit meiner Frau darin leben. So also begann sie, meine österreichische Existenz.

***

Nachdem ich Klara die Geschichte meiner Ankunft erzählt hatte, die nun schon zwei Jahre hinter mir lag, führten wir unseren Spaziergang um den Teich herum fort. Sie hörte mir zu, blickte hin und wieder zu den Schwänen, die zaghaft mit ihren Flügeln schlugen und so Kreise in verschiedener Größe im Wasser zeichneten, während ich die Silhouetten von Frau und Herr Reitlinger verfolgte. Bald war sein grüner Borsalino-Hut zwischen den üppigen, hellen und grünen Blättern verschwunden, die nach ihrer eigenen Ordnung im Wind flatterten, und dem leblosen Grau des Winters trotzten, das sie gerade abgeworfen hatten und das sie in wenigen Monaten schon wieder einholen würde.

13

Der März des Jahres 1993 brachte kompromisslosen Regen, manchmal war er stark wie eine Sintflut, andere Male hörte er plötzlich auf, um der Sonne Platz zu machen. Klara und ich führten unser Ritual des gemeinsamen Spazierganges fort, mit dem Unterschied, dass wir Regenjacken anzogen, ehe wir die Wohnung verließen, und wenn wir damit fertig waren, die Schwäne im Teich zu füttern, gingen wir in Richtung des dichten Waldes, der sich entlang des Flussufers der Erlauf auffächerte.

Am dritten Freitag des Monats fuhren wir zum Arzt nach Scheibbs. Ich blieb im Vorzimmer und blätterte in einem Magazin. Nicht lange, bis Klara mit dem Arzt aus dem Ordinationszimmer trat. Lachend teilte mir der Arzt mit, dass alles so sei, wie es der Herr vorhergesehen hatte. Das Kind, das wir erwarteten, war am besten Weg, gesund auf die Welt zu kommen. Dann fragte er mich, wie es mir mit der Malerei ginge.

Ich erklärte ihm, dass ich in letzter Zeit nicht viel gemalt hatte, sondern in meiner Freizeit meist mit Klara spazieren gegangen war. Doch ich hatte die Hoffnung, dass ich nach der Geburt wieder mehr Motivation verspüren würde.

Als wir die Arztpraxis verließen, trafen wir Manuela und Rupert, unsere österreichischen Freunde. Sie wollten sofort wissen, was der Arzt gesagt hatte.

Als wir gemeinsam das Stiegenhaus hinuntergingen, sagte Manuela: »Wir sollten auf einen Kaffee gehen.«

»Heute lade ich ein«, meinte Rupert, der wie immer ein Lächeln aufgesetzt hatte.

»Stadtcafé«, sagte Manuela, als wüsste sie genau, dass auch wir das Stadtcafé am liebsten hatten. Jeden Samstagvormittag fuhren Klara und ich hin, um dort einen Kaffee zu trinken.

Rupert war Architekt gewesen und immer, wenn wir ihn trafen, erzählte er uns viele Geschichten über die Stadt.

Wir blieben nicht länger als eine halbe Stunde, und das Café begann sich bereits zu leeren. Es war fast Mittag, und wir machten uns bereit, nach Hause zu fahren. Doch Manuela lud uns ein, noch bei ihnen Mittag zu essen.

Zu Fuß schlenderten wir über die Flusspromenade, überquerten eine Brücke und gingen die Straße neben dem Gymnasium hinauf, um schlussendlich in der Straße anzukommen, in der sich ihr Haus befand, von dem aus man einen Blick über die ganze Stadt genoss.

Bevor das Mittagessen aufgetischt wurde, nahm mich Rupert am Arm und führte mich in sein Atelier im zweiten Stock. Es war ein Raum mit hohen Glasfenstern, von dem aus man einen unglaublichen Ausblick auf die umliegende Natur hatte.

Ich begann, die Bücher und Magazine seiner Bibliothek durchzusehen, nahm ein Album über die Wiener Architektur des 19. Jahrhunderts in die Hand und betrachtete es aufmerksam.

»Die Wiener Ringstraße«, hörte ich Rupert sagen.

»Ich bin dort einige Male vorbeigegangen«, sagte ich.

»Die Juwelen der Weltarchitektur«, fuhr er fort und nahm mir das Buch aus der Hand, um mir ein Gebäude zu zeigen, das der Architekt Adolf Loos, auch bekannt als ›Revolutionär der Architektur‹, gebaut hatte. Die Fassade des Gebäudes war mit grünem Marmor verziert.

Ich trat an seinen Arbeitstisch und fragte ihn nach dem Plan des Hauses. Er holte einige Projekte und Fotos der verschiedenen Bauetappen aus seinem Schreibtisch und breitete sie vor mir aus.

»Ein schönes Gebäude«, sagte ich.

»Funktional«, sagte er. Das Wichtigste war, dass es funktional war und jedem diente, der darin wohnt. Das Haus war ein Ort der Ruhe, der Wärme und Behaglichkeit.

Über den Tisch verteilt erkannte ich weitere Projekte, an denen er gerade arbeitete, darunter ein Hotel in den Bergen.

»Was ist das hier?«, fragte ich.

»Ein Kurhotel. Ich renoviere es gerade, hin und wieder muss die Innenausstattung geändert und auf die Geschmäcker der Besitzer Rücksicht genommen werden. Aber man muss auch die heutigen Trends beachten.«

Er zeigte mir noch ein paar Fotos. Es sah sehr romantisch aus.

Für mich war solch eine Architektur etwas Neues, denn bei uns in Albanien besaßen die Häuser meist Flachdächer. Spitzdächer fand man nur am Land oder in den Bergen, nicht in der Stadt.

Rupert war ein ruhiger Mann mit einer guten Seele. Er sah mir die Neugierde an.

»Wenn du Lust hast, kannst du mich morgen begleiten«, sagte er.

»Wohin?«

»Dort oben in die Berge. Zum Hotel in Gösing.«

»Morgen?«, fragte ich.

»Ja, wir fahren gleich in der Früh los. Ich habe dort nicht viel zu tun. Einige Vermessungen muss ich machen. Nachher trinken wir einen Kaffee auf der Terrasse, von dort hat man eine magische Aussicht. Ich bin mir sicher, dass es dir gefallen wird.«

»Ich werde darüber nachdenken«, sagte ich.

Wir hörten Manuela rufen und gingen nach unten. Als wir schon beim Kaffee angelangt waren, erinnerte sie sich, dass Rupert und sie heute Abend eingeladen waren.

»Kommt ihr mit zum Hotel ›Hofmacher‹?«, fragte sie. »Heute Abend ist Stadtfest.«

»Ich weiß nicht ...«, sagte Klara.

»Morgen ist doch Samstag und die Fabrik geschlossen«, versuchte uns Manuela zu überreden.

»In Ordnung«, sagten wir schließlich. Passte die Kleidung, die wir trugen, für so einen Anlass? Oder mussten wir uns umziehen?

Manuela ging zum Telefon und rief jemanden an, damit an ihrem reservierten Tisch noch zwei Stühle dazugestellt werden würden. Ich konnte hören, wie sie sagte, es kämen Freunde aus Albanien.

Um 18 Uhr zogen Klara und ich uns um und gingen zu Fuß zum Hotel, das im Stadtzentrum lag. Schon von weitem konnten wir die Klänge des Orchesters hören. Es spielte Volksmusik.

Bereits als wir durch das Eingangstor traten, schlug uns eine festliche Atmosphäre entgegen. Am Ende des Saals hatte sich das Orchester aufgebaut, vor dem Mikrofon stand eine Frau, die ich auf ungefähr dreißig Jahre schätzte.

Ein Mann begrüßte uns und zeigte uns den reservierten Tisch ›dort drüben‹, doch diese Beschreibung genügte nicht, also brachte er uns selbst zu unserem Platz. Sogar Namensschilder waren aufgestellt worden. Von unserem Tisch aus konnten wir Paare, Jungen und Mädchen, Damen und Herren, vor dem Orchester tanzen sehen. Manuela forderte mich ein paar Mal zum Tanz auf, doch ich winkte ab.

Um ehrlich zu sein, war ich noch nie ein besonders begnadeter Tänzer gewesen. Normalerweise sage ich, dass ich zwei linke Füße habe, doch diesmal war Klara meine Entschuldigung. Sie war immerhin schwanger. Außerdem hatte ich Musik, wie sie hier gespielt wurde, noch nie gehört.

Ich blieb also am Tisch sitzen und sprach über die Tracht, während ich sie mit unserer in Albanien verglich. Die Kleider der Frauen im Süden hatten kräftigere Farben, und außerdem trugen sie mehr Schmuck. Bald sprach der ganze Tisch über dieses Thema, und letztlich kamen wir zu dem Entschluss, dass südeuropäische Tracht, vor allem jene in Albanien und Griechenland, viel bunter als die österreichische war.

Oft kamen Leute aus Neugier an unseren Tisch und stießen mit mir an. Sie wollten wissen, woher wir waren und was uns mit diesem Fest verband.

»Ich bin der Franz und das ist meine Frau Waltraud«, hörte ich einen Mann sagen, an dessen Hand eine Frau hing, deren Haare mit einer roten Masche zurückgebunden waren.

»Freut mich«, sagte ich und stellte meine Frau vor. Nachdem wir angestoßen hatten, entfernten sich Franz und Waltraud Richtung Tanzfläche und verschwanden in der Menge.

Es kam vor, dass jemand »Zum Wohl« sagte, wenn er mit mir anstieß, und mich dann fragte, was das auf Albanisch hieße. »Gëzuar«, sagte ich, doch die meisten Leute taten sich schwer bei der Aussprache. Am Ende klang es wie ›Gëcuar‹.

Franz tauchte wieder aus der tanzenden Menge auf, und wir unterhielten uns noch ein wenig. Er hatte gehört, dass es in Albanien viele hohe Berge gäbe. Das hätte er in Büchern gelesen. Ich wusste gleich, dass er über Karl May sprach, und versuchte zu erklären, dass diese Geschichten nicht der Wahrheit entsprachen und dass ich ein anderes Albanien kannte, als es in diesen Büchern beschrieben wurde.

Ich musste daran denken, wie mir Sllavo in der ›Kreuztanne‹ erzählt hatte, dass Fritz Vater ein ranghoher Nazi gewesen sei. Wir hatten uns laut unterhalten, denn so sprachen wir Albaner meistens, und es dauerte nicht lange, bis Fritz zu uns ins Zimmer kam. Er verstand natürlich nicht, über was wir sprachen, doch ich konnte sehen, dass er fürchtete, wir würden miteinander streiten. Doch als er sah, dass wir lachten, erklärte er uns, er wisse genau, wie Albaner seien, denn er habe in seiner Jugend über sie gelesen.

Damals sagte ich ihm, wenn man alles glaubte, was in Büchern stand, müsste man auch glauben, dass alle Österreicher treue Diener Hitlers gewesen seien. Sllavo lächelte boshaft, scheinbar hieß er meine Aussage gut und fand in ihr eine Bestätigung über seine Behauptung, Fritz' Vater sei ein Nazi gewesen. Als wollte er zu Fritz sagen: Ich weiß genau, wer du wirklich bist.

Ich merkte bald, dass dieses Argument wirkte. Danach sprach niemand mehr mit mir über Karl May.

Doch manchmal traf ich auch auf Leute, die besser über Albanien informiert waren als ich, und die mir von Skanderbeg, Mutter Teresa und Alexander Moissi, dem berühmten albanischen Schauspieler des Burgtheaters und ersten Darsteller des ›Jedermann‹, erzählten.

An diesem Abend hörte ich so etwas jedoch nicht im Hotel ›Hofmacher‹. Jene, die zu uns an den Tisch kamen, hatten meist ein großes Glas in der Hand und waren entweder vom Getränk bereits ordentlich in Stimmung gebracht worden oder auf dem besten Weg dorthin. Als sie hörten, dass irgendwo im Saal ein Albaner war, kamen sie angetorkelt, um mich zu treffen, anzustoßen und mir zu erzählen, welch schöne und unberührte Küsten Albanien habe. Sie hätten es selbst gesehen, als sie mit der Fähre nach Korfu fuhren. Andere fragten mich, warum es in Albanien so viele Bunker gebe.

»Ich habe gelesen, dass es in Albanien 700.000 Bunker gibt«, sagte einer an unserem Tisch.

»Ich habe sie nicht gezählt«, antwortete ich, und tatsächlich wusste ich nicht, wie viele es gab, obwohl mir diese Zahl sehr hoch erschien.

»Wofür braucht ihr die alle?«, fragte seine Frau, die bis dahin noch gar nichts gesprochen hatte.

Ich wusste nicht, wie ich ihr erklären sollte, dass der Mann an der Spitze unseres Landes versessen auf Bunker gewesen war, ein ›Bunker-Sammler‹, und sie überall verteilt hatte – in den Bergen, an der Küste, in Feldern, aber auch in Schulhöfen und Kindergärten.

Gerade als es so aussah, als hätten die Leute ein neues Gesprächsthema gefunden, hörte ich jemanden sagen: »Sind Sie der aus Albanien?«

»Ja, von dort sind wir«, antwortete ich.

»Guten Abend«, sagte der Mann. »Es ist das erste Mal, dass ich Albaner treffe. Mein Großvater war im Zweiten Weltkrieg dort als Soldat stationiert. Er erzählte mir immer vom Krieg und dass die Berge dort kahl seien und sehr hoch und unter ihnen ungezähmte Flüsse rauschten. Er wollte immer dorthin zurückkehren und die Landschaft in Ruhe betrachten, doch leider war ihm das nicht mehr vergönnt. Er hatte viele Male versucht, bei der Botschaft in Wien ein Visum zu beantragen, doch das wurde ihm nie gewährt. Er sprach immer über das Jahr, in dem er dort stationiert gewesen war, und er beendete seine Erzählung immer mit: Gott sei Dank bin ich lebend zurückgekehrt. Er erzählte von einer großen Schlacht, die er in einem Tal irgendwo an der griechischen Grenze erlebt hatte.«

Ich hörte der Geschichte des Mannes interessiert zu und wusste nicht, was ich ihm darauf antworten sollte. So sagte ich ihm bloß, er könne sich ruhig setzen, denn er hatte die ganze Erzählung stehend vorgetragen.

»Ich bin der Manfred«, sagte er und reichte mir die Hand. Ich betrachtete ihn und stellte mir vor, wie er als Kind mit anderen Nachbarskindern Krieg gespielt hatte und wie sie sich in deutsche Soldaten und Partisanen aufteilten.

»Weißt du, wie das Gebiet heißt, von dem mein Großvater erzählt hat?«, fragte er mich.

»Nicht genau«, gab ich zu. »Die Grenze zu Griechenland ist lang.«

»Mein Großvater erzählte mir, dass sie eines Tages an einem sehr großen Berg vorübergingen.«

Ich dachte eine Weile nach und sagte ihm dann, dass um den Berg Grammos viele bittere Schlachten stattgefunden hatten.

Offenbar hatte mein anderer Gesprächspartner nur auf seine Gelegenheit gewartet und nutzte die erste Pause aus, um wieder auf die Bunker zurückzukommen.

Ich erklärte ihm, dass die Bunker stabil genug waren, um Bombardierungen gut zu überstehen. Es gab ein Gerücht, dass der Verteidigungsminister den Architekten dieser Bunker in eine seiner eigenen Bauten hineingesteckt hatte und dann mit schwerer Artillerie darauf schoss, um zu überprüfen, ob sie wirklich so stabil waren, wie der Architekt versprochen hatte. Das brachte ihn völlig durcheinander.

»Wie?«, fragte er. »Er hat den Architekten in den Bunker gesteckt?«

»Ja«, sagte ich, »das erzählt man sich.«

»Und dann schoss er darauf mit einer Kanone?«

»Das habe ich gehört. Er soll ununterbrochen gefeuert haben.«

»Und wie ging es aus?«, fragte er. »Hielt der Bunker stand? Kam der Architekt wieder lebendig heraus?«

Ich hatte keine Ahnung. Ich erinnerte mich an die Geschichte eines Mädchens, das in die Geburtsstation eines Krankenhauses ging, um ihr Kind zur Welt zu bringen. Als sie die Ärzte fragten, wie sie ihren Sohn nennen wollte, antwortete sie ihnen kalt: »Nennen Sie ihn Bunker, dort wurde er gezeugt.«

Das Fest ging weiter, das Orchester wechselte das Repertoire und fing an, moderne, amerikanische Lieder zu spielen, zu denen sowohl die Jungen als auch die Älteren in ihrer Tracht tanzten.

Rupert kam mit einem Mann an den Tisch, der einen roten Bart und lange Haare hatte und als Richard Braun vorgestellt wurde. »Der beste Künstler der Stadt«, sagte Rupert.

Richard gab mir die Hand und fragte, ob er sich zu uns setzen könne. Dem Kellner sagte er, er solle uns allen ein großes Wieselburger bringen. Ich stellte ihm Klara vor.

»Junge oder Mädchen?«, fragte er mit Blick auf ihren Bauch. Sie antwortete, dass das Geschlecht unwichtig sei, solange das Kind nur gesund zur Welt kommen würde.

Der Kellner brachte die Bierkrüge. Richard packte einen, stieß mit allen am Tisch an und nahm einen kräftigen Schluck. Als er das Bier absetzte, fiel mir auf, dass sein Bart nass war.

Die Gespräche am Tisch verstummten allmählich und wir beobachteten die Leute auf der Tanzfläche. Plötzlich drehte sich Richard zu mir und sagte: »Rupert hat mir erzählt, dass du malst.«

»Ja«, antwortete ich. »Wenn ich Zeit habe, tauche ich meine Hände in die Farben.«

»Tauchen?« Er lachte. »Das ist schön. Wenn man seine Hände in die Farben taucht, ist man mit seinem Kopf schon drinnen.«

»Soweit bin ich noch nicht, aber zumindest meine Beine sind schon eingetaucht«, antwortete ich, und er lachte erneut.

»Was für Bilder malst du?«

»Landschaften«, sagte ich.

Richard nickte. »Hier hat man auch keine anderen Möglichkeiten. Alle malen Landschaften. Die Natur lässt einen nicht in Ruhe.«

»Mir gefällt die Natur meiner Wohngegend sehr«, sagte ich und erzählte ihm, dass mich die kräftigen Farben mitgerissen hatten. Ich hatte noch nie so viele Gelb-

und Grüntöne gesehen, denn ich kam von einem Ort am Meer, wo die Sonne 300 Tage im Jahr schien.

»In was für einer Stilrichtung malt man in Albanien?«, fragte er, und ich merkte, dass er sich sehr für meine Antworten interessierte. Ich erzählte ihm von berühmten Künstlern, deren Werke alle derselben Stilrichtung, dem sogenannten Realsozialismus, zugerechnet wurden.

Richard, der auch im örtlichen Gymnasium unterrichtete und gegenüber von Rupert wohnte, lud mich ein, ihn am nächsten Tag zu besuchen.

»Ich weiß noch nicht, ob ich morgen kann, aber ich würde gerne einmal vorbeikommen«, sagte ich ihm.

Er trank seinen letzten Rest Wieselburger aus, verabschiedete sich und ging. Der Abend neigte sich seinem Ende entgegen, und um Mitternacht verließen auch Klara und ich das Fest.

Am nächsten Morgen fuhr ich gemeinsam mit Rupert gleich nach dem Frühstück nach Gösing in das Kurhotel, über das wir am Tag zuvor gesprochen hatten. Die Straße dorthin verlief an Sankt Anton/Jeßnitz vorbei, und als wir hinauffuhren, bat ich Rupert, kurz bei der ›Kreuztanne‹ zu halten, um dort einen Kaffee zu trinken. Er parkte sein Auto neben dem von Fritz und Annemarie.

Wir stiegen aus und setzten uns in den Garten, denn die Sonne brannte stark auf uns herab. Ich sah Isolde, die Tochter von Fritz und Annemarie, und fragte sie, ob sie sich an mich erinnerte, wie die Schule lief und ob ihre Eltern im Gasthaus waren. Sie verschwand im Haus, und kurz darauf trat Fritz nach draußen. Als er mich sah, machte er einen verwunderten Eindruck, denn ich hatte mich schon lange nicht mehr blicken lassen.

Wir bestellten einen Kaffee. Ein Bus kam, hielt an der Bushaltestelle und fuhr wieder ab. Ich suchte Fritz' Mutter, und tatsächlich, sie war da. Als Fritz den Kaffee brachte, fragte ich ihn, ob im Gasthaus noch immer Flüchtlinge wohnten.

»Drei Familien aus Bosnien«, antwortete er. »Die haben jeweils drei oder vier Kinder.«

Nun kam auch Annemarie zu uns. Sie erzählte mir, dass dem Hotel die Lebendigkeit fehlte, seit die Albaner ausgezogen waren, denn die Bosnier seien verschlossen. Obwohl sie schon einige Zeit in der ›Kreuztanne‹ lebten, blieben sie meist unter sich, und man sah sie einen Kaffee nach dem anderen trinken.

Ich hatte noch nie Bosnier getroffen. In meinem Kopf fand ich nur Bilder von Krieg und verbrannten Häusern, die ich aus dem Fernsehen kannte. In vielen Berichterstattungen hatte ich ganze Karawanen von älteren Menschen gesehen, in den meisten Fällen Frauen mit weißen Kopftüchern, Kinder in den Armen, die zurückblickten, um ein letztes Mal ihre in sich zusammenstürzenden Häuser zu sehen, versunken im Rauch, eingebettet zwischen dem Grau der Asche und dem Gelb der Flammen, die langsam rot wurden wie ihre Augen nach schlaflosen Nächten. Ja, ihre Augen waren rot und nass von den Tränen über alles, was sie zurücklassen mussten, und auch über die Ungewissheit, was sie auf ihrem Weg erwartete und wann er enden würde. Ob er je enden würde.

So war es für mich nur zu verständlich, warum sie keine Partys feierten. Wer wusste, was mit ihren Familien geschehen war, wie viele von ihnen gestorben waren im Bombenhagel oder begraben wurden von ihrem eigenen Zuhause.

Nachdem wir den Kaffee getrunken und uns verabschiedet hatten, fuhren wir weiter Richtung Puchenstuben und dann noch weiter nach Gösing, wo man einen prächtigen Blick ins Tal hatte, dessen Ende vom Ötscher markiert wurde. Ich dachte daran, wie ich ihn zum ersten Mal gesehen hatte.

Wir betraten das Hotel. Rupert sprach mit dem Besitzer und nahm einige Vermessungen vor. Anschließend gingen wir auf die Veranda, wo uns ein Kellner Kaffee und eine Torte brachte.

»Die beste Torte, die ich jemals gegessen habe«, erklärte mir Rupert.

Während ich von der Torte kostete, blickte ich auf den Ötscher, der von Schnee bedeckt war. Ich wusste, da[illegible] dort viele Skipisten gab, doch ich hatte das Skifahren nie w[illegible]mocht, und im Fernsehen fand ich es immer langweilig.

Nachdem wir fertig gegessen hatten, fuh[illegible]rück nach Scheibbs. Rupert fuhr vorsichtig, denn die Sonne wurde von Eisstücken reflektiert, die noch nicht geschmolzen waren.

Während unseres Ausflugs hatten unsere Frauen einen Spaziergang durch die Stadt gemacht und danach ein Mittagessen für uns vorbereitet. Zwei Kinder von Rupert und Manuela, die in anderen Städten wohnten, saßen mit uns am Tisch.

Am Nachmittag besuchte ich wie versprochen Richard Braun, den Künstler, den ich gestern auf dem Fest kennengelernt hatte.

Als ich bei seinem Haus ankam, stellte er mich zuerst seiner Familie vor, die gerade Tee trank. Danach gingen wir ins Atelier. Ich setzte mich auf eine Couch, die

Richard dort für Freunde oder potenzielle Käufer aufgestellt hatte.

Ich betrachtete zunächst die Bilder an seiner Wand und dann jene, die über den Boden verteilt standen. Soweit ich verstand, war er ein postimpressionistischer Künstler, im Stil von Paul Cézanne. Er verlieh seinen Landschaften Formen und Farben. Weil er einen Spachtel benutzte, nahm die Natur in seinen Bildern geometrische Formen an, manchmal mit expressionistischen Zügen, die im Vergleich zu den großen Gemälden, die er früher gemalt hatte, frischer und farbenfroher auf mich wirkten.

Er besaß eine große Bibliothek, in der ich große Alben über weltbekannte Künstler entdeckte. Mir fiel auf, dass die Alben nach Kunstepochen geordnet waren, beginnend mit der Renaissance und italienischen Künstlern, später kamen die Impressionisten und Expressionisten, um mit österreichischen, deutschen und amerikanischen Künstlern der Gegenwart zu schließen.

Ich setzte mich wieder auf die Couch und er bot mir ein Glas Cognac an, während er mir erzählte, dass es in Scheibbs einen Künstlerverein gab. Die Mitglieder malten ebenfalls Landschaften. Er nannte mir ein paar Namen. Einer der Scheibbser Künstler lebte in Wien und hatte sich dort einen Namen als Hyperrealist gemacht.

»Wenn du willst, kannst du auch Mitglied werden«, sagte er und blickte mich ernst an.

»Ich?«

»Ja, du. Wieso nicht?«

»Ich bin kein Künstler«, sagte ich abwehrend. »Ich vertreibe mir bloß meine Zeit mit der Malerei.«

»Das tun wir alle.«

»Aber Sie sind Künstler, Herr Braun«, sagte ich und blickte auf die Bilder, die an der Wand hingen. »Ich bin ein Aquarellist. Ich habe keine Erfahrung mit Ölfarben.«

Er tat, als hätte er das gar nicht gehört. »Wie viele fertige Bilder hast du?«

Ich dachte kurz nach. »Ungefähr 25 oder 30 Stück.«

»Das sollte reichen«, sagte er.

»Wofür?«, fragte ich.

»Für eine kleine Ausstellung. Österreichische und albanische Motive, in Scheibbs ausgestellt«, sagte er.

»Eine Ausstellung?«, fragte ich zweifelnd. »Mit meinen Bildern?«

»Ja, wieso nicht? Eines Tages wirst du sie ausstellen müssen. Was für einen Sinn hat es denn, wenn du sie zuhause behältst, und nur ab und zu anschaust?«

Ich fühlte mich überwältigt. Ich hatte nie daran gedacht, meine Bilder bei einer Ausstellung zu zeigen. Es stimmte, hin und wieder sah ich sie mir selbst an oder zeigte sie Freunden, die auf Besuch kamen. Doch wenn ich in der Zeitung las, dass in der Umgebung oder in Wien eine Ausstellung eröffnet wurde, und Fotos von Menschen in Anzügen mit bunten Krawatten und Frauen mit teurem Schmuck sah, kam es mir unmöglich vor, dass ich eines Tages inmitten der Berge selbst eine Ausstellung eröffnen und meine Bilder verkaufen könnte.

»Wo?«, fragte ich. Er zeigte mir Fotos eines Ausstellungsraums, in dem auch er ausgestellt hatte.

Die Idee, eine eigene Ausstellung zu bekommen, machte mir Angst. Ich war doch kein Künstler! Doch er sagte mir, dass die Bilder ein Einblick in meine Welt waren, dass sie aus einem fernen Land kamen, von dem viele Menschen nichts wussten, und durch meine Aquarelle würden sie diese Welt kennenlernen.

Schließlich stimmte ich zu und versprach ihm, bis zum Tag der Eröffnung weiter an meinen Bildern zu arbeiten.

»Wo kaufst du deine Materialien?«, fragte mich Herr Braun.

»Ich komme dafür extra nach Scheibbs«, sagte ich ihm, »in das Geschäft ›Weinmesser‹.«

»Das ist doch sehr teuer«, sagte er. Er ging in die Bibliothek und kam kurz darauf mit einem großen Buch wieder, das sich als Katalog herausstellte. Er erzählte mir, dass es eine große deutsche Firma gab, bei der man alle Materialien zum Malen zu günstigen Preisen bekommen konnte.

Ich nahm den Katalog in die Hand. Er kam mir so schwer vor wie ein altes Kirchenbuch. Ich bedankte mich bei Herrn Braun und verließ sein Atelier. Vor dem Haus von Rupert und Manuela wartete Klara bereits auf mich, und gemeinsam gingen wir zum Bahnhof.

14

Mit Rupert und Manuela verband mich eine alte Freundschaft. Sie begann im November 1991, als ich vor dem Gasthaus ›Kreuztanne‹ darauf wartete, dass mich ein Auto mit in die Stadt nahm.

In jener Woche hatte ich mich kaum bewegt. Eine Grippe hatte mich erwischt und aus Angst, es nur noch schlimmer zu machen, zwang ich mich, im Zimmer zu bleiben.

Annemarie brachte mir Tee hinauf.

Tido hatte sich darüber gefreut, denn so war er nicht ganz alleine, während er auf seine Frau Adina wartete, die spätabends von ihrer Arbeit kam. Er lockte mich auf den Gang und erzählte mir Geschichten von seiner Heimatstadt Timişoara

Als es mir langsam besser ging und die Symptome schwächer wurden, wollte ich nach Gaming, um einzukaufen. Ich ging zur Bushaltestelle und wartete auf eine Mitfahrgelegenheit.

Aus der Ferne sah ich ein weißes Auto in meine Richtung kommen. Das Kennzeichen konnte ich nicht zuordnen. Bald schon war es nah genug, dass ich ihm ein Handzeichen geben konnte. Es hielt neben mir.

Der Fahrer war ein Mann mit weißem Haar, ich schätzte ihn zwischen 40 und 50 Jahre. Als ich eingestiegen war, drehte er sich um und sagte: »Mein Name ist Rupert. Rupert Krischek. Und wohin möchten Sie?«

»Wo fahren Sie hin?«, fragte ich.

»Nach Scheibbs.«

»Ich muss nach Gaming«, sagte ich. »Wenn es möglich ist, wäre es gut, Sie ließen mich bei der Kreuzung Neubruck aussteigen.«

Dort teilten sich die Straßen, links ging es nach Gaming, rechts nach Scheibbs.

»Kein Problem«, sagte er. »Ich bringe Sie direkt nach Gaming. Sonst müssen Sie bei der Kreuzung nur auf ein anderes Auto warten.«

Er legte den ersten Gang ein und fuhr los.

Schon beim Einsteigen war mir aufgefallen, dass sein Kennzeichen personalisiert war: »RAUM 3«. Ich fragte Rupert leise, was das zu bedeuten habe. Daraufhin erzählte er mir, dass er als Architekt arbeitete und gerade von einer Baustelle für ein Hotel in Gösing kam, irgendwo in den Bergen von Puchenstuben. »RAUM 3«, erklärte er mir, stehe für die drei Dimensionen des Raumes.

Mir gefiel das sehr.

»Woher kommen Sie denn?«

»Aus Albanien«, antwortete ich.

Ich erzählte Rupert, dass ich seit fast drei Monaten im Gasthaus ›Kreuztanne‹ lebte. Er fragte mich nach meiner Familie, der Lage in Albanien und meinem Aufenthalt in Österreich.

Unser Gespräch verlief sehr anregend, und er war neugierig, etwas über Albanien zu lernen. Rupert war einer der wenigen, die nicht sofort von Karl May und dessen Abenteuerbüchern sprachen. Wir waren schnell zum Du übergegangen.

»Und was machst du so im Gasthaus?«, fragte er.

Ich berichtete ihm vom Leben in der ›Kreuztanne‹ und davon, was ich sonst so trieb, hier in den Bergen.

»Außerdem male ich Landschaften«, sagte ich. »Ich komme schließlich vom Meer und diese neue Umgebung hat mich sehr inspiriert.«

Wir fuhren bei der Brücke vor Neubruck vorbei, und ich erzählte ihm, dass ich sie schon öfters gemalt hatte. Es faszinierte mich, dass diese hohe Brücke gebaut worden war, um das Wasser von den Bergen bis nach Wien zu transportieren.

Trotz meiner Bitte: »Halten Sie an, machen Sie sich nicht die Mühe, mich bis nach Gaming zu bringen«, fuhr er mich dorthin – und wir verabschiedeten uns freundschaftlich.

Einen Monat später, kurz vor Weihnachten, saß ich gerade in meinem Zimmer in der ›Kreuztanne‹, als jemand an meine Tür klopfte.

»Wer ist da?«, fragte ich.

Die Tür ging auf, Annemarie stand im Gang. »Da ist jemand, der dich sprechen möchte«, sagte sie.

Ich folgte ihr nach unten. An der Bar stand Rupert. Als er mich erblickte, streckte er die Hand aus. Ich schlug ein, und wir setzten uns an einen Tisch.

Er bestellte für uns beide etwas zu trinken und fragte mich, ob ich schon Arbeit gefunden hätte. Ich erzählte ihm von der Firma ›Heiser‹ und von Frau Reitlinger. In zwei Wochen, am zweiten Jänner, würde ich zu arbeiten beginnen. Ich konnte es kaum noch abwarten.

Fritz brachte unsere Getränke und stellte sie auf dem Tisch ab.

Bisher hatten wir vor allem über mich gesprochen, doch nun begann Rupert, mir von sich zu erzählen. Er war verheiratet und hatte drei Kinder. Schließlich holte er eine Ledertasche hervor, die bis dahin unter dem Tisch gestanden hatte, öffnete sie und zog einen großen Block, eine Schachtel mit Aquarellfarben und einen Pinsel heraus.

»Frohe Weihnachten«, sagte er mit einem Lächeln.

»Frohe Weihnachten«, wünschte auch ich, konnte meinen Blick aber nicht von den Farben nehmen.

»Ich weiß nicht, ob sie dir gefallen«, sagte er.

» Ja, genau solche habe ich im Geschäft in Scheibbs gesehen. Sie sind sehr teuer. Das wäre nicht notwendig gewesen «

»Frohe Weihnachten«, sagte er noch einmal mit demselben Lächeln

Ich bedankte mich. In den letzten Tagen hatte ich einige neue Bilder gemalt.

»Willst du sie sehen?«

Rupert nickte, also ging ich nach oben, klaubte meine Bilder zusammen und trug sie nach unten. Eines nach dem anderen reichte ich ihm.

Ich bemerkte, wie andere Gäste die Köpfe reckten, als ich ihm die Bilder zeigte. Als ich ihm ein Bild des Hauptplatzes von Frankenfels entgegenhielt, stand ein Mann auf, kam zu uns und sagte mit rauer Stimme: »Das ist doch nicht Frankenfels?«

Verwirrt fragte ich mich, ob der Mann einen Scherz machte. Ein zweiter Mann kam dazu, stellte sich neben seinen Begleiter, warf ebenfalls einen Blick darauf und meinte: »Doch, das ist Frankenfels.«

»Wo ist denn der Friedhof?«, fragte der Erste.

Ich erklärte ihm, dass ich nur den Hauptplatz gemalt hatte und der Friedhof sich weiter weg befände. Doch meine Erklärung interessierte ihn nicht.

»Eine Ansicht von Frankenfels ohne den Friedhof ist sinnlos«, sagte er nur.

»Selbst wenn ich den ganzen Friedhof gemalt hätte, Sie würden doch nur wissen wollen, warum das Grab Ihrer Großmutter fehlt«, entgegnete ich und steckte die Bilder zurück in meine Mappe. Die Männer gingen wieder zu ihren Tischen, und Rupert klopfte mir auf die Schulter.

»Eine gute Antwort. Übrigens ...«, fuhr er fort, »meine Familie würde sich freuen, wenn du Heiligabend mit uns feierst.«

Das Angebot überraschte mich. Ich wusste nicht, wie man hier Weihnachten feierte oder was es für Sitten und Gebräuche gab, was ich anziehen sollte und ob ich Geschenke mitbringen musste.

»Ich weiß nicht, ich habe dieses Fest noch nie gefeiert«, sagte ich schließlich.

Offenbar dachte er, das hätte religiöse Gründe, und entschuldigte sich. Doch ich war ohne Religionsbekenntnis aufgewachsen, denn in Albanien galt ein Religionsverbot. Das konnte mich allerdings nicht davon abhalten, bei seiner Familie vorbeizukommen.

Er lächelte.

»Das freut mich«, sagte er. »Dann hole ich dich am Nachmittag des 24. hier ab.«

15

Seit der ersten Begegnung mit Rupert waren nun bereits zwei Jahre vergangen. Klara und ich hatten gerade unsere Wohnung in Kienberg bezogen. Sie war nicht besonders groß. Wir hatten sie leer vorgefunden, denn vor uns hatte dort eine alte Dame gelebt, und nachdem sie verstorben war, hatten ihre Söhne alles entrümpelt. Rupert und sein Freund Konrad Fuchs halfen tatkräftig beim Einzug. Konrad hatte sich gerade eine neue Küche gekauft und überließ uns seine alte.

Dieses Angebot nahmen wir natürlich an. Am nächsten Nachmittag, als ich von der Arbeit nach Hause kam, sah ich bereits Rupert und Konrad vor dem Anhänger eines Autos stehen und Möbel entladen. Gemeinsam mit den beiden trug ich sie hinein. Ich konnte keinen Kratzer auf ihnen entdecken, und sie kamen mir vor wie neu.

Johann Wurzer, ein Freund aus der Fabrik, hatte sich vor einem Monat ein neues Schlafzimmer gekauft und fragte uns, ob wir uns seine alten Schlafzimmermöbel ansehen wollten. Gefielen sie uns, könnten wir sie haben.

Wir fuhren nach Neubruck, wo er wohnte. Immer, wenn wir ihn besuchten, lag seine Mutter auf einer Liege im Garten, lächelte uns an und fragte nach unseren Familien in Vlora. Johanns Frau brachte uns Kaffee, wir besichtigten das Schlafzimmer und stellten fest, dass es eine gut erhaltene Ausstattung war, in klassischem Stil mit Ornamenten und Lack. Uns gefiel sie gut. Hans, wie wir ihn nannten, bot an, uns die Möbel vorbeizubringen. Innerhalb von nur zwei Tagen war unser Schlafzimmer mit schönen Möbeln und großen Spiegeln ausgestattet. Meine Arbeitskollegen wussten, dass wir die Geschäfte in der Umgebung noch nicht so gut kannten, und sie boten an, mit uns nach Gaming zu fahren, um dort Matratzen und Bettwäsche zu kaufen.

Ein Arbeitskollege aus Polen schlug mir vor, seinen Fernseher vorbeizubringen, den er nicht mehr brauchte. Noch am selben Abend kam er mit dem Ding unter dem Arm vorbei. Der Fernseher wies starke Gebrauchsspuren auf, und obwohl er meinte, es sei ein Farbfernseher, gab es nur zwei Farben – violett und blau. Es dauerte keine Stunde, bis mir die Augen so sehr schmerzten, dass ich Gesichter und Hautfarben nicht mehr unterscheiden konnte. Am nächsten Tag brachte ich ihn zur Hauptstraße, wo ihn die Müllabfuhr abholte, und fuhr nach Scheibbs, wo ich mir einen neuen mit Satellitenschüssel kaufte.

So dankbar wir die gebrauchten Möbel auch genommen hatten, so begannen wir mit der Zeit, sie zu ersetzen. Als wir es uns leisten konnten, kauften wir ein helleres Schlafzimmer, denn die überlassenen Möbel erinnerten uns an die kalten Wintertage.

Unsere Vormieterin hatte die Wohnung tapeziert, doch wir wollten ihr eine andere Stimmung verleihen. Wir tapezierten sie hellblau mit einigen lila Elementen und stellten zufrieden fest, dass es uns gelungen war, eine ganz neue Atmosphäre zu erzeugen. Es fühlte sich immer mehr nach unserer eigenen Wohnung an.

Der Geburtstermin für unser Kind rückte näher, und wir fuhren los, ein Kinderbett zu kaufen. Da wir nicht wussten, welches Geschlecht es haben würde, verzichteten wir auf besonderen Schmuck oder Ausstattung und wählten ein Kinderbett aus Holz.

Klaras Bauch wurde immer größer. Jeden Nachmittag spazierten wir zum Teich beim Herrenhaus. Mit Klaras fortschreitender Schwangerschaft wurden auch die Sonnenstunden länger und luden uns ein, möglichst lange draußen zu bleiben. Sonnige Tage waren in Kienberg selten, doch wenn erst mal die Sonne schien, zeigte sich die Natur in all ihren Nuancen.

Am ersten Aprilwochenende verließen wir das Haus bereits um neun Uhr morgens. Wir spazierten einfach drauf los, und ohne es zu planen, näherten wir uns dem Nationalpark Ötscher-Tormäuer, der entlang dem wildesten Stück der Erlauf verlief, dort, wo sie zum Trefflingfall führte.

Wir hielten bei der ›Schilderhütte‹, einer von Bäumen verdeckten Schutzhütte, und weil sich die Sonnenstrahlen ihren Weg durch die Blätter erschlichen, beschlossen wir, uns in den Garten zu setzen und auf einen Kellner zu warten.

Heidi, die Besitzerin der Hütte, bediente selbst. Sie war in eine Tracht gekleidet und fröhlich wie immer, denn sie wusste, der Kunde ist König. Auch uns näherte sie sich mit einem Lächeln, um unsere Bestellungen aufzunehmen. Sie empfahl uns einen Himbeersaft, dessen Beeren sie selbst im Wald sammelte.

Die Mittagszeit war angebrochen, also beschlossen wir, etwas zu essen. Heidi reichte uns das Menü und überzeugte uns, den Fisch zu bestellen, den ihr Mann frisch gefangen hatte.

Wir blieben lange sitzen, sahen verschiedene Menschen kommen und gehen, meist Familien mit Kindern, die offenbar für einen Spaziergang gekommen waren, aber auch Angler, die an ihren Stiefeln und Jacken zu erkennen waren.

Die Autos vor dem Gasthaus waren mit den unterschiedlichsten Kennzeichen geschmückt. Die Leute waren aus allen Himmelsrichtungen gekommen, um das Wochenende hier zu verbringen. Die Landschaft war märchenhaft, und auch wenn man pünktlich ankam, verzögerte sich die Abfahrt meist, weil einen die Natur in ihrer sich selbst genügenden Ruhe, dem sanften Rauschen der Blätter und dem tiefen Gurgeln des Flusswassers fesselte.

Nachdem wir einen Kaffee getrunken hatten, machten wir uns auf den Rückweg. Immer wieder Pausen einlegend, vertrauten wir uns der Natur an.

Noch bevor wir unser Dorf erreichten, konnten wir das letzte Abfahrtssignal des Zuges hören. Wir hatten fast den ganzen Tag in den Tälern rund um Kienberg verbracht. Bereits aus der Ferne sahen wir das Licht im Zimmer unserer Nachbarn brennen. Als wir in unsere Straße einbogen, trafen wir Erdenay, einen Arbeitskollegen, mit seiner Frau. Auch sie hatten das Wetter für einen Spaziergang genutzt.

Erdenay erzählte mir, dass am nächsten Tag ein großes Fußballderby in der Türkei stattfinden würde, Fenerbahçe gegen Beşiktaş, und alle Türken, die in Kienberg wohnten, würden sich versammeln, um das Spiel zu sehen. Wenn ich wollte, könnte ich auch kommen.

Ich antwortete freundlich, doch dachte, dass ich nicht hingehen würde, denn Erdenay und seine Freunde tranken kein Bier, sondern nur Tee in kleinen Gläsern, der sehr stark war. Trank ich zwei oder gar drei Tassen, bekam ich davon Kopfweh.

Rahime, seine Ehefrau, sprach mit Klara. Sie war unzufrieden mit ihrer Arbeit in einer Fabrik in Wieselburg, denn sie musste jeden Tag fast sechzig Kilometer hin- und zurückfahren. Doch da in unserer Umgebung Arbeitsplätze rar waren, hatte sie keine andere Möglichkeit. Erdenay und Rahime konnten beide den Sommer nicht erwarten, denn dann würden sie endlich wieder in die Türkei fahren. Zwei Jahre schon waren sie nicht mehr dort gewesen. Der Vater von Edy, wie Rahime ihren Ehemann nannte, wartete schon sehnsüchtig auf ihn.

Zuhause schalteten wir den Fernseher ein und suchten einen Sender, der uns gefiel. Dank der neuen Antenne hatten wir eine große Auswahl.

16

Der April war klar und trug einen strahlend blauen Himmel vor sich her. Ich lag im Bett, betrachtete die Berge, deren Schnee langsam schmolz, und die Bäume, die sich mit Blättern eindeckten.

Der Winter war ruhelos, kribbelig und abgehetzt gewesen. Anfangs war der Schnee nur leicht gefallen, doch bald schon wurde er so stark, dass man als Autofahrer das Gefühl bekam, jemand würde Säcke voller Papierschnipsel auf die Fensterscheibe werfen. Nach einiger Zeit gewöhnte ich mich daran. Der Schnee hatte seine Aufgabe und ich hatte meine.

Klara hatte noch nie einen so kalten und weißen Winter erlebt. Wenn die Sonne auftauchte, blieb sie lange beim Fenster stehen, als könnte sie die Strahlen umarmen. Samstagvormittag und Sonntagnachmittag war auf unserer Straße viel los, denn ungefähr zwanzig Kilometer entfernt lag ein Skigebiet. Ich sah viele Autos mit Wiener Kennzeichen an unserem Haus vorbeifahren, um auf dem Berg ihr Wochenende zu verbringen.

Fast jede Nacht schneite es, und die Straßen wurden dadurch so überlastet, dass ich schon frühmorgens, noch bevor die Sonne aufgegangen war, den Straßendienst hören konnte. Durch die Fenster fiel das orange Warnlicht in die Wohnung.

Doch nun, Anfang April, verschwanden die letzten Spuren dieses kalten Winters. Nur noch die Autos, die vom Berg kamen, trugen dicke Schneedecken auf ihren

Dächern. Die Ski wurden auf den Autodächern allmählich von kleinen Booten und Kanus abgelöst. Nahe dem Naturpark Tormäuer gab es ein Gebiet, das sich fürs Rafting ausgezeichnet eignete. Von dort fuhren viele die Erlauf hinab.

Wir wohnten in einem Mehrfamilienhaus in Kienberg mit zwei Stockwerken, das zwei verschiedene Eingänge hatte. Es lag in der ›Alten Straße‹. Ich vermutete, dass die Straße vor langer Zeit einmal Scheibbs mit Gaming verbunden hatte. Im Haus lebten außer uns noch sieben Familien, und alle waren Österreicher. Als wir dort einzogen, schüttelte niemand mit dem Kopf oder verzog den Mund, was nicht selbstverständlich war. Die anderen Familien lebten schon lange in diesem Haus, kannten die Probleme des jeweils anderen auswendig, und beinahe alle Kinder waren quasi in diesem Haus geboren worden.

Alle waren sehr freundlich zu uns. Wenn wir die anderen Bewohner im Flur trafen, lächelten sie uns zu, und wenn abends noch die Lichter in unserer Wohnung brannten, blieben sie manchmal vor unserem Fenster stehen und schauten. Vermutlich waren sie einfach nicht gewohnt, Licht zu sehen, denn nach dem Tod unserer Vormieterin war die Wohnung lange Zeit leer gestanden.

Die anderen Bewohner des Hauses arbeiteten entweder in der Fabrik oder hatten dort gearbeitet und genossen nun ihre Pension. In unserem Teil des Hauses lebten noch zwei weitere Familien.

Gegenüber wohnte ein Paar, Ernst Wieser und seine Frau Gabriele, die wir nur Gaby nannten. Sie besaßen noch ein Eigentumshaus in Wieselburg, wo sie viel Zeit verbrachten. In ihre Wohnung kamen sie nur, wenn sie lange arbeiteten und am nächsten Tag bereits wieder früh anfangen mussten. Ihre Ankunft wurde uns vom Bellen ihres Hundes angekündigt, den sie Denis nannten und der ihnen überallhin folgte. Er war ein Malteser, und die meiste Zeit wurden seine Augen von seinen langen Haaren verdeckt, sodass er aussah wie ein Stofftier.

Irgendwann begegneten sie uns nur noch sehr selten, weder in der Fabrik noch im Wohnhaus trafen wir sie. Wir dachten, sie wären vielleicht in Urlaub gefahren, doch eines Tages kamen sie uns im Stiegenhaus entgegen und machten einen traurigen Eindruck. Uns fiel auf, dass Denis nicht neben ihnen ging und wir auch sein Bellen schon lange nicht mehr gehört hatten.

Frau Schuller lebte in einer Wohnung, zu der man durch den anderen Hauseingang gelangte. Sie war bereits sehr jung eingezogen, gleich nach ihrer Hochzeit, und kannte alle Geschichten Kienbergs – wer gestorben war und wer geboren wurde. Sie war es, die uns vom Tod des Hundes erzählte. Ernst und Gaby seien darüber sehr traurig gewesen, Gaby habe viel geweint. Nun liege er auf einem Tierfriedhof in Wieselburg. Sie erzählte uns, Denis sei für die beiden wie ein Kind gewesen, das ihnen trotz Jahren der Beziehung immer verwehrt geblieben war.

Es machte mich traurig, das zu hören. Ich kannte Ernst besser als seine Frau, er lächelte viel und war sehr kommunikativ. Er arbeitete als Abteilungsleiter in der Fabrik. Nicht nur in der Fabrik war er für Reparaturen zuständig, auch privat engagierten ihn die Leute für Arbeiten an ihrem Haus. Er war mit seinen Händen sehr geschickt.

Als ich im August nach Vlora fuhr, um meine Familie zu besuchen, erzählte ich meinen Freunden von unserem Leben in Österreich. Als das Gespräch auf unsere Wohnung kam, sagte ich ihnen, dass unsere Nachbarn ›Wieser‹ hießen, was auf Albanisch ›Viza‹[1] ausgesprochen wurde. Sokol, ein Kindheitsfreund, der nun als Friseur arbeitete, hatte bisher nur mit einem Ohr gelauscht. Der Meereshorizont hatte seinen Blick gefangen. Doch als er das hörte, sagte er ganz unvermittelt: »Wie? Viza? Sag ihm, dass er uns eines ausstellen soll. Es sind sowieso schon alle gegangen. Siehst du nicht? Nur wir sind noch hier.« Dann glitt sein Blick erneut übers Meer. »Wir werden hier verschimmeln«, fügte er leise hinzu.

Über uns wohnte eine junge Familie mit einem Kind. Silvia war eine ansehnliche Frau, brünett und einige Jahre älter als ihr Mann, Fred. Sie ließ ihn das auch gerne spüren, sprach mit einer gebieterischen Stimme, schrie ihn sogar an. Oft sah man ihn verloren im Stiegenhaus sitzen, wo er rauchte. Sie hatte wohl auch eine bessere Ausbildung, denn Silvia arbeitete in der Büroleitung. Es hieß, dass sie aus einer angesehenen Kienberger Familie stammte und dass ihr Bruder eine hohe Stelle in der Fabrik innehatte. Auch ihr Vater hatte dort gearbeitet. Im Laufe der Jahre hatte er der Familie Reitlinger ein Grundstück abgekauft und darauf ein Haus gebaut.

Fred erzählte mir, dass auch sie ein Haus bauen würden, denn sie hatten von Silvias Vater ein Grundstück vererbt bekommen. Wenn sie erst mal ausgezogen waren, könnten wir ihre Wohnung haben, die viel größer als unsere war und schön eingerichtet.

1 Albanisch für ›Visum‹

Fred war um die dreißig, dünn und groß. Seine Schultern hatten einen Linksdrall, seine Haare waren lockig, lang und blond, und ich zweifelte daran, ob das seine echte Haarfarbe war, denn sein Schnurrbart war viel dunkler, und seine Locken hatten all ihre Sprungkraft verloren und hingen schlaff herab.

Er hatte Silvia in der Kienberger Disco kennengelernt. Ich war auch ein paar Mal dort gewesen, doch verlor schon bald den Spaß daran, denn es war sehr laut und manchmal, in den Morgenstunden, wenn Fässer voller Bier und Flaschen mit Cognac und Whiskey geleert worden waren, begannen Streitereien. Flaschen wurden geworfen, Schimpfwörter geschrien, und es dauerte nicht lange, bis man Sirenen hörte und die blauen und gelben Lichter von Polizei und Rettung zu sehen waren.

Ich entdeckte das Geheimnis um Freds Haare in einem Friseursalon in Gaming. Als ich eintrat, war der Salon leer, bloß im Frauenbereich befand sich eine Person, auf dem Kopf Föhnhaube und Lockenwickler. Darunter erkannte ich einen Schnurrbart. Ich konnte nicht glauben, was ich sah. Ich hatte noch nie zuvor einen Mann gesehen, der sich eine Dauerwelle machen ließ.

Tatsächlich, als die Föhnhaube abgenommen wurde, kam Fred darunter zum Vorschein. Mit seinen strohblonden Locken ähnelte er Mozart so stark, dass ich beinahe ›Amadeus‹ gerufen hätte.

Der andere Teil des Wohnhauses wurde fast ausschließlich von Pensionisten bevölkert. Obwohl sie alle um die achtzig Jahre alt waren, sahen sie kräftig und gesund aus. Man könnte fast meinen, sie arbeiteten noch immer. Fragte man sie nach ihrem Alter, nannten sie es voller Stolz, als wollten sie damit angeben.

Im zweiten Stock des anderen Häuserteils lebten Frank und seine Frau Herta. Frank war Freds Vater. Ich sprach so gut wie nie mit den beiden. Wenn er von der Arbeit kam, ging er nach dem Mittagessen mit einer Zeitung in der Hand zu einer Holzhütte hinter dem Wohnhaus, die auch als Garage fungierte, setzte sich dort hin und trank beim Lesen ein Bier. Herta war offenbar seine zweite Frau und gemeinsam hatten sie eine fünfjährige Tochter, etwas jünger als Freds eigener Sohn.

Herta arbeitete stundenweise bei der Post und am Bahnhof, und sie hatte das große Bedürfnis, ›trendy‹ zu wirken. Fast jede Woche tauchte sie mit einer neuen Haarfarbe auf, und als sich meine Augen endlich an das Karottenorange gewöhnt hatten, überraschte sie mich gleich darauf mit einem Weißgrau, das wenig später strohblond oder erbsengrün wurde.

Der Mai hatte gerade begonnen und schenkte uns sonnige Tage, ohne die Frühlingskühle ganz vertreiben zu können. Dennoch sah man Herta bereits in einer Liege nah unserem Fenster im Bikini liegen. Oft, meistens am Wochenende, grillten Vater und Sohn zusammen, und Silvia, die etwas liberaler war als Herta, legte sich oben ohne auf die Liege und las ein Buch.

Gegenüber von ihnen wohnte Frau Schuller mit ihrem Mann Rudolf. Auch er hatte in der Fabrik gearbeitet, war aber mittlerweile in Pension. Rudolf war sehr gepflegt, und jedes Mal, wenn ich ihn sah, trug er gebügelte Kleidung, ganz im Gegensatz zu Frank, der nur Jeans zu besitzen schien.

Doch Rudolf hörte nicht gut und trug stets ein Hörgerät. Vielleicht war das der Grund, warum wir uns so gut verstanden, denn in meiner Familie mütterlicherseits waren Gehörschäden fast so etwas wie eine Tradition. Ich zählte ihm einen Fall nach dem anderen auf: meine Großmutter, meine Mutter, meine Tante, deren Kinder, mein Onkel und letztlich auch ich. Bei mir hatte es gerade angefangen.

Auch Frau Schuller war stets adrett gekleidet und fragte mich häufig, wie es meiner Familie in Albanien ging.

Das Leben in Kienberg verlief also recht ruhig.

Das Dorf war klein, und abgesehen von einigen zweistöckigen Häusern, in denen die Fabrikarbeiter lebten, waren die restlichen Häuser dreigeschossig, mit Balkonen ausgestattet, die mit Blumen in vielen Farben geschmückt waren.

In Kienberg selbst gab es keine Geschäfte, und die Einwohner mussten für ihre Einkäufe entweder nach Scheibbs oder ins drei Kilometer entfernte Gaming fahren. Wenn sie zurückkamen, sah man sie immer einen Kofferraum voller Lebensmittel entladen oder Kisten voller Bier schleppen.

Im Dorf gab es auch eine Zugstation und der Zug fuhr einmal die Stunde nach Pöchlarn, ungefähr dreißig Kilometer entfernt. Von dort fuhren Regionalzüge weiter. Außerdem fuhr noch ein anderer Zug von der Zugstation in Kienberg ab. Der war klein und wurde noch mit Kohle betrieben. Im Sommer konnte man viele Touristen aus verschiedenen Orten sehen, die mit diesem Zug nach Lunz reisten, um dort zu baden.

In Kienberg gab es außerdem noch eine Poststation. Der Postler war ein älterer Herr, und jedes Mal, wenn er uns einen Brief brachte, trank er einen Kaffee oder, falls er es eilig hatte, plauderte ein paar Minuten mit uns. Dabei schweifte er meistens ab und berichtete uns alle Neuigkeiten, nur um irgendwann auf seine Uhr zu blicken und erschrocken zu rufen: »Siehst du, ich wollte nur kurz bleiben, und schon ist eine Stunde vergangen!«

Sah er mich auf der Straße und hatte er einen Brief aus Albanien dabei, fragte er, wer mir geschrieben habe und ob ich ihm die Briefmarke überlassen könnte. In den vierzig Jahren, in denen er nun schon in Scheibbs und Gaming als Postbote arbeitete, hatte er sich eine große Briefmarkensammlung aus allen Ländern der Welt aufgebaut, sogar Marken von abgeschiedenen Inseln im Ozean besaß er, doch eine aus Albanien war ihm noch nicht untergekommen. Denn das Land war für lange Zeit isoliert gewesen, und weder Nachrichten noch Briefe hatten den Weg hierher geschafft.

Er freute sich immer sehr über meine Marken.

Die Neuigkeiten in Kienberg wiederholten sich, das Leben verlief nach einer gewissen Routine, die man bald übernommen hatte, ohne es zu bemerken, und die Einwohner kannten sich alle. Neue Sachen oder Besucher wurden sofort vom Radar der Kienberger erfasst und nach einem kurzen Scan gliederten sich diese Neuigkeiten in die Routine ein und wurden wieder vergessen.

Das bekannteste Bauwerk Kienbergs war sicherlich die Fabrik. Sie verband alles miteinander. Erklärte man jemandem außerhalb Kienbergs, wo man wohnte, wusste der Gegenüber sofort, dass man in der Fabrik arbeitete und in einer der Wohnungen lebte, die den Mitarbeitern zur Verfügung gestellt wurden.

17

Die Woche fing an wie üblich. Ich ging morgens in die Arbeit und kehrte mittags zurück. Eines Tages fuhr ich nach der Arbeit nach Gaming. Ich hatte beschlossen, für einige Bilder Rahmen zu kaufen und sie an die Wand zu hängen. In unserer Wohnung versuchte ich, sie zu befestigen. Sie passten gut. Warum hatte ich nicht schon viel früher daran gedacht?

Wie jede zweite Woche fuhren wir am Freitag nach Scheibbs, weil Klara dort einen Termin bei ihrem Arzt hatte. Er sagte uns, dass sie sich in den letzten Tagen ihrer Schwangerschaft befand. Daraufhin riefen wir unsere Familie in Vlora an, die immer wissen wollte, was der Arzt gesagt hatte.

Es war der 10. April. Meine Nichte Ani hatte an diesem Tag Geburtstag. Sie verbrachte den ganzen Tag neben dem Telefon in Erwartung unseres Geburtstagsglückwunschs.

Nachdem wir ihr gratuliert hatten, gab sie meinem Vater das Telefon. Er teilte uns mit, dass er sich die letzten Tage nicht gut gefühlt hatte. Sein Blutdruck sei immer wieder gestiegen. Ich versicherte ihm, dass ich bald neue Medikamente schicken würde.

»Ich habe noch was vom letzten Mal«, antwortete er bloß, so wie immer.

Mein Vater reichte nun das Telefon an meine Mutter weiter. Ich hörte sie lachen und mit Freude sagte sie mir, dass sie eine Vorahnung habe.

»Das Kind wird ein Mädchen sein«, sagte sie uns, »und sie wird am 17. April zur Welt kommen, dem Tag meines 65. Geburtstages. Wenn es tatsächlich ein Mädchen werden würde, wünschte ich mir, dass ihr Name mit A beginnt – so wie meiner, Aphrodite«

Nachdem wir uns verabschiedet und aufgelegt hatten, blieb ich noch einige Zeit in der Sitzecke unserer Küche. Schließlich stand ich auf und nahm die Fotos, die ich vor einiger Zeit in einem Fotostudio in Gaming hatte entwickeln lassen. Ich betrachtete sie. An einige der Bilder konnte ich mich kaum noch erinnern, so lange lag ihre Aufnahme nun schon zurück. Bestimmt waren bereits fünf oder sechs Monate vergangen, denn wir trugen leichte Kleidung, es muss Anfang Oktober gewesen sein.

Langsam sah ich die Fotos durch, eins nach dem anderen. Die letzten hatte ich in der Fabrik aufgenommen, als einer meiner Kollegen in Pension gegangen war. Der Kollege hatte bereits mit 14 Jahren in der Fabrik angefangen. Er musste also ungefähr 50 Jahre dort gearbeitet haben, seit dem Ende des Zweiten Weltkriegs. Bereits nach vierzig Jahren hatte man ihm gesagt, er solle in Frühpension gehen. Doch er wollte nicht. Was sollte er mit der freien Zeit anfangen?

Seit 1945 war er fast jeden Tag mit dem Fahrrad zur Fabrik und wieder nach Hause gefahren. An seinem letzten Arbeitstag organisierten wir ihm ein Fest in der Fabrik und gingen anschließend in das Gasthaus ›Posch‹. Wir blieben lange. Ich sah zum ersten Mal seine Familie.

18

Die nächsten Tage waren sonnig. Alles strahlte und glänzte wie Kristallgläser, die man frisch gewaschen und poliert in Vitrinen platziert hatte und die das Licht mit einem großen Funkeln zurückwarfen. Ich ging meiner Arbeit wie üblich und zur gleichen Zeit nach. Sobald ich die Fabrik verließ, kehrte ich sofort nach Hause zurück. Der Weg bis zu unserer Wohnung war nicht länger als 300 Meter, und diesen legte ich zu Fuß zurück.

Die Arbeit in der Fabrik war in letzter Zeit ruhig verlaufen. Die Tage sahen einander zum Verwechseln ähnlich, täglich musste ich dieselbe Routine verrichten, und bald wusste ich nicht mehr, wann die Woche angefangen hatte, wann sie enden würde oder welcher Wochentag war.

Die Geburt des Kindes näherte sich. Mir fiel auf, dass die Ruhe der letzten Zeit langsam verschwand und ein Stress ihren Platz einnahm, der in meinem Kopf herumgeisterte.

Wo würde ich sein, wenn bei Klara die Wehen losgingen?

Was, wenn ich in der Arbeit war?

Wie würde es dem Kind nach der Geburt gehen?

Was, wenn ...?

Diese Fragen hielten meine Gedanken gefangen und brachten immer wieder ein neues ›Was, wenn ...?‹ mit sich.

Die Stunden kamen und gingen, die Tage ebenso. Wir traten in den Garten vor dem Wohnhaus, und sobald es dunkel wurde, gingen wir wieder hinein, sahen fern oder riefen irgendwelche Freunde an.

Der 14. April erwartete uns ruhig und ohne besondere Neuigkeiten. In der Arbeit diskutierten wir über das, was wir im Fernsehen sahen, den Krieg in Bosnien, wo immer wieder grauenhafte Taten verübt wurden und eine Flugverbotszone für humanitäre Zwecke eingerichtet worden war. Alle anderen Themen waren unwichtig. Wir hatten Frühschicht, drehten also bereits um 12 Uhr die Maschinen ab und gingen nach Hause.

Bis zu den Zuggleisen ging ich mit einem Freund, der versuchte, mich zu einem Abstecher ins Gasthaus ›Posch‹ zu überreden. Doch ich wollte nur möglichst schnell nach Hause.

Nachmittags kam Sabina, eine Albanerin aus Gaming, die uns wie üblich Geschichten erzählen würde, die nie aufzuhören schienen, Anekdoten aus Albanien genauso wie solche aus ihrer Zeit hier. An diesem Nachmittag blieb sie lange bei uns, und als sie uns schließlich verließ, gingen Klara und ich hinaus, um frische Luft zu schnappen.

Wir waren nicht einmal hundert Meter gegangen, als vor uns ein Auto anhielt.

»Guten Abend«, hörte ich die Stimme einer Frau, die das Fenster des Autos herunterkurbelte.

»Guten Abend«, sagten wir einstimmig. Zunächst konnte ich nur blonde Haare sehen, doch als das Licht im Auto anging, erkannte ich Frau Fischer, die etwas weiter weg wohnte und für die Firma ›Donauland‹ arbeitete, die Instrumente, Bücher und Ähnliches verkaufte.

»Der neue Katalog ist in Umlauf«, sagte sie und gab uns einen Bestellkatalog, auf dessen Cover das Porträt eines österreichischen Sängers zu sehen war.

Ich blätterte schnell durch und bedankte mich. Sie nickte kurz, legte den Gang ein und verschwand rasch hinter der nächsten Kurve.

Klara und ich führten unseren Spaziergang bis zum Sportplatz fort, ehe wir nach Hause zurückkehrten. Um 23 Uhr, nachdem wir die ORF-Nachrichten gesehen hatten, gingen wir ins Bett. Ich spürte, dass Klara ebenso wenig einschlafen konnte wie ich, doch sprach ich sie nicht an, um sie nicht aufzuschrecken.

Irgendwann drehte sie den Kopf in meine Richtung.

»Es wäre besser, wenn du morgen gleich nach der Arbeit nach Hause kommen könntest«, sagte sie. »Die Lampe in der Küche hatte einen Wackelkontakt, und jetzt geht sie ständig an und aus.«

»Gut«, sagte ich.

»Wir sollten auch einen neuen Lampenschirm kaufen«, fuhr sie fort. »Der erbsengrüne in der Farbe unserer Küche ist alt und hat schon Flecken vom Kochen.«

Langsam wurden meine Augenlider schwer, und kurz darauf war ich eingeschlafen.

Für gewöhnlich füllten verschiedenste Träume meinen Schlaf, und wenn ich aufwachte, erzählte ich alles, was ich nachts gesehen hatte. Meine Träume verschlugen mich an unbekannte Orte, und ich traf die verschiedensten Menschen.

In dieser Nacht sah ich graue, neblige sowie verrauchte Ansichten eines bewölkten Tages. Darin die Umrisse von jemandem, der sich mir aus der Ferne näherte.

Ich war nicht in der Lage zu erkennen, wer oder was es war, aber ich hörte eine Stimme. Anfänglich klang sie weit entfernt, langsam wurde sie stärker und klarer, und im Nebel erkannte ich die Figur einer Frau, die, gerade als sie sich mir genähert hatte, bereits wieder begann, sich von mir zu entfernen, während sie mir mit ihrer Hand Zeichen gab, als wolle sie mich grüßen, und ihre Stimme drang wie ein Echo zu mir vor und sagte:

»Das Kind ist tot.«

»Das Mädchen ist tot.«

Ich wachte verschreckt auf.

Blickte auf den Wecker.

3:00 Uhr früh.

Nassgeschwitzt.

Weder völlig wach noch schlafend.

Ich drehte mich zu Klara, schlug in der Luft herum, als würde ich etwas von mir wegstoßen wollen, wie eine Fliege, die wieder zurückkam, egal wie oft man sie vertrieb, und instinktiv legte ich meine Hand auf Klaras Bauch, als müsste ich prüfen, ob alles in Ordnung war.

Ich verspürte großen Durst, also stand ich auf und ging in die Küche, um ein Glas Wasser zu trinken. Dort saß ich in der Sitzecke und versuchte, die Teile meines Traumes zusammenzusetzen und nachzuvollziehen, was ich gerade Schreckliches gesehen hatte.

Wer die Frau war, die ich gesehen hatte, wusste ich nicht. Ebensowenig kannte ich ihre Stimme, die mir gesagt hatte, dass das Kind, das wir erwarteten, laut ihr ein Mädchen, gestorben war.

Ich saß weiterhin in der Dunkelheit. Weil ich nicht erklären konnte, was ich soeben im Traum erlebt hatte, legte ich mich erneut ins Bett, den Blick auf die Decke gerichtet, drehte mich von einer Seite auf die andere, fand keine Ruhe und wartete, bis es endlich Zeit wurde, aufzustehen und mich für die Arbeit fertig zu machen.

Nachdem ich meinen Kaffee getrunken hatte, ging ich los, doch während des ganzen Arbeitstages war ich niedergeschlagen. Nachmittags wollte ich nicht wie üblich mit Klara spazieren gehen, sondern im Garten sitzen und malen. Ich nahm die Farben und den großen Block für Aquarelle und setzte mich auf einen Stuhl, den der alte Mann, Ludwig, unter einem Apfelbaum platziert hatte.

Klara nahm neben mir Platz.

Ich weiß nicht, wie lange ich dort blieb, doch ich hatte das große Bedürfnis, zu malen, und nicht in die Wohnung zu gehen. Nachdem ich das erste Aquarell beendet hatte, begann ich gleich mit dem zweiten, doch nach kurzer Zeit zerriss ich es bereits wieder, weil es mir nicht gefiel, nahm ein drittes Blatt, doch nach wenigen Strichen legte ich auch das wieder in den Block zurück.

Frau Schuller, die im Garten die Wäsche aufgehängt hatte und mit einem grünen Wäschekorb unter dem Arm zurückkehrte, fragte, wie es uns gesundheitlich ging und ob sie sich zu uns setzen konnte.

»Unbedingt«, sagten wir und machten Platz.

»Ich mache mir Sorgen um Rudolf«, sagte Frau Schuller. »Er ist schon stundenlang weg.« Ihr Blick richtete sich auf die Hauptstraße, um sie nach seinem Auto abzusuchen. »Er ist schon vormittags nach Lackenhof losgefahren, um Freunde zu treffen, die zum Skifahren gekommen sind. Seitdem hat er nicht mal angerufen, um zu sagen, dass er sich verspätete.«

»Vielleicht hat er es probiert und niemanden erreicht«, versuchte ich sie zu beruhigen. »Möglicherweise ruft er gerade jetzt an und wir hören es nicht.«

Scheinbar war sie mit dieser Erklärung zufrieden. Sie hatte Kuchen gebacken und ging hinein, um welchen zu holen.

Frau Schuller war eine sehr höfliche und freundliche Frau. Ihr Ehemann Rudi, um den sie sich sorgte, war ein sehr belesener Mann. Oft, wenn er mich vor dem Hauseingang sah, fragte er mich, ob ich mit meiner Familie in Vlora telefoniert hatte, ob es meinem Vater gut ginge, und erzählte dann von früher, über eine Zeit, die er, so wie alle, die über Freunde und Bekannte erzählen, immer mit den Worten beendete: »Wie schön war es damals.«

Eines Tages sagte er mir, dass der Wohlstand alles verschlimmert hätte. Denn der hätte die Regeln der Freund- und Bekanntschaften verändert. Damals hätte es ja weder Autos noch Telefone zuhause gegeben. Alle blieben zusammen und wenn man sich besuchte, klopfte man an die Tür oder rief vom Fenster herunter, man setzte sich einfach ins Stiegenhaus oder auf die Stühle im Garten, sprach lange und feierte miteinander. Jetzt aber hatte jeder sein eigenes Auto, und sobald die Leute mit der Arbeit fertig waren, fuhren alle fort, und niemand war mehr zu erreichen. Das Telefon hatte das Klopfen an der Tür abgelöst und um einen Freund zu treffen, müsse man heute zuerst anrufen und fragen, ob er denn nachmittags Zeit hatte.

Mich wunderte nicht, dass Herr Schuller nicht gläubig war. Er erzählte mir von seiner Zeit als Soldat im Zweiten Weltkrieg. Er hatte so viele Gräueltaten mitansehen müssen, dass er nicht mehr an Gott glauben konnte. Denn würde es einen geben, sagte er, so hätte er diese Dinge nicht zugelassen.

Zurück im Garten erzählte Frau Schuller, wie Kienberg früher gewesen war und wie es sich im Laufe der Jahre verändert hatte. Wir hörten ihr schweigend zu, während wir den Kuchen aßen. Schließlich wurde es langsam dunkel, wir bedankten uns bei Frau Schuller und gingen in unsere Wohnung.

Ich machte den Fernseher an und schaltete zwischen den Sendern hin und her. Irgendwann legte ich die Fernbedienung weg und ließ einen deutschen Sender laufen, ohne recht zu wissen, was ich da genau sah.

Nach einiger Zeit wechselte ich erneut die Kanäle, bis ich auf einen Film stieß, den ich schon in Vlora auf ›Rai Uno‹ gesehen hatte. Ich drehte den Ton lauter, um zu hören, wie die Synchronisation auf Deutsch klang, und kam zu der Erkenntnis, dass die amerikanischen Filme auf Italienisch viel von ihrer Essenz verloren und dass die deutsche Sprache zu diesen Filmen viel besser passte.

Klara sagte, sie habe etwas zu essen gemacht, also stand ich auf. Wir saßen lange Zeit beim Esstisch, und durch das Fenster hörte ich die Stimmen meiner Nachbarn, die gerade nach Hause kamen und die Garagentüre zuschlugen.

Schlussendlich standen wir auf, ich schaltete den Fernseher aus, und wir legten uns schlafen.

19

Den Traum von letzter Nacht hatte ich beinahe schon wieder verdrängt, als wir im Bett lagen und darüber sprachen, welche Kleidung wir dem Kind kaufen würden. In Scheibbs gab es ein Geschäft für Babykleidung, Babynahrung und Schnuller.

»Geh morgen hin und kauf einen Schnuller«, sagte Klara. »Das habe ich das letzte Mal vergessen.«

Während der Schlaf langsam ins Zimmer schlich, erzählte ich ihr von der Frau eines Arbeitskollegen. Sie hatte einen Sohn zur Welt gebracht, den sie Markus nannte, nach dem Vater. Sogar der Vater meines Arbeitskollegen, also der Großvater, hieß Markus.

Nun wohnten dort drei Menschen namens Markus. Wer reagierte wohl als Erster, wenn die Frau den Namen rief? Als ich meinen Kollegen danach fragte, gestand er, darüber noch gar nicht nachgedacht zu haben.

Klara und ich sprachen noch über längere Reisen, wie wir sie früher unternommen hatten und die wir nach der Geburt des Kindes wieder aufnehmen wollten. Zuerst wollten wir nach Dresden, Leipzig und Weimar, weil wir über diese Städte gerade eine schöne Dokumentation im Fernsehen gesehen hatten.

Das Licht der vorbeifahrenden Autos fiel durch das Fenster und flackerte über mein Gesicht. Klara war bereits eingeschlafen, doch mein Blick blieb an unserem neuen Luster hängen. Ich fing an, seine Steine zu zählen. Der erste Ring hatte fünfzig Steine. Der zweite hatte 25, und der dritte, der kleinste von ihnen, hatte wohl 12. Den Kopf voller Zahlen schlief ich schließlich ein.

Erneut blieb ich in den Tiefen meines Schlafes nicht allein. Ich hörte dieselbe Stimme und sah denselben aschig-grauen Anblick, und die Frau mit den grauen Haaren trat aus einer dicken Wolke heraus und wiederholte mit einer grüßenden Handbewegung, was sie mir schon in der Nacht zuvor gesagt hatte:

»Das Mädchen ist tot!«

Dann verschwand sie.

Ich wachte auf.

Blickte auf den Wecker.

Erneut war es 3:00 Uhr morgens.

Dann legte ich mich wieder hin, unschlüssig, was zu tun war, und richtete meine weit aufgerissenen Augen zur Decke.

Diesmal war ich nicht nassgeschwitzt, doch fühlte ich mich ängstlich und verloren, als hätte ich versucht, die Frau im Zimmer zu finden, blind tastend durch die Dunkelheit, versteckt hinter Möbeln, Vorhängen oder dem Fernseher, die Frau, die mir seit zwei Nächten diese furchtbare Nachricht zuflüsterte, voller Schatten und verborgen in ihrem grauen Haar.

Ich stand auf.

Ein vorbeifahrendes Auto warf sein Licht auf den Luster und ließ seine Steine in verschiedenen Farben flackern. Das Bild mit der Ansicht von Vlora, das an der Wand hing, wurde ebenfalls erleuchtet. Meine Gedanken wanderten dorthin. Sicherlich wusste meine Familie nicht, was gerade mit mir geschah. Ich betrachtete die Fotos an den Wänden, und mein Blick blieb schließlich an den Bildern unserer Hochzeit hängen.

Auf dem Foto war nur meine Familie zu sehen, keine Fremden oder entfernten Verwandten. Was würden sie wohl sagen, wenn ich ihnen von dieser Stimme erzählte, die aus dem dunkelsten und tiefsten Grau meines Unterbewusstseins zu kommen schien?

Welche Erklärung hätten sie für die Geschehnisse, die sich nachts in meinem Schlafzimmer abspielten?

Ich verließ das Schlafzimmer. Bevor ich die Tür schloss, blickte ich noch einmal zum Bett, um zu prüfen, ob meine Bewegungen Klara aufgeweckt hatten. Doch sie schlief weiter, friedlich wie jede Nacht.

Ich schloss die Tür und ging in die Küche.

Nachdem ich das Licht angeschaltet hatte, trat ich vor die Haustür, schlüpfte in Schuhe und Mantel und ging hinaus.

Es war ruhig.

Völlige Ruhe.

Nichts bewegte sich.

Abgesehen von der Straßenbeleuchtung, die ein anämisches Gelb ausstrahlte wie jenes von Tetracyclin, das man bei einer starken Erkältung einnahm, war nichts zu sehen.

Ich setzte mich auf die Stiegen des Hauses.

Blieb wie benommen sitzen.

Ich weiß nicht, wie lange ich dort saß. In der Finsternis bewegte sich nichts, außer dieser Lampe, die verlassen in der Dunkelheit ihr erschrockenes Licht ausstrahlte, und meine Gedanken. Sie verwoben sich in meinem Kopf, während ich überlegte, wer diese Frau sein konnte, die mich in meinen nächtlichen Träumen heimsuchte, und was sie mit unserem Kind zu tun hatte.

Meine Gedanken wanderten ruhelos, kehrten jedoch immer wieder zum Ausgangspunkt meiner Überlegungen zurück und ließen meiner Fantasie, die sich auf eine lange Reise machte, freien Lauf.

Zuerst dachte ich an Herta, die Nachbarin des anderen Stiegenhauses. Sie hatte sich die Haare grau gefärbt und …

»Weshalb Herta?«, fragte ich mich selbst. »Wieso sollte sie das tun? Was verleitet sie dazu, nachts in mein Zimmer einzudringen, sich hinter den Möbeln zu verstecken und mir von dort ins Ohr zu flüstern?«

Ich hatte noch nie mit ihr diskutiert oder Ärger gehabt. Abgesehen von ›Guten Morgen‹ und ›Guten Abend‹ hatte ich tatsächlich noch gar nicht mit ihr gesprochen.

Vielleicht war sie immer noch sauer, weil ich einmal die Ausfahrt mit meinem Auto versperrt hatte. Sie musste warten, bis ich wegfuhr. Doch das konnte kein Grund sein.

Seit damals war bereits ein Jahr vergangen, und wir hatten uns schon oft gegrüßt. Nie war mir irgendeine Veränderung in ihrer Tonlage aufgefallen. Und seit sie sah, dass Klara schwanger war, begrüßte sie uns noch freundlicher.

Außerdem trug Herta die Haare immer kurz. Die Frau, die mir im Traum erschienen war, hatte lange Haare.

Wer konnte es sonst sein?

Ich wusste nichts von ihr, außer dass sie ihre grau-weißlichen Haare lang und offen trug.

Ich versuchte, mich an alle Farben zu erinnern, die mir in letzter Zeit begegnet waren, sogar an alle, die ich seit meiner Ankunft in Kienberg am 2. Jänner 1992 gesehen hatte. Eine Frau, die ich in der Büroleitung im Herrenhaus getroffen hatte, erinnerte mich entfernt an die Frau aus meinen Träumen. Sie war blond, doch vielleicht kamen mir ihre Haare nachts in der Dunkelheit grau vor.

»Nein«, sagte ich mir selbst, »das kann nicht sein. Ich habe sie seit einem Jahr nicht gesehen. Das letzte Mal drei Monate vor meiner Abreise nach Albanien, als sie mich nach meinen Überstunden fragte.«

Ohne Antworten zu finden, fiel mein Blick auf die gelbe Lampe, die in der Ferne ihre eigene Hitze in die Kälte der Morgenstunden abgab, wobei eine Art Dampf entstand. Das dampfende Gelb trieb meine Fantasie voran, und ich suchte die Nebelschwaden nach Formen und Figuren ab, die möglicherweise jemandem ähnelten.

So suchte ich nach einer plausiblen Erklärung für das nächtliche Erscheinen dieser Frau in meinem Zimmer, die sich hinter den Ornamenten der Tapete versteckte und mir düstere Prophezeiungen schickte, ehe sie sich in Rauch auflöste, aschiger noch als ihre grauen Haare.

Ich musste an die türkische Frau denken, Mutter zweier Söhne, die als Verkäuferin in dem Lebensmittelgeschäft arbeitete, das ihre beiden Söhne eröffnet hatten. Vielleicht war sie nicht gut auf uns zu sprechen, seitdem wir das letzte Mal dort einkaufen gewesen waren? Doch was hatten wir überhaupt gekauft? Ich konnte mich nicht erinnern. Käse, Schinken …

Bevor wir den Laden verließen, hatten wir sie nach Marmelade gefragt, und sie hatte geantwortet, dass momentan nur Zwetschkenmarmelade da sei. Vielleicht dachte sie, wir hätten es ihr übel genommen, dass sie nur eine Sorte Marmelade verkaufte?

Ihre Augen hatten uns verfolgt, als wir uns dem Gemüse genähert hatten.

Ich dachte an ihr Gesicht.

Ihre Haare.

Sie konnte es nicht gewesen sein.

Sie trug ein weißes Kopftuch, und ihre Haare hatte ich noch nie gesehen.

Ich vertrieb sie aus meinen Gedanken.

Es gab keine Verbindung zu der Gestalt aus meinen Träumen.

Ich hatte die Frau bloß aus der Ferne gesehen, zwischen Rauch und Nebel, und hatte keine Details ausmachen können.

»Es ist egal, wer sie ist oder was sie will«, sagte ich zu mir selbst. »Aber warum wiederholt sie ihre Botschaft? Hat ihr letzte Nacht nicht gereicht?«

Doch ich konnte mich nicht davon abhalten, nach Verbindungen zu suchen. In meinen Erinnerungen tauchte jeder schräge Blick auf, der mich aus den Augenwinkeln je erreicht hatte, und jedes schiefe Lächeln. Wen konnte ich je so beleidigt haben, dass diese Person die Dunkelheit der Nacht abwartete, um sich zwischen Rauch und Nebel, mitten in den grauen Wolken der fernen Ansichten und beengten Räumlichkeiten, über mein Bett zu beugen und mir genau jene Worte ins Ohr zu flüstern, die wie ein Messer den weichsten Nerv meines Körpers durchstachen?

»Was ist mit der Packung Schokolade?«, fiel mir plötzlich ein. Hatte ich es herausgefunden? Hatte ich eine Verbindung entdeckt? Vor zwei Monaten hatten wir eine Packung ›Toffifee‹ vor der Haustür gefunden, als wir von einem Spaziergang zurückgekehrt waren.

Kein Brief war daran angebracht worden, keine Notiz, keine Adresse und auch kein Name. Wer hatte diese Packung vor unsere Tür gelegt? Wir vermuteten, dass es womöglich ein Nachbar gewesen war, der Klaras Schwangerschaft mitbekommen hatte und uns beglückwünschen wollte. Weil wir nicht zu Hause waren, hatte er sie uns einfach vor die Tür gelegt.

Doch seitdem war nie jemand gekommen, um sich nach den Pralinen zu erkundigen. Es hatte auch niemand angerufen, um zu erklären, warum er die Packung bei uns hinterlassen hatte.

Wer war es? Konzentriert blickte ich auf den gelben Dampf und hoffte, dass ihm eine Figur entsteigen würde und meine Frage beantworten.

Doch ich sah nichts.

Ich saß dort, bis mir kalt wurde, dann ging ich wieder zurück in die Wohnung, um eine dickere Jacke und ein Stamperl Schnaps zu holen. So ausgerüstet und aufgewärmt, ging ich erneut hinaus.

Ich setzte mich auf den kalten Boden und lehnte meinen Rücken gegen die Haustür. Den Kopf nach oben gehoben, betrachtete ich die Sterne, die einer nach dem anderen vom Nachthimmel verschwanden, verdrängt von einem leichten Rot, das langsam das Terrain der Nacht einnahm und einen neuen Tag hinter sich herzog.

Als ich sicher war, dass der Tag seinen Weg über den Horizont schaffen würde, ging ich wieder hinein, zog mich aus, legte mich ins Bett und blieb dort liegen, ohne mich zu rühren, bis von draußen Geräusche der ersten Autos und fahrenden Züge zu uns ins Schlafzimmer drangen.

Es war sechs Uhr morgens.

Klara und ich standen auf.

Sie schaltete den Herd ein und setzte Kaffee auf.

Ich drehte den Fernseher auf und las im Teletext die Nachrichten. Es war noch so früh, dass keine Nachrichtensendung lief. Doch auf dem Bildschirm sah ich bloß einen wirren Buchstabensalat, der mir vorkam wie die ungedruckten Seiten eines fremden Alphabets, aufbewahrt in einer alten Truhe, die Sprache eines unbekannten Volkes, seit Jahrhunderten nicht mehr gesprochen, die Farbe verblasst von dem fehlenden Gebrauch, von Schwarz zu Grau geworden, auf manchen Seiten durchsetzt von gelben und bräunlichen Flecken.

Gedankenlos nahm ich meine Tasse Kaffee und bewegte die Augen durch das Zimmer, um vielleicht eine Spur der verschlafenen, aschigen Eindrücke zu erspähen. Ich suchte die Tapete nach einem grauen Haar ab, und die Luft nach Spuren ihrer Handbewegung, und aus dem Nichts, als würde mir jemand eine Aufnahme meines eigenen Traumes vorspielen, winkte sie mir erneut, ich entdeckte, dass ihr Gesicht nass war, doch wusste ich nicht, wovon und woher, was das für eine Flüssigkeit war, die über ihr Gesicht rann wie Morgentau, und sie sagte, was sie auch schon in den letzten zwei Nächten gesagt hatte:

»Das Mädchen ist tot.«

20

Während der Arbeit war ich konfus, wusste nicht genau, was ich tat. Die ganze Zeit beobachtete ich Spezialisten aus England, die gekommen waren, um einige Maschinen zu reparieren. Hin und wieder ging ich zur Kaffeemaschine, nahm eine Tasse und setzte mich hin, um die Zeitung zu lesen, bis der Arbeitsprozess meiner Maschine beendet war.

Einer der Engländer hatte auf den Esstisch in der Küche einen Wasserkocher gestellt. Er kam und schaltete ihn ein. Es dauerte nicht lange, bis das Gerät pfiff, um anzuzeigen, dass das Wasser kochte.

Er nahm eine große Tasse, die er bestimmt aus England mitgebracht hatte, füllte sie mit heißem Wasser und gab einen Teebeutel hinein. Mit der Tasse in der Hand öffnete er den Kühlschrank, in dem wir Erfrischungsgetränke aufbewahrten, nahm eine Packung Milch heraus und schüttete ein wenig davon in seinen Tee. Von meinem Platz aus verfolgte ich ihn gespannt und konnte nicht verstehen, was er da tat.

Er bemerkte meine Verwirrung, näherte sich und fragte, ob ich auch einen Tee wollte.

»Mit Milch?«, fragte ich und zog die Lippen zusammen, um zu zeigen, dass die Vorstellung dieses Geschmacks für mich befremdlich war. Doch er nahm meine Kaffeetasse, die ich gerade leergetrunken hatte, ging zum Waschbecken, spülte sie aus, gab einen Teebeutel hinein und etwas heißes Wasser und schließlich einen

Schuss Milch. Dann reichte er mir die Tasse wieder zurück.

Mit einem Gefühl der Unsicherheit führte ich die Tasse an meine Lippen, während er offenbar darauf wartete, dass ich angewidert das Gesicht verziehen würde. Ich nahm einen Schluck und spürte, dass ich nicht viel schmeckte. Der Engländer lachte.

»Das ist anfangs immer so«, sagte er. »Man gewöhnt sich später daran.«

Ich bedankte mich, aber sagte ihm, dass diese Art von Tee nichts für mich sei. Er lachte erneut und ging wieder an seine Arbeit.

In unsere Abteilung waren vor einiger Zeit drei Bosnier gekommen. Ich sah, wie sie sich von einer Maschine zur anderen bewegten. Einer von ihnen wirkte wie ein russischer Wissenschaftler, er erinnerte mich an Mendelejew, mit einem schön rasierten, weißen Bart. Er hatte sich als Suad aus Sarajevo vorgestellt.

Suad war ein stattlicher Mann. In seiner Heimat hatte er bestimmt einen guten Bürojob gehabt. Bald schon kannte er genug deutsche Wörter, die er mit englischen verband, um mir zu erklären, dass die Arbeit in der Fabrik völlig neu für ihn sei, da er in Sarajevo der Direktor des nationalen Tourismusverbandes gewesen war.

»Was ein armer Mensch nicht alles zum Überleben tut«, sagte er.

Er erzählte mir von seinem zweistöckigen Haus, das serbische Bomben während der Belagerung Sarajevos in Schutt und Asche gelegt hatten. Tränen sammelten sich unter seinen Lidern. Ich wollte nicht nach seiner Familie fragen, um keine Wunden aufzureißen.

Suad erzählte mir auch von den anderen beiden Bosniern. Es gab einen mit dichtem Haar, er hieß Hasan und war aus Banja Luka. Der andere mit Schnurrbart war Zijad, den sie Ziko nannten, aus Tuzla. Er sprach gerade mit dem Abteilungsleiter.

Ich stand auf, entschuldigte mich bei Suad und ging zum Chef, um ihm zu sagen, dass ich mich nicht gut fühlte und gehen wollte.

Er wünschte mir gute Besserung, und ich verließ die Fabrik.

Nach dem Fabriktor schlug ich nicht den Weg nach Hause ein, sondern wanderte die Straße am Flussufer entlang. Ich war allein und spürte den Zustand der Unsicherheit, der mich den ganzen Weg lang begleitete, bis ich mich dem Sportplatz näherte und die Zuggleise vor mir sah. Das junge Fußballteam trainierte gerade auf dem Platz und ich beobachtete den Ball, der von einem Spieler zum anderen wechselte, bis er mit einem kräftigen Schuss gegen die große Uhr prallte, die neben dem Feld aufgestellt worden war. Sie zeigte 10:30 Uhr.

Ich ging die ›Alte Straße‹ entlang, bis ich nach ungefähr zehn Minuten vor unserem Haus ankam. Schon aus der Ferne, zwischen den Bäumen, die sich bereits mit Blättern gefüllt hatten, sah ich das offene Fenster.

Kurz darauf betrat ich unsere Wohnung und ging ins Wohnzimmer, wo Klara saß und überrascht aufblickte, als ich so früh schon nach Hause kam. Ich erklärte ihr, dass ich Kopfschmerzen hätte. Sie machte mir einen Kaffee, und danach legte ich mich ins Bett, um zu schlafen. Ich blieb einige Zeit regungslos liegen, doch bald schon merkte ich, dass sich mein Wunsch nach etwas Schlaf nicht erfüllen würde. Schließlich stand ich auf und setzte mich ins Wohnzimmer, holte ein Fotoalbum heraus und blätterte es gedankenlos durch.

Bald würde es vier Uhr nachmittags sein, und wir sollten unsere Familien in Vlora anrufen. Ich wählte die Nummer, und nach einigen Freizeichen hörte ich ein »Hallo«, das klang, als hätte ich einen Unbekannten in einem fernen Land angerufen, irgendwo am Ende von China.

An diesem Tag dauerte unser Gespräch etwas länger. Meine Schwestern erzählten mir, wie sich ihre Kinder in der Schule und im Kindergarten machten, und über ihre Männer, die nach der Arbeit nichts zu tun hatten, weil die Stadt wie ausgestorben war und viele ihrer Freunde sich ins Ausland aufgemacht hatten – allein oder mit ihren Familien.

Es war auch eine Nachbarin zu Besuch, die mich sprechen wollte. Sie begann, mir davon zu erzählen, dass jeden Tag Leute gingen und schon gar keine typischen Fragen mehr gestellt wurden wie etwa:

»Wo ist soundso, ich habe schon lang nichts mehr von ihm gehört?«

Denn die Antwort war stets dieselbe.

»Ach, hast du noch gar nicht gehört? Er ist seit einem Monat weg. In Italien. In Griechenland. In …«

Und die Gespräche gingen weiter mit:

»Echt?«

»Ja, ich habe seine Mutter letzte Woche getroffen, und die sagte mir, dass er bei einer guten Familie untergekommen ist. Der Afentiko«, so bezeichnete man in Griechenland die Arbeitgeber, »behandelt ihn wie sein eigenes Kind. Als er letztens den Urlaub auf eine Insel fuhr, hat er ihren Sohn mitgenommen und nicht seinen eigenen. Er kann seinen Sohn gar nicht mehr ansehen, weil der ihm das Leben so schwer macht. Er arbeitet gar nicht. Sitzt nur im Kaffee und ist mehr als 100 Kilo schwer geworden.«

Sie hatte die erste Geschichte noch kaum beendet, da fing sie auch schon mit der zweiten an.

»Hör zu«, sagte sie mir, »kannst du dich an den erinnern, der gegenüber eurer Wohnung lebte?«

»Wer?«, fragte ich.

»Der Riese, der den ganzen Tag am Balkon verbrachte?«

»Ach, der.«

»Auch der ist jetzt weg«, sagte sie. »In Italien. Es heißt, dass er mit einer alten, sehr reichen Witwe zusammenlebt. Wirklich reich. Ihr Mann war ein hochrangiger Offizier in der italienischen Marine. Vorgestern hat er seine Schwester angerufen, die gerade einen Sohn zur Welt gebracht hat, und ihr gesagt, sie soll ihm den Namen des verstorbenen Mannes der Alten geben. Francesco. Die Alte hat das bestimmt gefreut. Sie hat keine Kinder, und es heißt, dass sie ihm ihr ganzes Vermögen hinterlassen wird. Wer weiß, was für Freude er der Alten beim Kuscheln bereitet«, schloss sie und lachte.

Ich dachte an den Riesen, den ich schon seit der Schulzeit kannte, aber mich nie mit ihm angefreundet hatte, weil er so groß und dick war und sich kaum bewegen konnte, weswegen wir nie mit ihm gespielt hatten.

Ich hörte die Stimme meiner Schwester, die scheinbar das Telefon an sich gerissen hatte und mir erzählte, dass die Eltern von Klara heute auf Besuch gekommen waren. Weil unser Telefonat nicht wie für gewöhnlich samstags, sondern an einem Donnerstagnachmittag stattfand, waren Klaras Eltern geblieben, und ich gab Klara das Telefon, damit sie mit ihnen sprechen konnte, denn natürlich wollten sie alles über ihr erwartetes Enkelkind wissen.

Bevor wir auflegten, fiel mir ein, dass ich nicht mit meinem Vater gesprochen hatte. Ich fragte, wo er sei.

Meine Schwester meinte, es ginge ihm nicht gut. Seit drei Tagen findet er nachts keinen guten Schlaf, sein Blutdruck ist viel zu hoch, und er leidet unter Schwindelanfällen. Fast jeden Tag kam ein Arzt vorbei, heute war er sogar in Begleitung eines Kardiologen erschienen.

Ich bat sie, ihn trotzdem ans Telefon zu holen, doch er wollte nicht.

Nachdem ich aufgelegt hatte, sagte ich Klara, wir sollten in den Garten gehen. Wir blieben lange draußen. In die Wohnung zurück wollten wir nicht.

Mir fiel die Straßenlaterne auf, die in der Nacht zuvor ein jämmerliches Licht ausgestrahlt hatte, wie die Farben der Blätter des vergangenen Herbstes, wenn sie auf dem Boden verstreut lagen. Nun war sie ausgeschaltet. Am Laternenmast waren die gelben Klammern zu sehen, an denen jeden Sonntag die Zeitung befestigt wurde.

Ein Auto näherte sich dem Gebäude. Es gehörte Sabina. Das Auto hielt an, sie stieg aus, kam zu uns in den Garten, und nachdem wir uns begrüßt hatten, gingen wir in die Wohnung. Dort kochten wir Tee auf, sie erkundigte sich nach Klaras Gesundheit, bot an, etwas für uns zu kochen, und erzählte verschiedenste Geschichten.

Sabina war eine hübsche Frau, sehr freundlich und voller Humor. Die unzähligen Erinnerungen an ihr Leben in Tirana berichtete sie uns voller Freude. Sie beendete das Gespräch oft mit: »Hätte ich damals den Verstand von heute, wäre einiges anders gelaufen, doch ich bereue nichts.«

Sabina lebte in Gaming, in einem Haus gegenüber der Schule, das sie wie ein Puppenhaus eingerichtet hatte. Sie lebte dort zusammen mit Amjad, einem Mann aus Pakistan. Wenn wir sie besuchen kamen, fanden wir manchmal einige Pakistani im Schneidersitz am Boden vor, mit einem Topf gelben Reis vor ihnen, aus dem sie sich mit den Händen bedienten, ohne Gabel oder Löffel zu benutzen.

Sabina und Amjad verstanden sich gut, und es ging uns nichts an, wie sie ihr Leben führten. Das Wichtigste war, dass die beiden fröhlich und gastfreundlich waren. Sabina blieb bis neun Uhr abends.

Als wir schon im Bett lagen, fragte mich Klara, was ich am nächsten Tag vorhatte, wenn ich aus der Arbeit zurückkommen würde. Ich antwortete, dass sie es mir gleich sagen sollte, wenn ich etwas kaufen musste. Ich wollte es auf dem Heimweg erledigen und das Haus später nicht noch einmal verlassen.

In dieser Nacht lag ich lange wach.

Es war schon nach 11 Uhr nachts.

Ein trügerischer Halbschlaf hielt mich gefangen, aus Furcht, die Frau würde wiederkommen. Sie klopfte nicht an und wartete, bis ich sie hineinbat, sie kam direkt ins Schlafzimmer und raubte mir mit ihrer Stimme den Schlaf.

Die Lichter der vorbeifahrenden Autos konnten mich nicht ablenken. Ich beobachtete sie bereits seit einem Jahr, wenn sie nachts vorbeifuhren, doch ich wusste nicht, wieso sie mich gerade seit zwei Tagen so sehr in ihren Bann zogen.

Mit geöffneten Augen lag ich wach. Alles war wie immer, die Uhr an der Wand zeigte eins. Ich schlief ein, nur um kurz darauf wieder aufzuwachen. Die Uhr zeigte halb zwei. Und obwohl ich von Angst und Furcht erfüllt war, schlief ich erneut ein.

Es war drei Uhr früh, als ich wieder eine Stimme hörte. Doch es war nicht dieselbe Stimme wie in den letzten Tagen, und auch nicht der graue Nebel.

Ich öffnete die Augen.

»Mir geht es nicht gut. Ich habe Schmerzen und bin ganz nass«, hörte ich die Stimme sagen. Ich schaltete die Lampe auf der Kommode an und merkte, dass es Klara war, die sprach.

»Soll ich einen Arzt rufen?«, fragte ich. Noch bevor sie antworten konnte, war ich bereits aus dem Bett geklettert und auf dem Weg zur Tür.

»Dafür ist keine Zeit«, sagte sie. »Es dauert zu lange, bis er hier ist. Am besten, wir fahren nach Scheibbs ins Krankenhaus.«

Also ging ich nach draußen und startete das Auto. Ich fuhr vor die Haustür und klappte den Beifahrersitz zurück, damit sich Klara darauflegen konnte. Als ich die Wohnung betrat, hatte sie bereits ein Kleid angezogen und eine Jacke übergeworfen. Ich nahm sie an der Hand und brachte sie zum Auto.

Wir fuhren los.

Die zwölf Kilometer nach Scheibbs kamen mir vor wie eine Ewigkeit.

Vor dem Haupteingang des Krankenhauses hielt ich an und ging in die Notaufnahme. Ich berichtete einem Arzt und einer Krankenschwester, was los war.

Nach einiger Zeit kam eine weitere Krankenschwester.

Sie legten Klara in ein transportables Bett, maßen ihren Blutdruck und fingen an, eine Krankenakte auszufüllen. Sie riefen die Geburtenabteilung an und brachten Klara mit dem Aufzug in den vierten Stock.

Der Aufzug bewegte sich. Ich sah die roten Nummern, die sich von oben herab bewegten. Als sich die Tür wieder öffnete, rollte die Krankenschwester das Bett in ein Zimmer, in dem auch eine andere Frau lag. Sie betteten Klara auf das Krankenbett. Ich stand neben ihr.

Der Arzt maß ihre Temperatur.

Er sagte nichts.

Er ging.

Ich setzte mich in einen Stuhl und bemerkte, dass Klara eingeschlafen war. Als ich sicher war, dass sie einen festen Schlaf gefunden hatte, ging ich hinaus auf den Korridor. Vom Kaffeeautomaten holte ich mir einen großen Becher Kaffee. Im Besucherraum lagen Zeitschriften auf dem Tisch, der Großteil davon handelte von Gesundheit und Schwangerschaft.

Seite um Seite blätterte ich sie durch und sah Abbildungen von Neugeborenen, gesunden Müttern sowie Obst, das scheinbar nach der Geburt gegessen werden sollte. Außerdem waren Windeln, Cremes und andere Produkte abgebildet, die für das Neugeobrene verwendet wurden, sowie Interviews mit und Ratschläge von Ärzten.

Ich war allein im Besucherraum, schaltete den Fernseher an und drehte die Lautstärke voll auf. Es war vier Uhr morgens und es liefen Wiederholungen des Abendprogramms. Während ich anfing, den Teletext zu lesen, schlief ich über den Tisch gebeugt ein.

Um sieben Uhr wurde ich durch Bewegungen im Raum geweckt.

Das Personal bereitete sich scheinbar auf den Schichtwechsel vor.

Um acht Uhr ging ich zu Klaras Zimmer und sah, dass sie wach war.

Ich fragte, wie es ihr ginge. Sie sagte, dass sie keine Schmerzen mehr habe.

Ich ging in den Eingangsbereich hinunter und rief Manuela an, um ihr zu erzählen, was passiert war. Sie sagte, sie wäre in einer Viertelstunde da. Als ich meine Familie in Vlora anrief, hob meine Schwester ab. Ich berichtete ihr, was vorgefallen war. Sie sagte: »Hoffentlich ist es ein Junge«, denn sie selbst hatte zwei Töchter.

Meine Mutter konnte ich nicht sprechen, sie holte sich gerade ihre Pension ab. Mein Vater saß auf dem Balkon und trank Kaffee. Als er an den Hörer kam, erklärte er mir knapp, dass es ihm nicht gut ging. Schließlich legte ich auf und kehrte ins Krankenzimmer zurück.

Im Zimmer hatte sich bereits eine Gruppe von Ärzten und Krankenschwestern zur Visite versammelt. Sie standen um Klaras Bett herum und diskutierten, einer hielt die Krankenakte in der Hand. Erneut maßen sie Klaras Blutdruck und ihre Temperatur.

Als die Ärzte das Zimmer verließen, trat ich an ihr Bett, legte meine Hand auf ihre Stirn und hielt mit der anderen ihre Hand. Durch das Fenster sah ich, wie die Sonne auf einen Berg schien. Die Farben des Frühjahrs, die sich gerade zu entfalten begannen, verliehen dem Anblick eine morgendliche Frische.

Es war ein schöner Tag.

Manuela kam wie versprochen und erzählte Klara, dass sie mit dem Arzt gesprochen hatte. Es hatte einige temporäre Komplikationen gegeben, nun sei aber alles unter Kontrolle und es gebe keinen Grund zur Beunruhigung.

Sie schlug mir vor, hinunter ins Café zu gehen, damit sich Klara erholen konnte. Nachdem wir in den 1. Stock gegangen waren und uns auf die unbequemen Holzsessel gequetscht hatten, bestellte ich Kaffee und Toast.

Ich erzählte Manuela von der Unruhe, die Klara in der Nacht befallen hatte, und sie antwortete, ich solle mir keine Sorgen machen. Die Ärzte hätten alles unter Kontrolle. Wir blieben einige Zeit im Café und später stieß Rupert zu uns. Er bestellte sich ebenfalls einen Kaffee.

Es wurde zehn Uhr vormittags und Manuela sagte mir, dass ich mit ihnen Mittagessen könnte. Ich wollte im Krankenhaus bleiben, doch schließlich überredeten sie mich, denn Klara würde ohnehin schlafen und es sei besser, ich würde nach dem Essen zurückkommen.

Um 12 Uhr war ich vor ihrem Haus. Als ich ins Wohnzimmer eintrat, sah ich, dass der Tisch bereits gedeckt war. Nach dem Essen tranken wir noch einen Kaffee, ehe ich wieder zurück ins Krankenhaus fuhr. Klara schlief, als ich ankam, doch der Assistenzarzt sagte mir, dass sie gegessen habe und alles problemlos verlief.

Ich ging wieder ins Besucherzimmer und begann erneut, die Zeitungen durchzublättern, doch konnte ich nichts Neues finden.

Ich schaltete den Fernseher ein, nur um ihn kurz darauf wieder auszuschalten. Schließlich vertrat ich mir die Beine im Gang.

Als ich an der Neugeborenenstation vorbeilief, sah ich rosa und blaue Betten. Eine Hebamme kam aus der Station, holte aus einem rosa Bett ein Baby und brachte es zur Mutter.

Einige Zeit sah ich den Babys beim Schlafen zu.

Es wurde 19 Uhr.

Ich hatte auf einem Stuhl am Gang Platz genommen, als ein Arzt vorbeikam und mir sagte, dass es nicht mehr lange dauern würde, bis das Kind zur Welt käme.

Lächelnd dankte ich ihm für seine Mühen.

Ich blieb noch eine Weile so sitzen, dann wollte ich mir in der Cafeteria etwas zu trinken holen, doch die hatte bereits geschlossen. Also verließ ich das Krankenhaus und bestellte im Lokal nebenan einen Schinkentoast, den ich einpacken ließ und ins Krankenhaus mitnahm.

Alles wie zuvor.

Es war ruhig, die Besuchszeit schon länger vorüber.

Ich blieb im Gang stehen.

Ich konnte hören, wie der Aufzug Halt machte, die Türen gingen auf und eine junge Frau kam heraus, scheinbar auch kurz vor der Entbindung. Sie wurde von einer Hebamme und einem Mann begleitet, der wohl ihr Ehemann war. Die Hebamme warf einen kurzen Blick auf einen Zettel in ihrer Hand, dann brachte sie das Bett mit der Frau in ein Zimmer und kam kurze Zeit später mit dem leeren Bett wieder heraus, um dorthin zu verschwinden, woher sie gekommen war.

Ich wanderte den Gang entlang und las die Namen der Patienten an den Türen.

Judith.

Marianne.

Eva … Alles Einheimische.

Erneut füllte ich einen großen Becher am Kaffeeautomaten.

Als ich Schritte hörte, näherte ich mich Klaras Zimmer.

Sie schlief.

Ich setzte mich neben das Bett und schlug eine Zeitung auf, die ich aus dem Besucherraum mitgenommen hatte.

Als die Worte immer weniger Sinn ergaben, legte ich die Zeitung weg und trat auf den Gang hinaus.

Absolute Ruhe.

Ich verließ das Krankenhaus, um etwas frische Luft zu schnappen.

Die Straße war ruhig, es fuhren nur selten Autos vorbei. Ich ging das Flussufer entlang, das direkt unterhalb des Krankenhauses lag, blieb ein wenig dort und sah die Lichter der Römerbrücke.

Dort zog es mich hin.

Die Brücke lag verlassen da. Ich blieb in ihrer Mitte stehen und blickte auf die Erlauf hinab. Ich betrachtete den Fluss in seinem gleichmäßigen, unberührten Treiben und lauschte dem Geräusch, das entstand, wenn das Wasser gegen die Brückenpfeiler stieß. Die Lichter der Laternen, die von oben herabfielen, nahmen verschiedene Farben an in der Dunkelheit der Nacht und im Spiel der Wellen, die gegen die Brückenpfeiler stießen und dabei eine weiße Gicht erzeugten.

Zurück im Krankenhaus ging ich in den ersten Stock, wo ich die Namen und Fotos der Ärzte betrachtete, die im Klinikum arbeiteten.

Uber die Treppen stieg ich dann in den vierten Stock hinauf.

Es war genauso ruhig wie zuvor.

Keine Bewegung.

Keine Worte.

Taubstumm.

Gedankenlos bewegte ich mich den Gang entlang und setzte mich neben den Kaffeeautomaten. Über der Tür eines Zimmers am Ende des Ganges leuchtete rotes Licht, jemand musste den Notfallknopf gedrückt haben.

Eine Hebamme trat auf den Gang und schaltete das Licht aus. Sie hatte ihre Aufgabe erledigt.

Ich blieb sitzen und beobachtete den Gang, der sich vor mir erstreckte.

Ruhe.

Fliesen, in einem Rautenmuster angelegt.

Ich stand auf und fing an, sie zu zählen, und hörte erst vor Klaras Zimmer auf, weil ich sah, dass sie wach war.

»Wie geht es dir?«, fragte ich.

»Ich spüre Tritte«, sagte sie.

»Es muss wohl ein hartnäckiges Kind sein«, sagte ich. Wir lachten.

Sie setzte sich auf und ich richtete ihr Kissen. Einige Zeit saßen wir stumm nebeneinander, bis sie plötzlich sagte: »Wenn das hier vorbei ist, gehen wir zu dem Haus am Berg, dessen Lichter wir immer sehen und vor dem am Tag die Kühe weiden. Vielleicht haben sie am Wochenende Ferienhofbetrieb und wir können dort übernachten.«

»Unbedingt«, sagte ich. »Mein Arbeitskollege August lebt in den Bergen von Sankt Anton und bietet in seinem Haus solche Übernachtungen an. Aber jetzt ruh dich aus, du sitzt schon einige Zeit so aufrecht da.«

Ich ging wieder auf den Gang hinaus, um Klara Ruhe zu gönnen. Mein Weg führte mich zur Neugeborenenstation. Ich sah, wie eine Mutter gerade ihr Kind aus dem Bett hob. Sie trug es in ihr Zimmer um es zu stillen. Ich blieb vor dem Zimmer stehen und betrachtete durch die Glaswand das Kind beim Schlafen. Dann ging ich zum Kaffeeautomaten und holte mir erneut einen großen Becher der dunklen Flüssigkeit. Ohne sie anzusehen, blätterte ich in den Zeitschriften, trank den Kaffee, der mir schon nicht mehr schmeckte, und bemerkte, dass es bereits meine dritte Tasse an diesem Nachmittag war.

Ich schüttete sie ins Klo, dann blieb ich auf dem Gang stehen.

Ich wusste nicht, was ich hätte tun können.

Das Warten wurde unerträglich.

Ich verließ die Geburtsabteilung, ging in andere Stationen, las Namen, um zu schauen, ob ich jemanden kannte, und blickte in die Betten. Im zweiten Stock machte ich dasselbe.

Wieder Namen.

Ärzte, Krankenschwestern und Patienten.

Dann ging ich zurück in den vierten Stock.

Erneut umfing mich Ruhe.

21

Es wurde 22:30 Uhr.

Ich kehrte in Klaras Zimmer zurück, setzte mich an ihre Bettkante und blieb für einige Zeit still sitzen. Sowohl Klara als auch die andere Frau, die mit ihr im Zimmer lag, schliefen.

Ich blickte durch das Fenster auf den Berg gegenüber, durch den sich die Lichter einiger Bauernhäuser und Ställe zogen und seine Umrisse erahnen ließen.

Plötzlich überkam mich das Gefühl, jemand würde ins Zimmer treten, und ich wandte mich um. Doch es war niemand zu sehen.

Ruhe.

Das Scheinwerferlicht eines Autos fiel durchs Fenster und zog meine Aufmerksamkeit auf sich. Es fuhr den Berg hinauf, hin und wieder verschwanden die Lichter zwischen den Kurven und hinter den Bäumen.

Dann war es wieder zu sehen, stärker leuchtend als zuvor.

Kurze Zeit später hielt es an. Das Licht ging aus, dafür ging das Licht eines Hauses an, offenbar ausgelöst durch einen Bewegungsmelder. Jemand betrat das Haus, das Licht draußen erlosch.

Dunkelheit.

Ich richtete den Blick wieder auf die Tür.

Niemand zu sehen.

Klara öffnete die Augen.

»Wie fühlst du dich?«, fragte ich.

»Noch genauso wie vorher.«

»Ruh dich aus«, sagte ich und ging wieder hinaus auf den Gang. Ich suchte das Ärztezimmer. Darin traf ich auf eine Hebamme. Als ich nach dem Arzt fragte, sagte sie mir, er mache gerade einen Rundgang durch die Zimmer, würde aber gleich kommen.

Ich setzte mich und wartete auf ihn, während mein Blick nervös umherwanderte.

Im Besucherzimmer lief der Fernseher. Jemand saß darin. Ich erkannte den Mann, der zuvor mit seiner schwangeren Frau im Aufzug gewesen war. Ich ging zu ihm und sagte ihm guten Abend.

Kurz blätterte ich durch die Zeitungen, legte sie aber schnell wieder weg.

Der junge Mann stand auf und kam auf mich zu.

»Ich bin Martin«, sagte er und streckte mir die Hand hin.

»Freut mich«, sagte ich und nannte ihm meinen Namen, als ich einschlug.

»Woher kommt der Name?«, fragte er mich.

»Aus Albanien.«

»Dort bin ich noch nie gewesen.«

Erneut griff ich nach einer Zeitschrift, es war das dritte Mal, dass ich dieses Magazin in der Hand hielt. Schnell blätterte ich es durch, ohne auf die Seiten zu blicken. Stattdessen blickte ich auf die Wanduhr. Es war 23:10 Uhr.

Meine Augen wanderten zum Fernseher. Ein Interview in einem Studio war zu sehen. Die Lautstärke war allerdings so leise gedreht, dass ich nicht verstehen konnte, worum es ging.

Ich blickte zu Martin.

Seine Augen fixierten den Fernseher. Am Hals erkannte ich einige Tattoos, die wahrscheinlich den ganzen Körper entlang verliefen.

Tattoos haben mir nie gefallen. Auch jene nicht, die grafisch gelungen waren. Bei Frauen schon gar nicht. Irgendwie kam es mir seltsam vor, am Strand tätowierte Körper zu sehen. Die meisten wussten vermutlich nicht mal, was diese Zeichen auf ihren Körpern bedeuteten. Besonders skurril fand ich chinesische Schriftzeichen. Ich hatte noch nie einen tätowierten Chinesen gesehen, aber schon viele chinesische Schriftzeichen als Tattoos.

Als ich zum Heeresdienst eingezogen worden war, kamen viele Jungs mit Tattoos zurück, sie hatten sich Zeichen tätowieren lassen, die auf die Militärbasis hinwiesen, in der sie stationiert waren – ein Anker für die Marine, ein Flugzeug für die Luftwaffe und ein Grenzstein für den Grenzschutz.

»Ich bin aus Oberndorf«, sagte Martin unvermittelt und ohne seinen Blick vom Fernseher zu nehmen. »Weißt du, wo das ist?«

»Ja, weiß ich«, antwortete ich. Walter, mein Arbeitskollege, pendelte täglich von dort sechzig Kilometer zur Arbeit, dreißig hin, dreißig zurück. In Oberndorf gab es eine Autoschrottanlage, bei der ich manchmal Ersatzteile für meinen Ford Fiesta kaufte.

»Wo wohnst du?«, fragte er.

»In Kienberg, bei Gaming.«

»Arbeitest du in der Fabrik?«

»Ja«, sagte ich und überlegte, wo man in Kienberg sonst arbeiten konnte.

Dann trieb es mich erneut zum Kaffeeautomaten.

Nachdem ich das Kleingeld eingeworfen hatte, lauschte ich dem Zischen der Maschine und wartete, bis sich die Tasse gefüllt hatte. Doch ich griff nicht zu. Regungslos stand ich am Fenster und blickte zur anderen Seite der Stadt hinüber. Die letzten Lichter gingen langsam aus. Schließlich nahm ich den Kaffee, doch trank ich keinen Schluck davon. Ich wusste gar nicht, wieso ich einen gekauft hatte, und ließ ihn am Fensterbrett stehen, während er noch dampfte.

Es dauerte nicht lange, bis die ganze Stadt in Dunkelheit versank. Abgesehen von der Straßenbeleuchtung und vereinzelten Autos, die vorbeifuhren, hatte die Nacht ihren Mantel über alle Dinge gelegt.

Während ich auf die sich ausbreitende Dunkelheit starrte, fiel mir ein, dass Scheibbs als erste Stadt in Österreich eine elektrische Straßenbeleuchtung bekommen hatte. Die Scheibbser waren sehr stolz darauf.

Ich hörte Bewegungen am Gang und ging hinaus. Ich erkannte den Arzt. Er ging in Klaras Zimmer. Das Licht über der Tür leuchtete rot.

Schnell eilte ich ins Zimmer.

Er war dabei, Klara den Blutdruck zu messen, und fragte sie nach ihrem Befinden. Die Hebamme notierte alles und verließ das Zimmer. Es dauerte nicht lange, bis zwei Krankenschwestern kamen.

Sie rollten das Bett heraus und brachten es zu einem Saal. Ich fragte, wohin sie gingen. Sie meinten, es würde nicht mehr lange dauern. Scheinbar hatte Klara starke Tritte gespürt und deswegen den Arzt gerufen.

Es war zwei Uhr morgens, in der Nacht des 17. April. Ich blieb neben dem Bett stehen. Klara sagte: »Hörst du das? Leg die Hand an meinen Bauch. Es tritt mich.«

Der Arzt kam und führte einige Kontrollen durch.

»Wir müssen noch ein wenig warten«, sagte er.

Klara verzog das Gesicht und ihre Lippen. Es schmerzte mich, sie so zu sehen.

Das Piepsen des Geräts füllte den Raum. Der Arzt warf einen Blick darauf.

»Sie muss sofort in den Kreißsaal«, sagte er und rief das Personal. Schwestern kamen herbeigeeilt. In ihren Augen sah ich Beunruhigung.

Ich bekam Angst. »Was ist denn los?«, fragte ich.

»Es gibt keinen Grund zur Sorge«, sagten sie mir nur.

Sie alle gingen neben dem Bett, während es aus dem Raum geschoben wurde.

Ich lief hinter ihnen her und wollte ihnen in den Kreißsaal folgen.

»Sie dürfen nicht in den Operationssaal«, sagte die Krankenschwester vor der Tür.

»Operation?« Ich drückte gegen die Tür, doch diese war bereits verschlossen.

Wieso musste Klara in einen Operationssaal?

»Bleiben Sie hier, es dauert nicht lange«, sagte die Krankenschwester. Dann verschwand auch sie im Operationssaal.

Ich blickte auf die Uhr. 2:40 Uhr.

Ich starrte auf die Tür des Kreißsaals. Niemand kam heraus.

Ich wartete noch immer.

Sitzend.

Mein Körper war taub.

Meine Augen brannten.

Irgendwann stand ich auf und fing an, auf und ab zu gehen. Meinen Blick hielt ich auf die verschlossene Tür des Operationssaals fixiert, bewegte mich ohne Ziel.

Plötzlich hörte ich ein Geräusch.

Die Tür öffnete sich und eine Hebamme kam auf mich zu.

Ich sah, dass sie weinte.

Die Tränen rannen ihre Wangen hinunter.

»Was ist?«, fragte ich sie.

Mit roten Augen und tränenerstickter Stimme, den Kopf gesenkt, sagte sie mir: »Das Kind ist tot.«

Es war 03:00 Uhr.

»Was?« Ich verstand nicht. »Aber mit K…«, doch als ich ihren Namen sagen wollte, fror mein Mund ein.

»Ihr geht es gut. Sie schläft«, sagte sie mir.

Sie sprach weiter, doch ich hörte nicht mehr auf ihre Worte. Mir wurde schwarz vor Augen und ich fühlte mich, als würde mich ein grauer Nebel umhüllen, die Außenwelt von mir abschirmen und all ihre Eindrücke dämpfen.

Dann verschluckte er mich.

Ich versuchte, meine Augen zu öffnen, doch es gelang mir kaum. Zunächst sah ich eine weiße Decke und einen Katheter, der von oben herab in meine Hand verlief. Ich drehte den Kopf und sah, dass neben mir eine Krankenschwester stand.

»Wo bin ich?«, fragte ich sie.

Sie erklärte mir, es gehe mir gut, man habe mir nur ein Beruhigungsmittel verabreichen müssen. Es dauerte nicht lange, und mein Blick wurde klarer.

Ich richtete mich auf und stieg aus dem Bett. Kaum hatten meine Füße den Boden berührt, fragte ich die Pflegerin, was mit mir los war und wieso sie mir eine Infusion verabreicht hatten.

»Ihnen ist schwindelig geworden und Sie haben das Bewusstsein verloren«, erklärte sie mir.

Ich fragte nach Klara.

»Sie schläft noch«, antwortete die Krankenschwester. »Wahrscheinlich wird sie in zwei Stunden in ihr Zimmer gebracht.«

Ich verließ mein Zimmer. Den Arzt von heute Nacht konnte ich nicht finden, also bat ich eine Schwester, ihn zu kontaktieren.

Es dauerte nicht lange, bis er kam.

Auf seinem Kittel stand: Oberarzt, Dr. Josef Janicek.

Ich fragte ihn, was passiert war.

In den letzten Minuten war alles außer Kontrolle geraten, erklärte er mir. Sie hätten den ganzen Tag lang auf eine natürliche Geburt gewartet. Der Muttermund hätte sich allerdings nicht geöffnet. In den letzten Momenten hätte das Kind unbedingt hinausgewollt und sich dabei heftig bewegt. Bei einer Kontrolle bemerkten sie, dass eine natürliche Geburt unmöglich wäre und brachten Klara daraufhin in den Operationssaal.

Es war zu spät.

Das Kind, ein Mädchen, hatte so dringend nach draußen gewollt, dass es sich durch ihre Bewegungen mit der Nabelschnur stranguliert hatte.

»Es tut mir sehr leid. Es ist das erste Mal, dass mir so etwas passiert. Es ist noch nie zuvor vorgekommen, dass wir so lange auf eine natürliche Geburt warten mussten.«

Ich bemerkte, wie meine Sicht langsam wieder nebelig und unklar wurde. Ich fühlte Schwindel hochsteigen und verlangte nach einem Beruhigungsmittel.

Die Krankenschwester meinte, ich könnte mich wieder hinlegen. Doch ich wollte lieber auf Klara warten.

»Wie geht es ihr?«, war alles, was mich interessierte.

»Gut«, meinte der Arzt. »Sie kann bald aufs Zimmer verlegt werden.«

Der Arzt sagte, ich könnte das Kind sehen.

»Nein«, sagte ich. »Ich kann nicht. Ich will sie nicht den Rest meines Lebens vor Augen haben. Jemand hatte sie nach oben gerufen, und es war an ihr, sie dort oben zu behalten« Meine Gedanken schweiften zu der Frau, die in den Nächten zuvor durch meine Träume gestreift war.

Der Arzt verstand nicht, wovon ich sprach, und blickte mich verwundert an.

Erneut wurde mir schwarz vor Augen und ich setzte mich auf eine der kleinen Sitzbänke, die am Gang standen. Endlich hörte ich, wie sich die Türen des Operationssaals öffneten. Klaras Bett wurde herausgerollt, von zwei Krankenschwestern geschoben, und daneben fuhr eine Infusionsflasche.

Ich trat auf sie zu.

Klara war blass und gelblich.

Ihre Augen waren von dunklen Ringen umgeben.

Ich lächelte sie an, legte meine Hand auf ihre Stirn und merkte, wie kalt sie war.

Ich küsste sie und hielt ihre Hand.

Man brachte sie in ihr Zimmer.

Es war sieben Uhr morgens. Sie schlief schnell ein.

Ich blieb neben ihr und dachte daran, Manuela anzurufen und sie zu benachrichtigen. Schließlich ging ich ins Erdgeschoss, wählte die Nummer und hörte ihre Stimme.

»Ich bin's«, sagte ich.

»Gibt es was Neues? Ist das Kind schon da?«, fragte sie.

Mit klangloser Stimme teilte ich ihr mit, dass das Kind bei der Geburt gestorben sei.

»Oh nein«, hörte ich sie sagen. »Nein, nein, nein …«

Ich hörte, wie sie mit ihrem Mann sprach.

»In fünf Minuten bin ich da«, sagte sie.

Auch nachdem sie aufgelegt hatte, hielt ich das Telefon umklammert, schaute es an, wollte es zurücklegen.

Doch ich konnte nicht.

Ich rief die Nummer in Vlora an.

Es klingelte.

Klingelte.

Klingelte.

Jemand hob ab.

Ich hörte die Stimme meiner Mutter fragen, wer es sei. Ich sagte, dass ich es war. Sie hörte nicht besonders gut und verwechselte mich mit jemand anderem. Sie sagte meiner Schwester, sie solle mit mir sprechen, da sie nicht verstand, wer dran war.

Meine jüngere Schwester nahm das Telefon und fragte erneut, wer da spreche.

»Ich bin's.«

»Geht es euch gut?«, fragte sie und sagte meiner Mutter, dass sie gerade mit mir sprach.

»Oh, mein lieber Sohn«, hörte ich meine Mutter im Hintergrund sagen. Sie fragte, ob Klara die Geburt schon hinter sich hatte.

Ich bejahte.

»Sie hat ein Mädchen zur Welt gebracht, doch es starb bei der Geburt«, sagte ich und merkte, wie mir

Tränen aus den Augen traten und meine Stimme zu zittern begann.

»Was? Was hast du gesagt?«, stammelte meine Schwester. Sie teilte es den anderen Menschen mit, die sich im Haus meiner Familie in Vlora befanden.

»Wie? Weshalb? Warum?« Fragen prasselten auf mich ein.

»Ich weiß nicht«, sagte ich. »Der Arzt hat mir gesagt, dass ...«, und ich versuchte wiederzugeben, was er mir erzählt hatte.

Meine Mutter nahm wieder das Telefon an sich. Sie hatte darauf gewartet, dass das Kind heute zur Welt kommen würde – an ihrem 65. Geburtstag.

»Alles Gute zum Geburtstag«, sagte ich meiner Mutter. »Es sollte wohl nicht sein, dass zwei glückliche Ereignisse an einem Tag stattfinden. Jemand hat sie heute, an deinem 65. Geburtstag, gerufen und mit nach oben genommen.«

Ich hörte, wie sie weinte.

Man fragte mich nach Klara, doch ich wollte nicht mehr lange reden. Ich sagte, sie sollten Klaras Familie darüber in Kenntnis setzen, legte auf und ging in Klaras Zimmer.

Einige Ärzte hatten sich darin versammelt.

»Gibt es Probleme?«, fragte ich, als ich eintrat.

Man sagte mir, dass alles in Ordnung sei und dass es ihnen leid täte, was passiert war.

Ich hörte ihnen zu, doch meine Gedanken waren woanders.

Manuela kam.

Mit Tränen in den Augen umarmte sie mich. Ich hörte, wie sie immer wieder »Oh weh, oh weh« sagte. Sie hielt ihre Hand an Klaras Stirn, auf der noch immer Zeichen der Erschöpfung zu sehen waren. Wir blieben eine Zeit lang neben ihrem Bett stehen.

Über dem Grau des morgendlichen Nebels erhob sich langsam die Sonne und leuchtete den Berg gegenüber an. Ich erblickte die Häuser, die vor einigen Stunden noch von nächtlicher Dunkelheit umhüllt gewesen waren.

Der Gang wurde lebendiger.

Die Krankenschwestern, die ihre Kolleginnen ablösten und ihre Schicht antraten, hörten, was passiert war, und kamen in unser Zimmer.

Klara schlief. Sie trug tiefe Augenringe. Ich weiß nicht, warum, aber es kam mir vor, als würde sie im Schlaf weinen. Unter ihren Wimpern sah es wässrig aus. Manuela umarmte mich noch einmal fest, als wollte sie mir sagen: Bleib stark.

Sie verweilte so, bis sie Rupert in der Tür sah. Er kam ins Zimmer und stellte sich neben uns.

Er sprach nicht.

Rupert war ein sehr gläubiger Mensch, der jeden Sonntag in die Kirche ging und mit dem Priester zusammen die Messe führte. Er näherte sich Klara und ich sah, wie er seine Hand auf ihre Stirn legte und mit dem Daumen ein Kreuz machte.

Sie lächelte. Scheinbar hatte sie die Berührung gespürt.

Wir blieben im Zimmer, bis das Mittagessen kam und sie aufwachte. Ich half ihr, sich aufzusetzen. Als sie fertig gegessen hatte, gingen Manuela, Rupert und ich auf den Gang, wo wir einen Arzt vor dem Computer fanden. Er gab gerade ein, was passiert war.

Er erzählte uns erneut, was genau in der Nacht vorgefallen war, wie es dazu hatte kommen können. Auch er sagte, ich könnte das Mädchen sehen.

Ich verließ das Zimmer, bevor er fertig gesprochen hatte.

Es konnte mir nichts zurückbringen.

Ich ging zum Ende des Flurs und wartete dort mit einem Kaffee, bis Manuela und Rupert kamen.

Sie schlugen vor, runterzugehen. Als wir die Cafeteria betraten, kam es mir vor, als würden mich die Menschen voller Mitleid ansehen. Obwohl sie keine Ahnung hatten, wer ich war.

Ich wollte diesen Ort schleunigst verlassen.

Wir gingen zu einer Snackbar etwas weiter weg und bestellten dort Essen und einen Kaffee.

Ich merkte, wie müde ich war.

Blass.

Erschöpft.

Meine Augen brannten vor Schlaflosigkeit. So viele Nächte, in denen ich wenig geschlafen hatte, weil ich um drei Uhr morgens aufgewacht war.

Langsam gelang es mir, die Geschehnisse zu verknüpfen … Stücke des Erlebten von dieser Woche mit den unklaren Nächten zwischen dem grauen, eiskalten Nebel.

Ich schüttelte den Kopf, als ob ich mich wachrütteln wollte.

Ich dankte Manuela und Rupert für ihr Kommen.

Meine Stimme versagte.

»Nein«, sagten sie, »das ist nur eine Etappe. Das Leben ist lang, du wirst noch viel Freude haben.«

Wir gingen zu Klara hinauf.

Sie schlief wieder. Wir fragten den Arzt erneut nach ihr und er teilte uns mit, dass sie medizinisch in guter Verfassung war und wir ruhig ein wenig spazieren gehen konnten.

Manuela und Rupert luden mich zum Essen ein, doch ich wollte nach Hause fahren.

Bereits als ich vor dem Haus hielt, merkte ich, dass niemand draußen war. Es war Mittagszeit und alle waren wohl mit dem Mittagessen beschäftigt.

Ich betrat die Wohnung, ging in die Küche und nahm mir eine Flasche Fruchtsaft aus dem Kühlschrank, die ich bis auf den letzten Tropfen austrank.

Ich weiß nicht, wieso ich so durstig war. Ich nahm etwas zu essen und setzte mich auf die Couch im Wohnzimmer. Scheinbar schlief ich ein, denn als ich das nächste Mal die Augen aufschlug, war es bereits vier Uhr nachmittags. Ich stand auf und stellte mich unter die Dusche. Dort blieb ich lange und ließ mich vom Wasser, das aus dem Duschkopf schoss, massieren.

Ich nahm das Telefon und rief in Vlora an. Meine Schwester nahm ab, sie hatte auf meinen Anruf gewartet. Ich fragte nach meinem Vater. Sie sagte mir, es gehe ihm nicht gut, er sitze in seinem Ohrensessel und weine. Ich ließ ihn ans Telefon holen.

»Es sollte nicht sein, dass du heute eine Enkeltochter bekommst«, sagte ich ihm.

Ich merkte, dass er kaum atmen konnte.

»Man kann nichts machen«, sagte er. »Wir warten auf das nächste Mädchen, in zwei Jahren.« Dann legte er auf, ohne noch etwas zu sagen.

Ich bemerkte nicht, dass er aufgelegt hatte, und sprach noch einige Zeit weiter. Als ich es endlich begriff, legte ich das Telefon weg.

Dann fing ich an, das Kinderbett abzubauen, stellte es auf den Kleiderschrank und räumte die Wohnung auf. Ich blieb in der Sitzecke der Küche sitzen und blickte nach draußen, bis niemand mehr zu sehen war. Dann ging ich hinaus und fuhr zurück nach Scheibbs.

Vor dem Eingang des Krankenhauses traf ich einen Arbeitskollegen, der mich grüßte und mir erzählte, dass sein Vater fast wegen einer Komplikation gestorben wäre. Er fragte mich, wieso ich hier sei, doch ich sagte nichts.

Ich wollte nicht jedem erklären, was passiert war.

Es war unsere Angelegenheit und ging nur uns etwas an.

Ich ging hinauf zu Klaras Zimmer und sah, dass sie wach war.

Sie nahm meine Hand und sagte: »Das Mädchen wollte nicht zu uns kommen.«

Ich folgte ihrem Blick zum Fenster, wo mittlerweile der komplette Berg von der Sonne beleuchtet wurde. Ihre Augen verloren sich irgendwo in der Unendlichkeit der Träume, der Fantasien, die eine Nacht zuvor verloren gegangen waren, der Wünsche, die eine Vorstellung ihres Kindes kreiert hatten, das sie im Arm halten, stillen, mit ihm spielen würde, im Grün des Frühlings, den sie seit Monaten erwartete, und ihm die neugierigen Schwäne zeigen, die schon lange verfolgt hatten, wie ihr Bauch immer größer geworden war. Versunken im aschig-grauen Fensterglas bemerkte ich, wie zwei Tränen aus ihren Augen rannen, die Wange hinunter, ehe sie im Kissen verschwanden.

Ich stand auf und ging.

Klara blieb noch die ganze Woche im Krankenhaus. Ich kam jeden Tag nach der Arbeit und blieb bis spät in die Nacht.

Am 21. April holte ich sie nachmittags aus dem Krankenhaus ab.

Sie wartete im Zimmer, neben dem Fenster, und trug dieselbe Kleidung, in der sie gekommen war. Die Tasche mit ihren Sachen und eine leere Babyschale trug ich hinunter.

Wir fuhren nach Kienberg.

Vor dem Haus fanden wir Frau Schuller. Sie sah uns und wir hielten an. Sie kam zu uns, fragte nach, wir erzählten kurz, was passiert war, und fuhren weiter. In jener Nacht sprachen wir nicht. Wir hatten fast neun Monate von dieser Nacht geträumt, der ersten Nacht zu Hause mit unserem Kind.

Davon, wie wir die Tür öffneten und unser Kind in die Wohnung brachten. Wie wir es in das neue Bett legen würden, mit den neuen Bettlaken und dem Mobile, das über ihrem Kopf kreisen und Geräusche machen würde. Wir würden sie im Arm halten, wenn sie Bauchweh hätte. Wir würden sie in den neuen Kinderwagen legen und mit ihr einen Spaziergang zum Teich und den Schwänen machen, die sich zuerst wundern würden, warum wir nicht zu zweit waren, doch sie würden sich schnell an sie gewöhnen, erkennen, dass sie die ganze Zeit schon dabei und eine von uns gewesen war, bloß nicht sichtbar, versteckt in Klaras großem Bauch, während all dieser Zeit, in der wir sie gefüttert hatten.

Doch jetzt war das Zimmer leer.

Keine neue Stimme, kein Weinen.

Stumm.

Taub.

Das Zimmer, verwirrt von der Unwissenheit über das Geschehene, hatte selbst erlebt, wie die Frau mit den grauen Haaren, wässrig und nass, als wäre sie gerade dem Meer entstiegen, um drei Uhr morgens hereingekommen war und mir sagte, was wenig später die Hebamme, in einer anderen Nacht zur gleichen Uhrzeit, zu mir sagen sollte.

22

Es waren fast zwei Wochen vergangen, seitdem Klara aus dem Krankenhaus entlassen worden war. Wir blieben zu Hause, verzichteten auf unsere üblichen Spaziergänge. Nur in den Garten gingen wir, wo die Bäume nun voller Blätter waren und die Blumen ihre gesamte Farbenpracht entfaltetet hatten.

Als wir eines Tages in den Garten traten, sahen wir Frau Schuller in Gummistiefeln. In der Hand hielt sie ein gezacktes Gartenwerkzeug, mit dem sie die Erde rund um die Blumen bearbeitete, um sie anschließend zu gießen. Der Garten war klein, doch er war schön anzusehen und glich der typischen Landschaft der Umgebung, mit ein wenig Stadtgarten-Aroma.

In der Wohnung ließ es sich nicht aushalten. Der Winter hatte sich völlig aus der Luft verzogen. Eine frühlingshafte Atmosphäre war zu spüren, im Vergleich mit dem Vorjahr sehr trocken.

Vormittags arbeitete ich in der Fabrik, und am Wochenende machten wir hin und wieder Ausflüge mit dem Auto, vor allem samstags, wenn wir den Wocheneinkauf in Scheibbs erledigten. Als wir an einem Sonntag das Haus verließen, es war sonnig und ungewöhnlich warm für Ende April, sahen wir Herta auf der anderen Straßenseite, gekleidet wie an den Stränden der Adria oder auf einer griechischen Insel, die einen Teller zu ihrem Mann Frank brachte, der, wie sie, kurze Hosen trug. Vielleicht waren es auch Badehosen, jedenfalls glänzten sie wie Seide und hatten weiße Streifen auf der Seite.

Herta legte sich auf die Liege nahe unserem Fenster.

Wie sie so da lag, dachte sie vielleicht an die Serie ›Kaisermühlen Blues‹, die gerade im Fernsehen ausgestrahlt wurde und in Kaisermühlen spielte, einer Wiener Gegend an der Donau.

Klara und ich verließen das Haus, gingen die ›Alte Straße‹ hinauf und sahen die Nachbarn eines anderen Hauses, wie sie die Winterreifen von ihrem Auto abmontierten und mit Hilfe ihres Sohnes die Sommerreifen aufsetzten.

Ich fragte sie, wieso sie die Reifen so spät wechselten. Sie antworteten, das Auto sei bei einer Skistation geparkt gewesen, und dort sei der Schnee noch nicht ganz geschmolzen gewesen.

In den Fenstern der Häuser sah ich Frauen die letzten Schneespuren von den Scheiben entfernen und verstand, dass der Winter nun archiviert wurde. Er war eine lästige Jahreszeit gewesen, mit der die Kienberger und die Scheibbser nicht auskamen, denn der Himmel wechselte ständig ... Mal war er blau, mal dunkel, als ob er mit ihnen Verstecken spielen würde und sich nicht zeigen wollte.

Die Straße rumorte vor Autos und Leuten, die das letzte bisschen Schnee auf den Skipisten in Lackenhof nutzten.

Die Menschen, die sich durch die Straßen bewegten, verströmten eine ausgelassene Atmosphäre, die auf einen harten Winter und den nebligen Frühlingsanfang folgte.

Ein verlassenes Gebäude, das neben unserem Wohnhaus stand, wurde zum Verkauf angeboten. Ich sah immer wieder Autos davor anhalten, und Menschen stiegen aus, um es zu begutachten. Offenbar waren sie interessiert daran, es zu kaufen. Ich hatte gehört, der Preis sei sehr günstig.

Das Haus hatte ein Stockwerk und ein Dachgeschoss mit zwei kleinen Fenstern, und wurde von einem großen Grundstück umgeben. Anfänglich interessierten auch Klara und ich uns dafür und sahen es uns an, doch ein Haus zu kaufen, während wir zinsfrei in unserer Wohnung leben konnten, schien uns wie unnötiger Luxus.

Außerdem wussten wir nicht, wie lange wir in Kienberg leben würden. Wir hatten das Dorf zwar liebgewonnen, und es war die erste Station unseres neuen Lebens, aber es gab dennoch Tage, die einfach nicht vergehen wollten, inmitten dieser hohen Berge. Wir kamen beide aus einer großen Stadt, voller Lärm, und konnten uns nie an diese vollkommene Ruhe gewöhnen, die uns an ein Krankenhaus erinnerte, in dem selten andere Menschen zu sehen waren.

Aus dem Fenster unserer Wohnung sahen wir eine große, grüne Fläche, dahinter einen Fluss und einen Berg voller Bäume, deren Blätter im Frühling grün, im Sommer hellgrün, im Herbst gelblich wurden, um später orange zu werden und dann rostrot, schließlich ockerfarben und langsam auf die Erde fielen, voller Flecken. Waren Berg und Baum im Sommer gut angezogen wie die feinen Damen und Herren, sollten sie sich am Ende des Jahres ausziehen, sich zunächst im Bikini zeigen und schließlich völlig nackt, und die kahlen Baumstämme wuchsen aus dem Boden wie die Hoden von Männern an Nacktbadestränden.

Eines Tages hörte ich, dass jemand aus Wien das Haus gekauft hätte. Nicht lange danach sah ich ein Auto mit Wiener Nummernschild vor dem Haus parken sowie einen Mann und eine Frau, die den Garten auf Vordermann brachten.

Der Mai war himmelblau, und wir fingen erneut mit unseren Spaziergängen an. Die Schwäne fanden wir wie früher beim Teich. Als sie sahen, dass wir uns näherten, kamen sie schnell, als hätten sie sich Sorgen um uns gemacht, und öffneten ihre Münder in Erwartung, von uns Nahrung zu bekommen.

Blitzschnell steckten sie den Schnabel ins Wasser, um das Brot rauszufischen, und sie wirkten wie Babys, die sofort anfingen zu nuckeln, sobald sie die Brust der Mutter sahen.

An einem Vormittag trafen wir Frau und Herrn Reitlinger am Teich. An kleinen Orten verbreiten sich Nachrichten schnell und bleiben für lange Zeit Gesprächsthema. Als sie sich uns näherten, merkte ich, wie müde Herr Reitlinger wirkte. Lily, hübsch zurechtgemacht, lächelte uns mitfühlend an und begann das Gespräch, indem sie sagte, wie leid es ihr täte. Sie fragte Klara, wie es ihr ginge, und mich, ob ich Urlaub bräuchte, um mich um sie zu kümmern. Nachdem sie den Schwänen Essen hingeworfen hatten, gingen sie wieder.

Die Schwäne steckten weiter ihre Köpfe in das Wasser hinein und zogen sie wieder heraus, und vor meinem inneren Auge flackerten Ereignisse auf, die so fern schienen wie der Schnee, der geschmolzen war und sich in die Flüsse ergossen hatte, in diesem langen Winter und ereignisreichen Frühling, der mit einem überfahrenen Rehkitz auf der Hauptstraße begonnen und mit den

Träumen der verschwitzten Nächte und den Tränen des 17. April geendet hatte.

Ich war mir völlig sicher, dass mich diese Geschichte nicht mehr loslassen würde. Wohin ich auch ging, hatte ich das Gefühl, meine Tochter würde mich mit ihren Augen verfolgen.

Sie würde mir vorwerfen: Warum hast du den Ärzten geglaubt, als sie sagten, es sei alles in Ordnung, es bestehe kein Grund zur Sorge? Ich wollte doch so sehr bei euch sein. Ich wollte in euren Armen schlafen. Aufwachsen.

Sie würde mich noch lange begleiten, immer wieder in meinen Träumen zurückkehren. Aber ich musste mich von ihr lösen. Ich musste zurück in meine Zukunft finden.

Ich blickte Herrn und Frau Reitlinger nach, die sich langsam dem dichten Wald näherten, und dachte an ein Gedicht von Rainer Maria Rilke, das ich in einem Buch im Gasthaus ›Kreuztanne‹ gelesen hatte, während ich Deutsch lernte:

»Ich will leise Träume träumen.
Und mit ihrem Glanz wie mit Ranken meine Stube schmücken zum Empfang.
Ich will den Segen Deiner Hände auf meinen Händen und meinem Haar
in meine Nacht mitnehmen.«

23

Am Sonntag beschlossen wir, einen Ausflug nach Gaming zu machen.

In den Anzeigen, die der Postbote brachte, lasen wir, dass dort an jenem Sonntag Kirchtag war. Solche Feste sind auch kulturelle Anlässe, bei denen die Straßen lebendiger werden durch Jungen und Mädchen, durch ältere Menschen in Tracht oder durch die Marschkapelle, die Musik spielt. An solchen Tagen kamen Händler aus anderen Städten, die ihre Stände aufschlugen und Milchprodukte, Kleidung, Werkzeug und auch Spielwaren verkauften. Auf eine gewisse Weise wurde die ganze Stadt zu einer Messe, und es war so viel los, dass man den Partner nicht aus den Augen verlieren durfte, weil es sonst lange dauern würde, bis man ihn wiederfand.

Gaming war nicht weit von unserem Haus entfernt, und Kienberg gehörte zu seiner Gemeindeverwaltung. Gaming ist eine kleine Ortschaft mit ungefähr 3.000 Einwohnern. Die Gemeinde liegt entlang einer Straße und wird auf der rechten Seite vom Ötscher begrenzt, woher die ganze Umgebung den Namen ›Ötscherland‹ hat. Abgesehen von zwei Lebensmittelgeschäften gab es in Gaming noch ein paar kleinere Läden und Cafés.

Um von Kienberg nach Gaming zu kommen, gibt es zwei Straßen. Für gewöhnlich wird die Hauptstraße verwendet. Die andere Straße verläuft entlang des Flussufers der Erlauf, und kurz bevor man beim Gasthaus ›Schilderhütte‹ ankommt, führt sie rechts hinauf. Nach ein paar Kilometern geht sie wieder bergab, und man erreicht das ›Viadukt‹.

Wir nahmen meist die Hauptstraße, um nach Gaming zu kommen. Die Nebenstraße benutzten wir nur bei unseren Spaziergängen.

Als wir das Haus verließen, trafen wir an der Straßenecke eine Nachbarin, die gerade mit dem Wiener sprach, der das verlassene Haus gekauft hatte. Wir begrüßten sie und stellten uns vor. Der Wiener erzählte uns, was er mit dem Haus vorhatte, und lud uns ein, es von innen anzusehen. Als wir ihm hinein folgten, sahen wir, dass zahlreiche Wände entfernt worden waren.

Der Wiener holte einen Plan heraus und zeigte uns, wo er seine Küche bauen wollte, wo das Wohnzimmer und wo die Schlafzimmer, die im zweiten Stock sein sollten. Dann führte er uns noch in den Keller, den er als Rückzugsort vorgesehen hatte, mit einer Getränkebar, damit er Freunde aus Wien bewirten konnte.

Mir gefiel der Plan. Ich dachte, dass wir diese Investitionen nicht hätten stemmen können. Der Traum, Kienberg eines Tages zu verlassen, wäre verblasst, und wir wären hier in den Bergen, auf den Bänken gegenüber dem Schwanenteich, alt geworden.

Wir verabschiedeten uns und gingen zur Hauptstraße, sahen nach links und nach rechts, um sicherzugehen, dass kein Auto kam, überquerten die Straße und liefen zur Zugstation.

Während wir warteten, hörte ich das Heulen eines Motorrads, das mir die Nerven aufrieb. Ich wandte den Kopf und entdeckte den Fahrer, den Helm noch über dem Kopf. Vielleicht war er aus der Gegend, womöglich aus Scheibbs, denn dort konnte man hin und wieder hören, wie jemand in der Mittagsruhe mit so einem Motorrad durch die engen Gassen fuhr, und das nervenaufreibende Geräusch prallte gegen die Wände.

Das Motorrad hielt an, und der Fahrer nahm den Helm ab.

Es war Thomas, ein Kollege aus der Arbeit, den ich noch nie auf diesem Motorrad gesehen hatte. Er erzählte mir, er habe es einen Tag zuvor in Wieselburg gekauft.

Thomas war der erste, den ich in der Arbeit näher kennenlernte. Er hatte mich beobachtet und eines Tages beim Kaffeeautomaten gefragt, woher ich sei und wie ich heiße.

Ich sagte ihm, ich sei aus Vlora, einer Stadt am Meer, und er erzählte mir, dass er mit seiner Familie gern nach Lignano in Italien auf Urlaub fuhr.

Einen Frühling zuvor, als ich noch kein Auto hatte, holte mich Thomas jeden Nachmittag nach der Arbeit vom Gasthaus ›Hübner‹ ab, wo ich damals noch lebte, und mit dem Motorrad fuhren wir von Stadt zu Stadt. Das Motorrad damals war jedoch nicht so laut gewesen. Ich fragte ihn, wieso er sich ein so lautes Gefährt gekauft hatte.

»Damit ganz Kienberg und Gaming weiß, dass ich unterwegs bin«, antwortete er.

Thomas wohnte nahe dem Herrenhaus, und er vermittelte immer den Eindruck, nicht ganz dicht zu sein, und jeden Tag konnte ich hören, wie er vom Abteilungsleiter angeschrien wurde, doch das ließ ihn unberührt. Ich war überzeugt, dass sie ihn irgendwann rausschmeißen würden, doch Thomas hatte ein anderes Problem.

Eines Tages erzählte er mir, dass er wiederholt versucht hatte, den Autoführerschein zu machen, doch er hatte es einfach nicht geschafft. Letztlich hatte man ihn überzeugt, es nicht mehr zu versuchen, und ihn dazu überredet, den Schein für das Motorrad zu machen. Für das Bundesheer war er auch untauglich.

Die Mutter von Thomas, Elfriede, war eine sehr herzliche und ruhige Frau, die mich jedes Mal zu ihnen nach Hause einlud, um mir Geschichten vom kleinen Thomas zu erzählen, und von seinem großen Bruder Peter, der im Gegensatz zu Thomas eine wichtige Position in einer großen Firma in Ybbs innehatte.

Elfriede war Hausangestellte bei der Familie Reitlinger, und ihr Vater Friedrich hatte lange Zeit als Meister in der Fabrik gearbeitet, bis er eines Tages den Auspuff seines Autos blockierte, einstieg und den Motor startete. Am nächsten Tag hatte man ihn tot aufgefunden, erstickt von den Abgasen seines grünen Opels.

Während ich auf das Motorrad starrte, fragte ich Thomas, ob er überhaupt damit fahren durfte. Doch er lachte nur und meinte, dass er bloß eine Runde drehe, um das Motorrad auszuprobieren. Er fuhr ein paar Runden und dann in Richtung Gaming, um auch dort sein neues Motorrad zu zeigen, und hinter dem Lärm, der mich nicht nur in den Ohren, sondern mitten ins Herz traf, verschwand er.

Wir hatten noch nicht einmal einen Kilometer hinter uns, als wir uns der Kreuzung näherten, die nach Gresten führte, eine Stadt ungefähr fünf Kilometer entfernt, als ich erneut das Geräusch des Motorrads hörte.

Thomas war zurückgekommen und blieb vor uns stehen.

»Hast du gehört?«, fragte er.

»Was?«

»Ibrahim hat geheiratet.« Er nickte mit dem Kopf in Richtung Ibrahims Haus, das am Straßenrand, neben dem kleinen Bach von Gaming, stand. Davor sah ich Ibrahim, der gerade rauchte.

»Nein, ich habe nichts davon gehört«, antwortete ich.

»Er hat sie aus der Türkei mitgebracht, sie ist viel jünger als er und soll auch sehr hübsch sein.«

»Wirklich?« Ich blickte zu Ibrahim, der neben der Eingangstür stand, und dachte, wie seine Frau wohl aussehen mochte.

Ich hatte gehört, sein echter Name sei Abraham, aber er verwendete diesen Namen nicht im täglichen Gebrauch, weil sich die anderen Türken in Kienberg weigerten, ihn so zu nennen, und ihn von Anfang an mit Ibrahim angesprochen hatten.

Sein Name hatte mich immer verwundert, denn er war Türke, und seine Familie war schon in den 60er-Jahren, in den Zeiten des wirtschaftlichen Booms, nach Kienberg gekommen. Es hieß, dass damals viele österreichische und deutsche Firmen, darunter auch die Firma ›Heiser‹, Züge geschickt hatten, um Arbeiter zu holen. Kräftige Männer aus den Tiefen der Türkei, aus Anatolien. Nachdem man sie ausgewählt hatte, wurden sie mit Hab und Gut in den Zug gesetzt und nach Österreich gebracht, wo einige in Kienberg aussteigen mussten. Sein Name stammte aus der Bibel, doch ich hatte ihn nie nach dem Grund gefragt. Einmal hatte ich seine Mutter gesehen, die sich kleidete wie muslimische Türkinnen. Vielleicht war es auch in der Türkei, wie in vielen albanischen Dörfern, üblich, dem zweiten Kind einen christlichen Namen zu geben, wenn das erste starb.

Mit Ibrahim hatte ich nie viel geredet, ich sah ihn immer nur zur Zugstation gehen oder manchmal als Mitfahrer in einem Auto sitzen. Er hatte wohl keinen Führerschein. Dennoch fand ich, dass er stets freundlich aussah, ich schätzte ihn um die dreißig – groß, dunkel, sehr schlank und knochig, sodass man durch die Jacke seine Schulterknochen heraustreten sah. Was sofort auffiel, wenn man ihn zum ersten Mal traf, abgesehen von seiner großen Höckernase, waren seine heraustretenden Augen, die immer in Richtung Nase schielten – etwas, das Mitleid auslöste, wenn man bedachte, dass sein Bruder ein sehr ansehnlicher Mann war.

Begegnungen mit ihm waren unangenehm, da man nie wusste, in welches Auge man blicken sollte. Es war nicht so, dass eines geradeaus sah und das andere schielte, sondern beide Augen waren auf die Nase gerichtet und schauten nur manchmal nach links oder rechts.

Wer war wohl diese Frau, die ihn zum Mann genommen hatte? Ob sie ihn vor der Hochzeit zu Gesicht bekommen hatte?

Vielleicht hatte man ihr gesagt, dass sie nach Österreich ziehen würde und sie sich nie wieder zu sorgen bräuchte, und aus der Freude, ihre Heimat verlassen zu können, die wahrscheinlich irgendein abgelegener und verlassener Ort war, hatte sie sich auf den Weg nach Kienberg gemacht.

Es sollte nicht viel Zeit vergehen – vielleicht ein paar Wochen, vielleicht zwei Monate –, da hörte ich bei der Arbeit jemanden erzählen, einen, der aus Gaming stammte und täglich in die Fabrik kam, dass er einen Rettungswagen und Polizeiautos vor Ibrahims Haus gesehen habe. Man habe meinem Kollegen gesagt, Ibrahims Frau sei nackt und ertrunken im Bach aufgefunden worden.

»Selbstverständlich«, sagte jemand. »Es hat nicht anders kommen können.«

Wer weiß, was die Ärmste durchmachen musste, als sie das erste Mal ihren Mann sah, über den man ihr wer weiß was in der Türkei erzählt hatte. Sie muss fürchterlich erschrocken sein, als sie Ibrahim sah, dünn wie eine Bohnenstange und mit Augen, von denen eines nach Gaming, das andere nach Scheibbs blickte.

Die Nachricht von Ibrahims ertrunkener Frau sorgte für zahlreiche Diskussionen, die mit der Zeit immer wilder wurden.

So hörte ich etwa, dass Ibrahim eines Nachts mit ihr schlafen wollte, und als sie ihn und seine Augen sah, erhellt von den flackernden Scheinwerfern eines vorbeifahrenden Autos, war sie so erschreckt, dass sie hinausging und sich in den Bach stürzte. Andere sagten, dass sie sich so erschrocken hatte, als sie ihn das erste Mal sah, dass ihr nachts Geister erschienen. Die Familie in der Heimat dachte, sie scherze, doch sie war offenbar in einen Zustand der Depression verfallen, hörte auf zu sprechen und blickte stets auf dieselbe Stelle, dorthin, wo ein Foto von Ibrahims Großvater an der Wand hing, der in ihrem Dorf der Mullah gewesen war.

Als am nächsten Tag die Dämmerung hereinbrach, hatte man Doktor Gobara angerufen, der in Gaming lebte, ein Arzt aus Kairo, sehr berühmt für seine alternative Medizin. Wenn Medikamente nicht wirkten, rührte er Säfte aus verschiedensten Kräutern an.

Eines Abends war das junge Paar im Schutz der Dunkelheit nach Gaming gegangen, damit niemand sie sah und niemand etwas von ihren Sorgen ahnte. Der renommierte Arzt bemühte sich bis in die Morgenstunden, die Frau zu heilen. Völlig durchgeschwitzt musste er schließlich zugeben, dass er einen solchen Fall noch nie erlebt hatte und keine Aussicht auf Heilung sehe.

Er wandte sich seiner Bibliothek zu, in der dicke Medizinbücher standen, deutsche von Sigmund Freud und arabische in wunderschöner Handschrift, verfasst vom Leibarzt von Serket Hetit, der Göttin der Gesundheit, sowie das dickste seiner Bücher, das er selten verwendete, weil es das Buch des berühmten Hexenmeisters Heka war, der den ägyptischen Pharaonen nicht von der Seite gewichen war, ihnen verborgene Krankheiten erklärt hatte sowie Magie ausübte, mit der er ihre Gegner verrückt machen konnte, bevor er sie in den Tod schickte.

Scheinbar hatte ihr Doktor Gobara Säfte verordnet, doch nicht einmal diese ägyptische Medizin, die angeblich seit der Zeit der Pharaonen verwendet wurde, konnte helfen.

Als der Morgen hereinbrach, schüttelte Doktor Gobara traurig den Kopf. Es tat ihm sehr leid, doch er konnte der Ärmsten nicht helfen.

Es hieß, dass Ibrahims Familie mit der Familie seiner Frau verwandt sei und dass Ibrahim und seine Frau Cousin und Cousine ersten Grades waren, doch dass sie einander bis zum Tag der Hochzeit nie gesehen hatten, weil Ibrahim wegen seiner Augen nie in die Türkei geflogen war und sie so nie hatte erfahren können, was sie für einen merkwürdigen Cousin besaß.

Ebenso hörte ich, dass nach dem Vorfall ein Streit ausgebrochen war und die beiden Familien nicht mehr miteinander sprachen. Die Verwunderung über das Unglück dauerte lange an, und jeden Tag hörte man neue Geschichten, die im Vergleich zu den vorangegangenen noch wilder waren.

Es hieß, dass die meisten der türkischen Mädchen und Jungen, die in Kienberg geboren worden waren, wenn sie ins heiratsfähige Alter kamen, eine Nachricht in die Dörfer ihrer Herkunft schickten – um ein gutes, stilles, und vor allem nicht widersprechendes Mädchen zur Frau zu bekommen, oder einen kräftigen, fleißigen Jungen zum Ehemann. Wenn einer von ihnen aus den Sommerferien zurückkehrte, brachte er nicht selten die Tochter des Onkels als Frau oder den Sohn der Tante als Mann mit.

Selbst in Albanien, hatte ich gehört, war es vor vielen Jahren üblich gewesen, Cousins und Cousinen zu heiraten. Doch diese Tradition galt bereits lange als verpönt, seitdem Kinder der Paare mit Behinderungen zur Welt gekommen waren und man der Blutsverwandtschaft die Schuld dafür gab.

Als ich solche Dinge in Kienberg hörte, konnte ich zunächst nicht begreifen, wie ein Mensch sich mit seiner Cousine – der Tochter des Onkels – oder mit dem Sohn der Tante ins Bett legen und sogar Kinder mit ihr oder ihm bekommen konnte. Doch später gewöhnte ich mich so sehr an solche Fälle, dass ich zu glauben begann, dies sei vielleicht – wie bei den Juden – ein Teil ihres kulturellen Brauchtums. Und eines Tages, als ich einen sah, der Arm in Arm und eng um die Hüfte geschlungen mit seiner Frau spazieren ging, die zugleich seine Cousine war, dachte ich mir: Diese Türken und Türkinnen, immer wenn sie sich im Sommer trafen, hatten wahrscheinlich ein gemeinsames Lieblingslied, das sie bei Festen und Tänzen am liebsten sangen:

»Cousine, oh liebe Cousine,
komm her, beflügle meine Sinne.«

24

Kienberg war ein kleines Dorf mit knapp 400 Einwohnern. In der Alten Straße, wo wir wohnten, lebten abgesehen von uns nur Einheimische. Diese Gegend erstreckte sich bis zu einem Tal, von dem aus eine Straße namens ›Sonnenhang‹ nach oben verlief. Etwas weiter entfernt, auf dem Berg, gab es einige Häuser mit Kuhställen.

Ein anderer Teil Kienbergs verlief von den Bahngleisen neben der Volksschule bis zum Herrenhaus und dann weiter zum Kindergarten. Dort lebten in zweistöckigen Häusern österreichische und türkische Familien.

Nach der Zugstation gab es erneut Gebäude mit zwei Etagen, ebenfalls mit solchen Familien. In der Fabrik arbeiteten fast 400 Menschen, von denen zwanzig Türken waren. Der Großteil bestand aus Einwanderern der ersten Generation, die in den 60er-Jahren hierhergekommen waren. Die anderen waren entweder ihre Söhne oder Schwiegersöhne. In der Fabrik gab es außerdem einen Polen, einen Tschechen, einen Rumänen und einen Bulgaren, einige Bosnier, die vor dem Krieg geflohen waren, und mich, den einzigen Albaner.

Die Türken waren die Ältesten, und obwohl sie schon dreißig Jahre hier waren, merkte man keinen Unterschied zu ihrer Lebensweise in der Türkei. Man erkannte sie an ihrer Gangart und ihrer Kleidung, und ihre Frauen trugen traditionelle Kleidung und Kopftücher. Sie wurden respektiert, weil sie fleißige Arbeiter waren und man fast nie etwas von einem Streit oder einem Skandal mitbekam. Sie waren stets fokussiert auf ihre Arbeit, für die viele ihre Familie zurückgelassen hatten.

Die meiste Zeit sah man Paare spazieren gehen oder sich einander besuchen, und am Wochenende fuhren sie mit ihren Autos aus, entweder einkaufen oder zu Bekannten, die weiter entfernt wohnten. Einige von ihnen erzählten mir von ihrer Heimat, und obwohl sie schon seit dreißig Jahren fern von ihr lebten, dachten sie oft an sie zurück und sagten, dass sie nur noch ein paar Jahre bräuchten, bis sie in Pension gehen könnten. Dann würden sie zurückkehren. Sie zeigten mir Fotos von den Häusern, die sie mit dem, was sie sich in ihrer Zeit als Fabrikarbeiter ansparen konnten, gebaut hatten.

Ich bezweifelte, dass sie das ganze Jahr über in der Türkei verbringen würden. Immerhin lebten ihre Kinder und Enkelkinder hier in Österreich. Sie würden diese vermissen und könnten ihnen aus der Ferne nicht helfen. Letztlich hatten sie in der Türkei doch niemanden mehr. Ihre engen Verwandten und Freunde waren entweder ausgewandert oder gestorben.

Wenn ich ihnen das sagte, wurden sie nachdenklich und beendeten meist das Gespräch, indem sie sagten: »Mal sehen.«

Eines der größten Probleme der ersten Generation, die ich miterlebte, war ihr völliges Desinteresse an allem außerhalb der täglichen Arbeit. Sie waren schon lange in Österreich und beherrschten die Sprache, doch zu Hause schauten sie den ganzen Tag lang türkisches Fernsehen.

Ihre Kinder, die in Österreich geboren worden waren, wirkten moderner und fielen nicht auf, da sie sich anders kleideten als ihre Eltern, eine gute Ausbildung erhielten und oft hohe Posten in Firmen belegten. Ich kannte sie beinahe alle, weil ich sie oft in den Kneipen der Umgebung traf.

In Kienberg lebte auch eine Familie aus dem türkischen Teil Zyperns. Seydali war hierhergekommen, nachdem er in London studiert hatte. Es hieß, dass Herr und Frau Reitlinger zu seiner Universität gekommen waren, die offenbar sehr bekannt war, um Studenten auszuwählen und ihnen Arbeit mit guter Bezahlung anzubieten. Seydali arbeitete als Vertriebsleiter in der Fabrik, und manchmal sah man ihn in Begleitung einer schönen Frau, die er in London kennengelernt hatte, als er noch Student gewesen war.

Man sah ihn nicht oft in Kienberg. Ab und zu fuhr er mit seinem schwarzen Audi weg, um einige Zeit später wiederzukommen. Es hieß, dass seine Frau nie nach Kienberg hatte ziehen wollen, mitten in die Berge, und dass sie es nur schwer verkraftete, fernab von London zu leben, wo sie aufgewachsen war und studiert hatte. Später erfuhr ich, dass Seydalis Frau öfters nach London flog, wo ihre Familie lebte. Seydali wirkte auf den ersten Blick wie ein ruhiger Mensch, und jedes Mal, wenn die Türken ein Problem in der Fabrik hatten, sprachen sie mit ihm, und er schritt ein, um die Streitigkeiten zu beenden.

Er war der Patron der Türken in Kienberg.

Eines Abends, als im Fernsehen nichts Neues lief und ich mir im dicken Telefonbuch die Namen der Einwohner Kienbergs durchlas, stieß ich auf seinen Namen. Mir fiel auf, dass er seinen Titel und die Universität in London anführte, von der er diesen Titel erhalten hatte. Ich wunderte mich, weil ich viele Menschen kannte, die in allen möglichen Universitäten studiert hatten, aber nicht den Namen der Universität oder die Stadt, in der sie lag, angaben. Zuerst dachte ich, es handelte sich vielleicht um einen Fehler der Post. Als sie das Telefonbuch geschrieben hatten, hatten sie vielleicht einfach alles gedruckt, was auf seiner Visitenkarte stand.

Doch eines Tages erklärte mir der Postbote, dass der Fehler nicht bei der Post lag. Letztlich kümmerte ich mich nicht mehr darum und dachte, dass Seydali ein gutes Beispiel für einen modernen Türken war, der seinen Leuten in guten wie in schlechten Zeiten zur Seite stand.

Ich hatte gehört, dass auch der Fabrikleiter Herr Konul aus dem türkischen Teil Zyperns stammte und gemeinsam mit Seydali in London studiert hatte. Man hatte mir gesagt, Herr Konul hätte dort mit ausgezeichneten Noten abgeschlossen. Ich fragte mich, wieso er London für Kienberg verlassen hatte. In solchen Fällen lockten doch oft Angebote größerer Firmen.

Doch es hieß, dass die Familie Reitlinger noch viel besser bezahlte als diese großen Firmen. Er soll auch eine Provision erhalten haben, als die Fabrik versteigert wurde, da die Anlage angeblich die beste der Welt sei und die Gasflaschen, die sie produzierte, eine Lebensdauer von mehr als fünfzig Jahren hatten.

Eines Morgens teilte man uns mit, dass ein berühmter Wissenschaftler in unsere Abteilung kommen würde. Es dauerte nicht lange, bis in der Abteilungstür ein hochgewachsener Mann erschien, gekleidet in einen Ledermantel, mit einem Borsalino-Hut auf dem Kopf und einer Ledertasche in der Hand, alles in brauner Farbe. Er ging in das Labor und blieb dort den ganzen Tag über. Wir beobachteten, ob sich die Tür öffnete, doch er kam nur einmal kurz heraus, um einen Kaffee zu holen, und ging dann sofort wieder hinein.

Am nächsten Tag sah ich ihn mit einem braunen Mercedes vorfahren. Sein Nummernschild war aus Wien und personalisiert. ›W-WFK 1‹ stand darauf.

Es wurde viel über ihn geredet, denn er sah aus, als käme er aus Hollywood. Man konnte die Augen nicht von ihm lassen, wenn er die Fabrik betrat.

Offenbar hatte die Firma nach jemandem gesucht, der den Prozess der Gasflaschenabfüllung optimieren konnte. Dafür war ein internationaler Wettbewerb veranstaltet worden, den er gewonnen hatte. Die Bezahlung für die Stelle war sehr hoch, zudem hatte er zuvor schon eine gewisse Berühmtheit erlangt durch Patente auf seine Erfindungen, die in der ganzen Welt bekannt waren.

Einige Wochen lang kommunizierte er mit niemandem und wir fragten uns, was er im Labor, zwischen Eprouvetten und Erlenmeyerkolben, tat.

An einem Freitag sah ich, dass er schnell aus dem Labor geeilt kam und einen der Arbeitsprozesse betrachtete. Er kam zu mir, sprach aber nicht. Schließlich sagte er:

»Ich bin Wolfgang. Wolfgang Friedrich Kladnig«, und gab mir die Hand.

Ich schüttelte seine Hand und sagte ihm meinen Namen.

»Sie sind der Künstler«, sprach er weiter.

»Künstler?«, fragte ich und lächelte.

»Das hat man mir gesagt.«

»Wer?«

»Frau Reitlinger, am Tag, als ich hier ankam. Als sie mir die Abteilung zeigte, sagte sie mir am Schluss, dass hier auch ein Künstler arbeite.«

»Es kommt vor, dass ich meine Hände in Farbe tauche«, sagte ich. »Aber das allein macht niemanden zu einem Künstler.«

Er wiederholte meine Worte, »die Hände in die Farben tauchen«, und sagte, dass auch seine Hände den ganzen Tag in Chemikalien steckten und dass er gerne meine Werke sehen würde.

Noch am selben Nachmittag kam er zu uns in die Wohnung. Bei einer Tasse Apfelstrudeltee erzählte er uns von seinem Leben, über sein Studium in Wien und seine Wohnung im 18. Bezirk. Er fragte uns, ob wir manchmal in die Donaumetropole – so nannte er Wien – fuhren, und erzählte uns von Museen, Parks, Gassen, Geschäften und teuren Restaurants, die ihm scheinbar hier, umgeben von Bergen, fehlten.

Schließlich stand ich auf, holte die Mappe, in der ich meine Bilder aufbewahrte, und zeigte sie ihm. Er sah sich eines nach dem anderen an. Als er fertig war, fing er wieder von vorne an. Ich erklärte ihm, wo ich welches Bild gemalt hatte. Mir gefiel, wie lange er bei jedem Bild verharrte und wie passioniert er über den Effekt der Farben und deren harmonische Zusammensetzung philosophierte, während er mich fragte, woher ich diese ganzen Farbkombinationen nahm, die einem das Gefühl gaben, man sähe einen Zyklus von mehreren Künstlern.

Während er sprach, spürte ich, wie seine Worte mir den Staub von der Seele wischten. Den Staub der Unwissenheit, der Unsicherheit und des Gefühls, dass ich diese Bilder nur malte, um mir die Zeit zu vertreiben und die Einsamkeit zu überwinden. Doch die Tatsache, dass Dr. Kladnig, ein Wiener, der schon viel in der Welt herumgekommen war, Gefallen an meiner Malerei fand, erweckte in mir den Gedanken, dass sie womöglich wirklich gut sein konnte, und dass ich sie bisher nicht genau genug betrachtet hatte, und dass sie bisher auch noch niemand gesehen hatte, der eine Expertise zu meiner Malerei hätte abgeben können. Bisher hatte ich sie nur den Bewohnern der ›Kreuztanne‹ und meinen Nachbarn in Kienberg gezeigt, und dann noch Rupert und Richard Braun, die ein wenig von Kunst verstanden, doch dachte ich insgeheim immer, die beiden wollten mich lediglich motivieren. Dr. Kladnig hingegen richtete seine Adleraugen auf meine Werke und hatte keinen Grund, nicht ehrlich mit mir zu sein.

Bevor er ging, sagte er mir, dass er gerne mein Bild der Ansicht des Flusses Erlauf kaufen würde. Er hatte es zur Seite gelegt. Ich sagte ihm, dass er es haben könnte, doch er bestand darauf, dafür zu bezahlen, denn Kunst würde nicht verschenkt. Als ich ihm einen, für seine Begriffe offenbar günstigen, Preis nannte, gab er mir das Geld und ging mit dem Bild unterm Arm zu seinem Auto, mit dem er nach Wien fuhr, wo er sein Wochenende verbringen würde.

Klara und ich gingen in unsere Wohnung zurück, und ich überlegte, ob er das Bild vielleicht mit der Absicht gekauft hatte, mich zum Weitermalen zu motivieren. Der Blick, mit dem er meine Bilder betrachtet hatte, blieb mir noch lange im Gedächtnis.

Einige Wochen später tauchte er erneut bei uns auf, diesmal in Begleitung eines Ingenieurs namens Heinz Gödl, der ebenfalls in der Fabrik arbeitete, aber aus einer entfernten Stadt an der Donau kam. Diesmal kauften Gödl und er zwei Bilder mit Ansichten der Donau, die nicht nur mich zu diesen Bildern inspiriert hatte, sondern andere zu Walzermelodien und Musikstücken.

Die Ankunft Dr. Kladnigs in unserer Abteilung wurde begleitet von einer Art Emanzipation sämtlicher Angestellter. Die Tatsache, dass er aus Wien kam und lange Zeit in Amerika gelebt hatte, wo er auch seinen Doktor mit den besten Ergebnissen abgeschlossen hatte, um danach für einen großen Konzern zu arbeiten, der ihn später nach Caracas in Venezuela schickte, um eine Fabrik zu leiten, erweckte in uns den Gedanken, dass unsere Fabrik weltbekannt sein musste. Mit der Zeit fiel mir auf, dass er häufig lustlos und humorlos wirkte, und wenn er sein Labor verließ, kam er oft zu meinem Arbeitsplatz und fing an, mir voller Nostalgie von seiner Arbeit in Venezuela zu erzählen. Er erzählte, wie man ihn an den verschiedensten Flughäfen erwartet hatte, und von den schönen venezolanischen Frauen. Die Gespräche beendete er meist, indem er mich fragte, warum er bloß nach Österreich zurückgekommen war und sein schönes Leben zurückgelassen hatte.

Ich hörte ihm mit Bewunderung zu. Sein Blick war irgendwo hinter den Grenzen seiner Erinnerung fixiert. Vermutlich war er lustlos, weil er sein Leben nun, nach diesen vielen Abenteuern, als sinnlos empfand.

Mir fielen Geschichten ein, die meine Tante über die Rückkehr meines Vaters aus der Sowjetunion erzählt hatte. Er selbst sprach nie davon. Ich überlegte, ob mein Vater auch so lustlos seinem Leben in Albanien gegenüberstand, nachdem er so viele unvergessliche Momente im entfernten Moskau erlebt hatte. Diese Momente stellte ich mir jedes Mal vor, wenn ich seine Fotos von damals ansah, die er in einer Schublade seiner Kommode aufbewahrte.

25

In meiner Abteilung arbeiteten, abgesehen von mir, dem Tschechen, den drei Türken sowie den drei Bosniern, ausschließlich Einheimische, die in Kienberg, Gaming, Neubruck, Wieselburg oder Oberndorf lebten.

Einer der Türken hieß Tunç, mit Vornamen Sahak, aber wir nannten ihn beim Nachnamen. Er war der Älteste von den dreien und gehörte zu denen, die in den 1960er-Jahren gekommen waren. Die zwei anderen, Erdenay und Servet, waren jung, fast in meinem Alter, gebildet und sprachen gut Deutsch. Tunç hingegen fragte mich oft, wenn er ein Wort nicht verstand, damit er vor den anderen beiden nicht in Verlegenheit geriet. Weil einige albanische Wörter aus dem Türkischen entlehnt sind, hatte er das Gefühl, ich könnte Türkisch.

Erdenay, einer der beiden anderen Türken, war ein wahrlich guter Freund. Ein ruhiger Junge, der stets seine Versprechen einlöste und zu seinen Freunden hielt. Man konnte ihm alles erzählen und wusste, dass es bei ihm sicher war. Er war als Bräutigam nach Kienberg gekommen, und die Familie seiner Braut, seine Cousine ersten Grades, war bereits in den 60er-Jahren nach Kienberg gezogen und hier aufgewachsen.

Servet war im Frühjahr 1993 in unsere Abteilung gekommen und ein fröhlicher Mensch. Er erzählte eine Geschichte nach der anderen. Im Sommer desselben Jahres erzählte er mir, dass er in die Türkei fahren würde, weil er eine Braut gefunden hatte und sie heiraten wollte. Ich wünschte ihm alles Gute und sagte ihm, dass auch ich ein Jahr zuvor, im August, geheiratet hatte. Als ich ihn nach seiner Rückkehr das erste Mal wiedersah, war er in Begleitung eines sympathischen Mädchens, das im Vergleich zu den anderen in Kienberg sehr modern wirkte.

Sie trug Jeans, ein offenes Hemd und hatte lange, glatte Haare. Auf der Straße drehten sich die Leute nach ihr um. Sie kam aus der Stadt und hieß Arzu, was auf Deutsch ›Wunsch‹ bedeutete.

Nach der Arbeit sah ich sie oft in dem neuen Auto sitzen, das sie extra für die Hochzeit gekauft hatten, und von Stadt zu Stadt fahren. An einem Samstag waren Klara und ich zum Lunzer See gefahren. Servet und seine neue Frau waren ebenfalls dort und mieteten ein Boot. Auch wir nahmen ein Boot und fuhren auf den See hinaus.

Aus der Ferne konnte ich sehen, wie Servet den Motor des Bootes abgestellt hatte. Das Boot trieb im ruhigen See einfach dahin, während sich das junge Paar, umgeben von klarer Bergluft, lange Zeit in den Armen hielt.

Doch nach einiger Zeit fiel mir auf, dass Servet mit dem Trinken angefangen hatte. Ich traf ihn öfters im Gasthaus ›Hübner‹ mit einer Flasche Bier in der Hand, und kaum hatte er sie geleert, griff er zur nächsten. Ich wunderte mich, denn eigentlich tranken Türken keinen Alkohol. Doch Servet war wohl liberaler eingestellt, hatte einen europäischen Lebensstil angenommen, und vielleicht war es ein neuer Trend bei jungen Türken, auch Alkohol zu trinken.

Doch eines Tages Erdenay erzählte mir bei der Arbeit, dass Servet im Krankenhaus liegen würde. Er hatte am Abend zuvor das Gasthaus ›Hübner‹ verlassen, ihm war schwindelig geworden und er war mit dem Kopf voran auf den Beton geknallt. Die Ärzte meinten, sein Zustand sei kritisch.

Ich fuhr ins Krankenhaus. Als ich ihn im Bett liegen sah, angeschlossen an zahlreiche Kabel und Katheter, kam er mir vor wie ein Astronaut.

Bereits am nächsten Tag kam Erdenay zu mir, bevor wir mit der Arbeit begannen. Traurig sagte er mir, dass Servet nicht überlebt hatte.

In Kienberg verbreitete sich die Neuigkeit, dass sein Körper in die Türkei überstellt werden sollte und dass die Fabrik einen Teil der Kosten übernehmen würde. Einen anderen Teil würde die Sozialversicherung übernehmen und irgendjemand hatte die Idee, dass wir alle eine gewisse Summe spenden könnten für das Begräbnis in der Türkei.

Auch wir aus der Abteilung spendeten und hörten später, dass er in seinem Heimatort bestattet worden war, von dem er stets voller Sehnsucht und Liebe erzählt hatte. Oft sprach er davon, dass er noch einige Jahre arbeiten und sparen würde, um dann zurückzukehren, denn seine Eltern lebten ganz allein dort.

Einige Monate nach diesem Ereignis sah ich Servets Frau Arzu, die gerade das Postgebäude verließ. Ich hatte sie länger nicht gesehen und dachte, sie sei nach dem Tod ihres Mannes in die Türkei zurückgekehrt. Zufällig traf ich sie daraufhin öfters alleine oder in Begleitung von Servets Schwester, deren Mann Demir ebenfalls bei einem Unfall ums Leben gekommen war.

Arzus Schwester fuhr einen schwarzen Audi, den sie sich von der Lebensversicherung ihres verstorbenen Mannes gekauft hatte. Auf dem Nummernschild prangte in großen Buchstaben ›DEMO 1‹ – als Zeichen ihrer ewigwährenden Liebe zu Demir, den sie liebevoll ›Demo‹ nannte.

Jemand erzählte mir, es war genau das Auto, das Demir sich im Autohaus Wieselburg hatte kaufen wollen, hätte er eines Tages genug Geld gespart.

Später kam mir zu Ohren, dass Servets Schwester oft in Begleitung eines Mannes namens Kemal gesehen wurde, der aus Gresten kam und kurz Kemo genannt wurde. Nicht lange darauf sah ich sie gemeinsam in Demos Traumauto sitzen und sagte zu mir selbst: »Du Glückliche – Demo draußen und Kemo drinnen.«

Kienberg war keine Stadt, nicht mal ein Städtchen, und wenn man das Haus verließ, wurde man schnell von einem ›Radar‹ erfasst und von Kopf bis Fuß beurteilt. Die Häuser waren so angelegt, dass man beim Verlassen seiner Wohnung sofort von jemandem aus dem Fenster gesehen werden konnte, denn die Straße verlief entlang der Häuser. Jeder wurde von jedem beobachtet.

Am Wochenende, während Klara und ich einen Spaziergang entlang des Teiches machten, begegnete uns Arzu in Begleitung von Adem, einem sympathischen Mann, der ebenfalls in der Fabrik arbeitete. Die beiden waren Türken, im selben Alter und modern, kein Wunder also, dass sie sich gut verstanden. Und tatsächlich sah ich die beiden noch öfters, wie sie sich bei den Händen hielten. Ich freute mich für die beiden, vor allem für Arzu. Es war schön, dass sie nach einem Schicksalsschlag wieder jemanden gefunden hatte.

Bald verlobten sich die beiden. Vor allem bei älteren Türken sorgte die Verlobung für Gesprächsstoff. Manche verurteilten Adem als anstandslos, weil er die

Frau eines Mannes heiraten wollte, der erst vor Kurzem verstorben war. Als ob es in der Türkei keine anderen Frauen gäbe!

Es gab auch einige, die behaupteten, Adem sei immer schon heimlich in Arzu verliebt gewesen und das hätte Servet überhaupt erst dazu getrieben, mit dem Trinken anzufangen. Da die zwei kurz nach Servets Tod bereits miteinander zu sehen waren, als wäre nie etwas geschehen, fühlten sich die kritischen Stimmen bestätigt.

Als ich eines Abends ins Gasthaus ›Hübner‹ ging, vor dessen Tür Servet mit dem Kopf auf den Beton aufgeschlagen war, hörte ich sogar Gerüchte, dass Adem ihn in dieser Nacht gestoßen hätte. Doch ich widersprach, denn ich konnte nicht glauben, dass Adem den Tod eines Menschen in Kauf nahm, nur weil er dessen Frau begehrte.

Man erzählte, dass es in Adems Familie wegen der geplanten Hochzeit zu Spannungen gekommen sei. Der Vater war überzeugt, die Beziehung würde Schande über die Familie bringen, die seit dreißig Jahren in Kienberg lebte und über die noch nie ein schlechtes Wort zu hören gewesen war. Er drohte seinem Sohn, ihn aus der Familie zu verstoßen, würde er Arzu heiraten.

Der Streit wurde so heftig, dass Adem schließlich dazu bereit war, seine Familie zu verlassen, doch seine Schwester verteidigte ihn. Wenn ihr Bruder die Familie verlassen müsse, so würde sie ebenfalls gehen.

Der Streit dauerte lange, der Vater soll mehrmals *Tuhaf* und *Edepsiz* gesagt haben, bis Adem spätnachts die Tür zuknallte und in der Dunkelheit verschwand.

Am nächsten Tag war er allerdings im Morgengrauen gesehen worden, wie er nach Hause zurückkehrte. Angeblich hatte ihn der Vater die ganze Nacht im Wald gesucht und ihn schließlich in einer Hütte gemeinsam mit Arzu gefunden.

Ich wollte das alles nicht glauben. Ich kannte Adem sehr gut, wir gingen oft gemeinsam in die Disco im ›Erlauftalerhof‹. Er hatte auf mich stets wie ein vernünftiger, besonnener junger Mann gewirkt.

Ein paar Wochen nachdem ich diese Geschichten gehört hatte, traf ich ihn in einem Geschäft, das Fotoapparate verkaufte. Ich hatte schon lange darüber nachgedacht, meine Minolta durch einen neueren Apparat zu ersetzen. In den Prospekten hatte ich ein modernes Modell gesehen, das ich in Scheibbs kaufen wollte. Ich betrat das Geschäft und traf Adem, der eine Kamera nach der anderen in die Hand nahm und mit dem Verkäufer sprach. Er sagte, dass er eine Kamera suche. Vermutlich, um möglichst schöne Fotos von Arzu aufzunehmen.

Adem kümmerte sich wenig um das Geschwätz, sondern holte jeden Tag nach der Arbeit seine Geliebte mit dem schwarzen Audi ab und fuhr mit ihr in der Gegend herum. Irgendwann ließ das Gerede über Arzu und Adem nach, die Leute hatten sich an ihre Liebe gewöhnt oder sich damit abgefunden.

Das Leben in Kienberg glich einem Schwarz-Weiß-Film, der mit der Zeit an einigen Stellen der Filmspuren Kratzer bekam, die mal in der Handlung und mal in den Gesichtern der Darsteller zu sehen waren.

Viele Neuigkeiten erfuhren wir von den Türken aus der Gegend, die sich jeden Nachmittag trafen, eine Tasse Tee tranken und ihre Gespräche mit »In was für Zeiten wir doch leben« begannen. Das Knäuel ihrer Lästereien wurde ab- und im Laufe des Gesprächs wieder aufgerollt, und am Ende, als es nichts mehr zu besprechen gab und alles bereits gesagt worden war, resümierten sie: »Ach, wir sollten nicht darüber reden. Das sind nicht unsere Angelegenheiten.«

Das Wochenende kam so schnell, dass wir nicht begreifen konnten, wie es überhaupt einen Dienstag oder Freitag hatte geben können. Am Wochenende machten Klara und ich uns auf den Weg nach Frankenfels, um Jani abzuholen. Jani war der Einzige aus Vlora in dieser Gegend und war ein fröhlicher junger Mann und sehr belesen. Er schrieb Gedichte und unsere Gespräche gingen in ganz andere Richtungen als jene, die ich unter der Woche in der Arbeit führte.

Auf dem Hauptplatz fragten wir eine Dame, wo Herr Wieder das Haus seiner Tochter baute. Nachdem sie uns mit der Hand den Weg gewiesen hatte, fuhren wir den Berg hinauf, wo wir eine Baustelle entdeckten.

Verwundert darüber, uns zu sehen, ließ er sein Werkzeug fallen und gab uns die Hand, die von der Arbeit mit dem Putz aufgerissen war. Wir sagten ihm, dass wir gekommen waren, um ihn abzuholen. Er sollte das Wochenende mit uns verbringen, denn hier oben war er zum Mönch geworden.

Er freute sich sehr und ging, um sich umzuziehen. In unserer Wohnung angekommen, sprang er unter die Dusche, um die Farbe und den Putz von seinem Körper zu waschen. Abends erzählte uns Jani zahlreiche Geschichten, Anekdoten und Erlebnisse aus Vlora. Er erzählte uns von seiner Frau, mit der er seit dem Gymnasium zusammen war und die er seit zwei Jahren nicht gesehen hatte. Am Ende unseres Gesprächs sagte er uns, dass er Frankenfels seit fast einem Jahr nicht mehr verlassen hatte, außer, um von einer Arbeit zur anderen und von einer Baustelle zur nächsten zu gelangen. So lernte er die Maurerarbeit. Schamvoll gestand er uns, noch nie in Wien gewesen zu sein.

»Dann fahren wir morgen hin«, sagte ich bestimmt und sah, dass er sich maßlos freute.

Am nächsten Tag fuhren wir gleich frühmorgens nach Wien. Wie an einem Sonntag üblich, waren die Straßen fast leer, da die Menschen am Vorabend ausgegangen waren. Ich blickte auf die Tankanzeige, und mir fiel auf, dass nicht mehr viel Benzin übrig war. Kurz vor der Ausfahrt Wieselburg gab es eine Tankstelle, bei der ich abfahren wollte.

Zwischen der Musik, die aus dem Radio drang, und den humorvollen Gesprächen mit Jani fuhren wir auf die Autobahn auf. Erst nach ein paar Kilometern bemerkte ich, dass ich vergessen hatte zu tanken.

Als die Anzeige rot aufleuchtete, begann ich mir Sorgen zu machen, denn ich wusste nicht, wie viele Kilometer das Auto noch zurücklegen konnte. Dennoch ging das Gespräch mit Jani unvermindert weiter. Wir sprachen über alte Schulgeschichten, über Schüler und Lehrer, die wir für verrückt gehalten hatten, über Feste an Feiertagen und Konzerte, die zu solchen Anlässen stattfanden. Dabei fiel mir der Sinti-Junge Peno ein – ein schlaksiger Bursche, der an jedem Feiertag vor der Schule auftauchte und zu den Klängen eines Akkordeons Lieder sang. Wir fuhren weiter in Richtung Wien, während Jani versuchte, Penos Stimme zu imitieren und sein schönstes Lied zwischen den Geräuschen des Motors und dem Ruckeln des Autos zu singen – bis das Auto plötzlich anhielt.

Ich bemühte mich, es wieder zu starten, doch ich hörte bloß ein Geräusch, das an einen Husten erinnerte. Damit war der Motor endgültig abgestorben.

Wir stiegen aus.

Der Tag war sonnig, und langsam wurde es heiß. Auf einem Schild las ich, dass Böheimkirchen zehn Kilometer entfernt lag.

»Dort muss es eine Tankstelle geben«, sagte ich zu Jani.

»Dort, hinter dem Maisfeld«, sagte Klara, die ebenfalls ausgestiegen war und auf ein Feld neben der Autobahn deutete, »dort sind Häuser.«

Wir überquerten die Leitschiene der Autobahn und gingen quer durch das Maisfeld. Nach ungefähr fünfzehn Minuten kamen wir bei einem Haus an, vor dem einige Autos geparkt standen.

Ein etwa sechzigjähriger Mann kam heraus. Wir schilderten ihm, was geschehen war. Kaum waren wir fertig, da brach er unvermittelt in schallendes Gelächter aus.

»Habt ihr einen Kanister dabei?«, fragte er uns.

Wir schüttelten nur die Köpfe.

Er ging zur Garage, um einen grünen Kanister mit Schlauch zu holen. Er ging zu einem weißen Wagen, klappte den Tankdeckel auf, führte einen Schlauch ein und begann daran zu saugen. Es dauerte nicht lange, bis in dem transparenten Plastikschlauch Benzin zu sehen war, das in den Kanister tröpfelte.

»Wow!«, rief Klara erstaunt.

Als der Kanister voll war, fragte ich, wie viel wir ihm schuldig waren. Doch er winkte nur ab. Ich bedankte mich für seine Hilfsbereitschaft und versprach, dass wir gleich wiederkommen würden, um ihm den Kanister zurückzubringen.

Wir konnten unsere Reise nach Wien fortsetzen und bei der ersten Möglichkeit tankten wir voll.

26

Die Natur stand nun in solcher Pracht, dass man seine Augen nicht von dem Glanz abwenden konnte, den ihr die Sonne verlieh. Klara und ich machten zu dieser Zeit viele Ausflüge, fuhren mit dem Auto oder wanderten durch die umliegenden Wiesen und Wälder. Zum Malen kam ich kaum. Ich fühlte, dass mir etwas fehlte und dass die Farben in mir rumorten.

Ende Mai fiel mir der Katalog für Künstlerbedarf ein, den mir Richard Braun gegeben hatte. Ich nahm ihn zur Hand und betrachtete jede Seite, Foto um Foto. Materialien ohne Ende. Eine ganze Fabrik in einem Katalog.

Ich fing an, einige Farben, Pinsel und Leinwände verschiedenster Marken auszuwählen. Zum Schluss benötigte ich noch eine Farbpalette. Ich nahm den Bestellzettel und ging zur Post, um ihn zu faxen.

Es sollte keine Woche vergehen, bis der Postbote mit dem Auto, das er normalerweise nur im Winter verwendete, vor unserem Haus auftauchte. Kurz darauf klopfte es.

Ich öffnete und sah, dass er zwei große Pakete trug.

»Post für Sie«, sagte er lachend.

Ich öffnete die Pakete und sah – Farben und Pinsel ohne Ende. Ich ließ sie auf den Boden sinken und überlegte, womit ich anfangen sollte.

Doch zuerst rief ich Richard Braun an.

»Wir haben vor einigen Monaten über eine Ausstellung gesprochen«, sagte ich zu ihm. »Wann wäre es möglich, sie zu eröffnen?«

»Ende Juni würde gut passen«, antwortete er freundlich.

Die folgenden Tage befand ich mich im Fieber der Malerei. Sobald ich von der Arbeit kam, nahm ich sofort Farbe in die Hand, ging raus und malte alles, was ich sah. Ich malte in einem Rausch, den mir die neuen Farben verliehen. Ihre Intensität war groß und sie unterschieden sich von denen, die ich zuvor benutzt hatte und die kurz vor dem Ablaufdatum gestanden hatten.

Als ich in die ›Kreuztanne‹ gekommen war, hatte gerade der August begonnen. Die Bilder, die in dieser Zeit entstanden waren, wurden dominiert von Gelb, Ocker und Orange. Doch jetzt, wo der Frühling kurz vor dem Ende stand und der Sommer bereits anklopfte, schöpfte ich Motivation aus dem Grün, das mich umgab, und verlieh diesem einige gelbe Nuancen.

Mir war aufgefallen, dass Gelb aus meinen Bildern nicht wegzudenken war. Ob es die Landschaft brauchte oder nicht, ob es das Bild zuließ oder nicht, ob Sommer oder Winter, ich fand immer einen Ort, an dem ich Gelb platzieren und an dem es harmonisch zwischen den anderen Farben Platz finden konnte. In meinem Unterbewusstsein war es unabdingbar geworden.

Ich wusste nicht, woher dieses Bedürfnis nach Gelb kam, doch ich hatte das Gefühl, dass ich damit meine Sehnsucht nach der warmen Sonne des Südens, die mir hier so fehlte, zum Ausdruck brachte.

Die Ausstellung sollte in Scheibbs eröffnet werden. Also fuhr ich los und fotografierte die besonderen Stellen der Stadt – den Hauptplatz, die große Kirche, die Römerbrücke und die Eisenbrücke über der Erlauf. Den Film ließ ich schnell entwickeln und fing sofort mit dem

Malen an. Ich wollte unbedingt eine schöne Ausstellung organisieren.

Immerhin würde es meine erste sein und die Tatsache, dass Einladungen verteilt worden waren und dass viele Gäste, sogar Presse, zu erwarten waren, sorgte dafür, dass ich kaum ruhig bleiben konnte und meine fertigen Werke an der Wand unserer Wohnung oder neben dem Hauseingang aufhing und darauf wartete, dass Rudolf, der Mann von Frau Schuller, vorbeikam, um mit ihm darüber zu sprechen.

Der Juni kam schnell, doch ich war bereit, die Ausstellung zu eröffnen. Ich hatte 45 Bilder zur Seite gelegt, von denen ich fand, dass sie schön genug für die Ausstellung waren. Ich bat Richard, jene Bilder auszuwählen, die letztlich ausgestellt werden sollten. Doch Richard meinte, ich sollte das selbst machen.

Und das tat ich.

Ich fuhr nach Gaming und kaufte Rahmen sowie weißes Papier, um damit Passepartouts anzufertigen. Nach einigen Tagen hatte ich alles fertig und fuhr nach Scheibbs, um die Ausstellung vorzubereiten.

Der Raum, in dem ich ausstellen würde, war groß und gehörte der Raiffeisenbank, deren Mitarbeiter bereits auf mich wartete. Ich hatte gerade damit angefangen, meine Bilder aufzuhängen, als Erich Reisenblichler mich fragte, welchen Titel die Ausstellung tragen würde. Sie mussten doch den Titel auf die Einladungen drucken!

Ich wusste keinen und fing an, fieberhaft nachzudenken. Erich meinte, es müsse einen geben. Spontan antwortete ich: »Vom Ötscher bis zum Hafen von Vlora.«

Es war das Erste, was mir einfiel. Und erst nachdem ich es ausgesprochen hatte, bemerkte ich, dass ich kein einziges Bild von Vlora mitgenommen hatte. Erich jedoch meinte, der Titel klinge einladend, und er hoffte auf viele Besucher.

Am 25. Juni um 19:00 Uhr wurde die Ausstellung schließlich eröffnet.

Ich war bereits eine Stunde früher dort, um sicherzugehen, dass alles in Ordnung war. Als der Zeitpunkt der Eröffnung gekommen war, blieb ich neben dem Eingang stehen, um meine Gäste zu begrüßen und ihnen für ihr Kommen zu danken. Gelegentlich warf ich einen Blick in den Saal und sah, wie er sich langsam füllte. Viele Arbeitskollegen und Freunde aus Gaming waren gekommen, und sogar Herr und Frau Reitlinger, der Bürgermeister und der Bezirkshauptmann von Scheibbs. Es kamen auch Franz und Elisabeth Handl, das Lehrerpaar aus Sankt Anton, das ich noch aus meiner Zeit in der ›Kreuztanne‹ kannte.

Es war meine erste Ausstellung und ihr Ausgang würde zukunftsweisend für meinen Werdegang als Künstler sein. Hätte ich kein einziges Bild verkauft oder wäre auf negative Resonanz gestoßen, hätte mich das so deprimiert, dass ich wohl nie mehr Farben angefasst hätte, und für den Fall, dass ich es doch hätte tun wollen, wäre eine Stimme in meinem Hinterkopf aufgetaucht, die mir leise zugeflüstert hätte: »Wieso verschwendest du deine Zeit mit diesen Kritzeleien? Hast du nicht gesehen, dass niemand Interesse an deinen Bildern zeigt? Geh! Such dir ein anderes Hobby und versuch nicht weiter, eine Komödie in Farbe zu werden.«

Doch ich verdrängte diese Gedanken und mischte mich unter die Menge. Ich lauschte der Musik, die ein Junge und ein Mädchen auf Violine und Flöte spielten, sah Besucher meine Werke betrachten und manchmal auch fotografieren. Es dauerte nicht lange, bis Erich kam und mir einige rote Sticker gab. Er sagte, ein Paar wolle das Bild der Römerbrücke kaufen.

Ich ging zu ihnen. Sie sagten mir, dass sie sich in das Bild verliebt hatten und dass diese Brücke in ihren Augen nicht nur die zwei Stadtteile von Scheibbs verband, sondern auch sie selbst, da sie auf den gegenüberliegenden Seiten der Brücke gewohnt hatten, als sie sich kennenlernten.

Sie wollten das Bild kaufen. Ich befestigte einen roten Aufkleber unter dem Bild und die Besucher betrachteten den Preis des Bildes. Es war das Teuerste der ganzen Sammlung.

Herr und Frau Reitlinger winkten mich zu ihnen. Sie zeigten auf drei Bilder, die ihnen gefielen, und ich befestigte drei rote Aufkleber darunter. Ein wenig später stieß auch Dr. Kladnig hinzu, der meine Bilder mit einem Glas Wein in der Hand betrachtete und mich bat, rote Punkte unter zwei Bildern zu befestigen, die er noch nicht gesehen hatte, als er bei uns zu Hause gewesen war.

Um 20 Uhr sah ich Dr. Gobara mit seiner Frau Traudi hereinkommen. Sie entschuldigten sich für ihre Verspätung, doch sie hatten noch zu einem Patienten nach Gaming fahren müssen. Traudi wollte ein Bild mit der Ansicht von Gaming kaufen. Die roten Punkte unter den Bildern häuften sich, nur drei Bilder waren ohne geblieben.

Ich war wahrhaftig glücklich.

Als sich der Saal langsam leerte, begann ich, die roten Aufkleber unter den Bildern zu zählen. Richard Braun kam auf mich zu und gratulierte mir zu dem Erfolg der Ausstellung.

Gemeinsam mit Klara blieb ich in der Mitte des mittlerweile leeren Raumes stehen und hätte mich wohl nie wieder bewegt, wäre nicht Erich gekommen und hätte meine Hand zum Glückwunsch fest gedrückt.

»Ihr könnt jetzt nach Hause fahren«, sagte er.

Klara und ich gingen in eine Bar nebenan, um ein Bier zu trinken, und machten uns erst auf den Heimweg, als wir merkten, dass alle anderen Gäste bereits gegangen waren.

In dieser Nacht schlief ich kaum. Den Blick auf die Deckenleuchte gerichtet, verfolgte ich mit meinen Augen die Lichter der vorbeifahrenden Autos und ließ jeden Augenblick des vergangenen Abends noch einmal Revue passieren, von den ersten Besuchern bis zu dem Moment, in dem ich mit Klara allein im Saal stand.

Dabei führte ich einen inneren Dialog.

Als mir Richard Braun damals sagte, dass ich eine Ausstellung würde eröffnen können, so wie andere Künstler auch, hatte er meine innere Ruhe gestört, mit der ich mich angefreundet hatte. Doch nun hatte ich diese Ruhe überwunden, sie war verdrängt worden von Aufregung, die nicht nachlassen wollte, und ich wusste nicht, ob ich mich nun einen Künstler nennen konnte oder nicht.

»Du hast mir nie erzählt, wieso du mit dem Malen angefangen hast«, hörte ich Klara neben mir sagen.

Darauf konnte ich ihr so schnell keine Antwort geben. Ich hatte mich selbst oft gefragt, woher diese große Leidenschaft für die Farben kam. Suchte ich nach ihren Ursprüngen, kam ich auf meinen Vater Melo zurück.

Wenn er mich als Kind schlafen legte oder wir Spaziergänge zum Strand machten, wo die Wellen an die

Klippen prallten und sich das Salz zusammen mit den Algen überall verteilte, hatte er mir von dem großen Künstler Aiwasowski erzählt und dessen Malereien vom Meer, den Schiffen, die fast in den Wellen versanken, und Seemännern, die gegen wilde Stürme ankämpften. Erstaunt hatte ich seinen Erzählungen gelauscht und mich gefragt, wie Aiwasowski einen Sturm in der Bucht von Vlora malen würde. Den Blick auf die Wellen fixiert, stellte ich mir die Bilder vor, die mein Vater während seiner Studienzeit an der Universität Gubkin in Moskau gesehen hatte.

Oft erzählte mir mein Vater, wie sehr er sich danach sehnte, das Puschkin-Museum einmal wiederzusehen. Er hätte so gerne noch einmal die Bilder von Meeren und Ozeanen gesehen oder die Malereien von Wäldern und winterlichen Landschaften, von denen er mir erzählte, wenn im Winter der Wind gegen unsere schlecht isolierten Fenster prallte.

Er schilderte mir jedes Detail eines Gemäldes mit dem Titel ›Iwan Grosny tötet seinen Sohn‹ von Ilja Repin – ein Bild, das ihn tief bewegt hatte und vor dem er einst stundenlang im Museum verweilte. Er ließ jedes Pigment jenes Bildes in seiner Erinnerung wiederauferstehen, auf dem der Zar Iwan der Schreckliche auf dem Boden sitzend zu sehen war und mit einem starren, verlorenen Blick seinen blutenden Sohn, den er soeben getötet hatte, in den Armen hielt.

Wenn eine Ausstellung in der Kunstgalerie von Vlora eröffnet wurde, gingen wir zusammen hin. Eines Tages blieben wir vor einem Bild stehen, auf dem einige Schwäne zu sehen waren, und als wir heimkehrten, erzählte er mir vom Ballett ›Schwanensee‹ von Tschaikowski, das er im Bolschoi-Theater gesehen hatte und in dessen Hintergrund ein Bild von Aiwasowski platziert worden war. Auf dem Weg nach Hause fing er an, Melodien zu pfeifen, die ich nicht kannte und die wohl dem Ballettstück entstammten.

Mein Vater war nie ein materialistischer Mensch gewesen. Obwohl er fünf Jahre in Moskau gelebt hatte, war er in dieser Zeit nie nach Hause gekommen, da der Flug zwar kurz, aber sehr teuer gewesen war. Und als er schließlich nach Albanien zurückkehrte, hatte er kaum Besitztümer mitgebracht.

Dieser Umstand und auch das, was mir meine Mutter und mein Onkel erzählt hatten, ließen mich vermuten, dass er sein Geld für Konzertkarten und Museumsbesuche ausgegeben hatte. Abgesehen von einem großen Radio hatte er bloß unendlich viele Bücher mitgebracht, ein Set von Tassen und eine große Box verschiedenster Fotos, mit Ansichten von Orten, an denen Studenten ihre Ferien verbrachten, sowie einen großen Koffer mit Andenken, die er im Laufe der Jahre aussortiert und einige davon inmitten der 60er-Jahre aus Angst verbrannt hatte, als Albanien seine Beziehungen zur Sowjetunion abbrach. Während meiner Kindheit nahm ich manchmal den Schlüssel für die Vitrine, in der er seine Sachen aufbewahrte, und sah mir alle Fotos an, die er aus jener Zeit bewahrt hatte und las, was auf deren Rückseite geschrieben stand, doch bis auf die Jahreszahl verstand ich nichts. Meine Mutter erzählte mir, dass mein Vater nach seiner Rückkehr aus Moskau sehr gerne die Oper besuchte. Als sie sich gerade frisch verlobt hatten, holte er sie oft sonntags ab. Sie unterhielten sich lange und gingen anschließend gemeinsam in die Oper.

Einige Jahre später, Mitte der 70er-Jahre, ging mein Vater mit mir, wenn wir in Tirana waren, in die Nationalgalerie. Wir blieben lange stehen vor den monumentalen Werken des albanischen Meisters Guri Madhi, ausgebildet an der Repin-Akademie in Sankt Petersburg – Bilder, die sichtbar Spuren seiner Erinnerungen trugen.

Waren vielleicht diese Episoden der Auslöser für meine Leidenschaft zur Malerei? Als ich mich umdrehte, war Klara bereits eingeschlafen.

Am nächsten Tag, unterwegs durch die Straßen von Kienberg, Gaming und Scheibbs, bemerkte ich, wie viele Menschen mir zulächelten, mich aufhielten, um mir zu gratulieren oder mir zu sagen, sie hätten in der Zeitung von meiner Ausstellung gelesen.

Einige fragten mich, warum sie keine Einladung bekommen hatten.

Ich fühlte mich geschmeichelt und leicht wie eine Feder. Selbst meine Kleidung wählte ich von nun an möglichst bunt, sodass ich mir vorkam wie Fragmente meiner eigenen Bilder. Ich freute mich, wenn sich mir jemand näherte und sagte, dass er nun verstand, warum ich mich so anziehe, und meine farbenfrohe Kleidung mit den Gemälden in Wiener Museen verglich.

Am Nachmittag traf ich Rudolf vor unserem Haus. Er hielt drei Exemplare der gleichen Zeitung in der Hand.

»Zur Sicherheit«, sagte er, »falls du nicht dazu gekommen bist, eine zu kaufen.«

Ich wusste, dass in dieser Zeitung ein Interview mit mir über die Ausstellung erschienen war und war bereits frühmorgens losgegangen, um einige zu kaufen. Er erzählte mir, dass er seinen Sohn angerufen hatte und ihm von dem Artikel in der Zeitung und dem Erfolg meiner Ausstellung erzählt hatte.

Voller Enthusiasmus freute er sich, dass in seinem Wohnhaus auch eine Berühmtheit lebte. Diese Äußerung ließ mich rot anlaufen, da ich doch erst eine einzige Ausstellung eröffnet hatte.

Nach einiger Zeit kamen sogar Besucher zu mir nach Hause, die fragten, ob ich Gemälde von ihrer Gegend hatte und ob sie diese kaufen könnten. Manchen konnte ich solch ein Bild verkaufen, andere musste ich vertrösten, indem ich ihnen sagte, dass ich erst noch ein Bild ihrer Gegend malen musste.

Unsere Wohnung war zu einem Atelier geworden und überall standen Bilder herum, auf dem Fernseher, auf der Couch, selbst auf den Küchenschränken. Ich fühlte mich anders, wenn ich daran dachte, dass meine Bilder die Gedanken und Herzen der Leute erobert hatten. Ich wurde farbenfroher in meinen Ideen, Gedanken und Anschauungen.

Ich bestellte erneut Pinsel, Farben und Leinwände in Deutschland. Es dauerte nicht lange, bis der Postbote erneut mit seinem Auto erschien und mir große Pakete brachte. Bevor ich sie öffnete, dachte ich darüber nach, welche Werke ich mit ihnen realisieren würde. Ich wollte nichts anderes mehr als Ausstellungen eröffnen, der Mittelpunkt des Geredes über Kunst in der Stadt und Umgebung sein, und nun war ich diesem Ziel ein Stück näher gekommen.

Einladungen zu Kunstveranstaltungen in der Umgebung trafen bei mir ein und fast jeden Donnerstag fuhr ich los, um an ihnen teilzunehmen. Ich diskutierte dort mit Künstlern, Schriftstellern, Dichtern und Denkern darüber, wie man welches Bild am besten ausstellen könnte. Nun fühlte ich mich nicht mehr wie einer, der aus dem armen Albanien voller Bunker gekommen war, um hier sein täglich Brot zu verdienen, sondern wie ein Künstler aus Albanien, der die Zeitungen und Veranstaltungssäle füllte. Mir fiel auf, dass mich die Leute unterwegs nicht mehr mit meinem Namen ansprachen, sondern mit ›Herr Künstler‹, ein Titel, der mir anfänglich Unbehagen bereitete, aber mit dem ich mich schnell anfreundete.

Ich fand, er passte zu mir wie angegossen.

27

Die Tage vor dem Sommerurlaub verbrachten Klara und ich vor allem mit Ausflügen. Wir fuhren von einem Ort zum anderen, von einer Stadt zur nächsten. Nachmittags, gleich nach der Arbeit, nahmen wir das Auto und fuhren los. Wir kauften Geschenke für unsere Familien, füllten große Kartons und waren bald bereit für die lange Reise.

Weil der Krieg in Jugoslawien seinen Höhepunkt erreicht hatte und die Route durch das Land gefährlich war, führte die einzige mögliche Route nach Vlora über Italien. Es sollte das erste Mal sein, dass ich mein geliebtes Italien, von dem ich seit meiner Kindheit geträumt hatte, besuchen würde. Der Gedanke, Italiener zu treffen, mit ihnen zu sprechen und italienische Orte sehen zu können, die ich aus dem Fernsehen kannte, ließ mir keine Ruhe.

Am vorletzten Freitag im Juli fuhren wir los, gleich nachdem ich die Arbeit beendet hatte, und übernachteten in Kärnten, nahe der italienischen Grenze. Am nächsten Morgen brachen wir im Morgengrauen auf, um von Triest aus die Fähre nach Durrës zu nehmen. Den Hafen von Triest fanden wir ohne große Probleme, die Hinweistafeln unterwegs ließen es nicht zu, sich zu verfahren … ›Traghetti per la Grecia‹ … ›Traghetti per Durazzo‹. Es dauerte nicht lange, bis wir in einer langen Autokolonne standen.

Klara und ich stiegen aus.

Es herrschte eine große Julihitze und die Anzeige im Auto zeigte 40 Grad. Auch die anderen Menschen waren aus ihren Autos gestiegen und hatten sich in die Schatten der großen LKW gesetzt. Dort warteten sie, bis sie ihre Autos die nächsten paar Meter vorwärtsschleppen konnten, ehe die Kolonne wieder anhielt, sie erneut ausstiegen und warteten, bis alles wieder von vorne losging.

Jeder hatte den Radiosender aufgedreht, der ihm gefiel, und auf volle Lautstärke gestellt. Aus den offenen Fenstern drang italienische Musik und vermischte sich über den kochenden Autodächern zu einem unentwirrbaren Sprachknäuel.

Aus dem Auto vor mir und dem Auto hinter mir drang dasselbe Lied – doch die Melodie erklang leicht zeitversetzt. Kaum war der Refrain im vorderen Wagen verklungen, setzte er im hinteren wieder ein. Ich vermutete, dass es sich um Kassettenrekorder handelte, die mit einem kleinen Zeitunterschied eingeschaltet worden waren.

Ich ging in ein Restaurant in der Nähe, um Wasser zu kaufen, und sah die Besucher, die scheinbar aus Mittelalbanien stammen mussten, denn sie sprachen einen anderen Dialekt. Bestimmt waren sie, wie alle aus dem Süden, nach Otranto gefahren und hatten dort das Schiff nach Vlora genommen.

Eine Frau lief zu ihrem Auto, aus dem das Geschrei eines Kindes zu hören war, das sie scheinbar dort im Schlaf zurückgelassen hatte und dem jetzt die Sonne auf den Kopf brannte. Sie holte das Kind aus dem Auto und während sie es im Arm trug, machte sie sich laut selbst Vorwürfe.

Die Autos fuhren wieder los und wir näherten uns endlich dem Schiff. Bevor wir auf das Schiff fahren konnten, mussten Klara und ich den Grenzpolizisten unsere Pässe zeigen. Ein italienischer Polizist fragte uns, woher wir kamen. Sie waren verwundert, da wir albanische Pässe, aber ein Auto mit österreichischem Nummernschild hatten.

»Aus Österreich«, erklärte ich ihnen.

»Kehrt ihr wieder nach Österreich zurück oder bleibt ihr in Albanien?«

»Wir kehren wieder zurück«, sagte ich ihm und zeigte die Tickets vor, die ich in einem Reisebüro in Gaming gekauft hatte.

Weil die Überfahrt länger als 24 Stunden dauerte, hatte ich eine Schlafkabine gebucht. Die Polizisten blickten auf uns, dann auf die Kamera, die um meinen Hals hing, und sagten schließlich, wir sollten auf die Fähre fahren.

Ein Mann in Latzhosen gab mir Anweisungen, wie ich auf das Schiff zu fahren hatte. Seinem Gesicht nach war er weder Albaner noch Italiener. Ich fuhr mit dem Auto in die zweite Parkebene. Klara und ich gingen einige steile Stiegen nach oben und traten in einen Saal, in dem sich bereits eine riesige Menschenmenge eingefunden hatte. Einige von ihnen saßen auf Sitzbänken, andere gingen ruhelos herum.

Die Rezeptionistin gab die Schlüssel an einen ihrer Mitarbeiter, der uns auf unser Zimmer begleitete. Als wir eintraten, entdeckte ich ein rundes Fenster, von dem aus das Meer zu sehen war.

Als der Mitarbeiter gegangen war und die Tür hinter sich geschlossen hatte, zogen wir uns schnell um und gingen erneut in den großen Saal.

Wir blieben ein wenig dort und beobachteten das Geschehen. Doch es war nichts Besonderes los, also gingen wir hinauf auf das Deck und konnten von dort einen kleinen Teil von Triest sehen.

Etwas später hallte eine Durchsage aus der Sprechanlage. Das Restaurant sei nun geöffnet. Als wir es betraten, fielen mir die vielen Jungen und Mädchen auf, die alle sehr geschmackvoll gekleidet waren. Womöglich waren es albanische Studenten, die in Italien die Universität besuchten.

Ich bestellte beim Kellner etwas zu essen. Sein Akzent zeigte mir, dass er aus Rumänien oder Moldawien stammen musste. Der Akzent klang fast genauso wie der von Tido und Adina.

Wir aßen und blieben sitzen, bis die Stadt vom Fenster aus nicht mehr zu sehen war. Dann gingen wir in einen kleinen Raum, in dem auf einem kleinen Fernseher eine Dokumentation über Triest ausgestrahlt wurde. Es war das erste Mal, dass ich diese Stadt sah. Mir fiel auf, dass viele Gebäude denen in Österreich ähnelten. Wenig später verließen wir den Raum und gingen in unser Zimmer, um uns ein wenig zu erholen.

Als der Morgen kam, wurden wir von der metallischen Stimme der Sprechanlage geweckt. Wir näherten uns dem Hafen von Durrës. Das Schiff legte an. Zum ersten Mal sah ich Durrës vom Meer aus. Erneut standen wir in einer Schlange von Autos, während die Sonne auf uns hinunterkrachte, und warteten darauf, endlich hinauszufahren.

Es wurde unaushaltbar.

Ich nahm verschiedenste Gerüche wahr – eine Mischung aus Parfum, Schweiß, Algen und Dieselgeruch verpestete die Luft. Die Menschen drängten, um die Fähre als Erste verlassen zu können. Ich sah die jungen Männer, die ebenfalls am Abend zuvor im Restaurant gegessen hatten. Weiter drüben standen einige Ältere, die scheinbar vertraut mit der Schubserei waren und geduldig warteten, dass jene verschwanden, die sich gegenseitig durch den Ausgang hinausschubsten.

Klara und ich suchten uns einen Platz, wo wir sitzen und in Ruhe das Treiben beobachten konnten. Mir fiel auf, dass sich viele Albaner in der Toilette zurechtmachten. Sobald sie aus der Tür traten, sprachen sie Italienisch miteinander, um zu zeigen, dass sie nicht wie die anderen waren.

»Angelo, aspetti un po'«, hörte ich eine Frau zu ihrem Kind sagen, das geradeaus zur Tür lief.

»Amore, prendi tu la valigia«, sagte die Frau zu ihrem Mann, der breite Koteletten und eine kurze Hose trug, die vermutlich eine Badehose war und seine krausen Beinhaare freiließ.

Schließlich gingen Klara und ich hinunter, um das Auto zu holen, und fuhren hinaus. Die Sonne blendete mich so sehr, dass ich eine Kappe und Sonnenbrille aufsetzen musste. Nach einigen Metern hielten wir und warteten auf die albanische Polizei.

Es dauerte nicht lange, und zwei Polizisten tauchten auf.

»Documenti, assicurazioni«, hörte ich einen von ihnen sagen.

Durch das Fenster reichte ich ihm meinen albanischen Pass.

»Italiani?«, fragte er auf Italienisch, obwohl er unsere albanischen Pässe in der Hand hielt.

»Nein, wir kommen aus Österreich«, antwortete ich auf Albanisch.

Er lehnte sich gegen das Auto.

»Die Zulassung des Fiats, bitte«, sagte er.

»Das ist kein Fiat, sondern ein Ford«, sagte ich.

»Du bist ja offenbar ein Albaner. Warum sagst du dann, du kommst aus Österreich? Wieso lügst du?«, fragte der Polizist.

»Wenn du einen albanischen Reisepass siehst, warum sprichst du mit mir auf Italienisch?«, entgegnete ich.

»Wo hast du deinen Fiat gekauft?«, fragte er.

»Ich sagte bereits, dass das ein Ford ist und kein Fiat.«

Er sah mich an, als wolle er mir sagen, dass ich ihm nicht erklären müsse, was ein Fiat sei. Ich reichte ihm die Zulassung, und er fing an, sie zu lesen.

»Was ist das für eine Sprache?«, fragte er.

»Deutsch«, erklärte ich ihm.

»Ihr seid aus Deutschland?«, fragte er.

»Nein, aus Österreich.«

Obwohl er nichts davon verstand, las er die Zulassung durch und auch unsere Reisepässe. Als er mit meinem fertig war, blickte er in den von Klara. Er sah hinein, tat so, als würde er kontrollieren, ob es sich um eine Fälschung handelte, und drehte sich zu ihr um: »Ihr könnt nicht mal richtig fälschen. Wo zur Hölle gibt es einen Vater, der um die 60 Jahre alt ist und Arian heißt?«

»Seine Mutter wird ihm den Namen vielleicht zu Ehren eines deutschen Soldaten gegeben haben«, sagte ich. »Zu seiner Zeit gab es in der Umgebung viele davon.«

Der Polizist machte einen Rundgang um das Auto und gab mir schließlich nach einem langen, strengen Blick meinen Reisepass zurück.

Er näherte sich meinem Gesicht und fragte: »Erzähl mir mal, was tut sich dort drüben in Deutschland? Ist das erste Mal, dass ich ein deutsches Nummernschild sehe.«

»Österreich«, verbesserte ich.

»Ach, das ist doch dasselbe«, sagte er. »Mein Nachbar ist dort. Er hat mich damals gefragt, mit ihm mitzukommen, doch meine Mutter hat fürchterlich geweint und mich gebeten, nicht zu gehen, weil sie ohne mich und meinen Vater verloren wäre.«

Der Polizist blickte uns noch eine Weile an, dann winkte er uns durch. Ich startete das Auto, wir passierten die Grenzpolizei und fuhren nach Vlora.

Wir verließen die Stadt und fuhren eine Zypressenstraße entlang. Erneut hielt uns die Polizei auf. Ich musste den Kofferraum öffnen und den Polizisten kontrollieren lassen. Dann fuhren wir weiter Richtung Kavaja. Dort trafen wir erneut auf einen Polizisten, der uns anhielt.

»Wo sind deine Papiere?«, fragte er.

Ich zeigte sie ihm und merkte, dass er nichts von dem verstand, was dort geschrieben stand. Er ging zu seinem Auto zurück.

»Du bist zu schnell gefahren«, sagte der zweite Polizist.

»Woher weißt du, dass ich zu schnell war?«, fragte ich.

»Ich werde dir nicht erklären, woran ich erkannt habe, dass du zu schnell fährst. Bleib hier und öffne den Kofferraum«, sagte er.

Ich wunderte mich, wie er meine Geschwindigkeit gemessen haben konnte, obwohl er keinen Radar hatte.

Er ging zu seinem Kollegen, und die beiden unterhielten sich. Ich fuhr auf die rechte Seite der Straße und stellte den Motor ab.

Nicht lange, und einer der beiden kam zu mir. »Die Strafe für Raserei ist 200.000 italienische Lira«, sagte er.

»Ich habe keine Lira«, sagte ich. »Ich komme aus Österreich. Dort zahlt man mit Schilling.«

»Hier kennt kein Mensch, was das ist«, sagten sie und fragten, ob ich nicht eine Tafel Schokolade oder eine Dose Bier dabei hatte.

Ich öffnete den Kofferraum und holte eine Tasche mit Bier heraus. Doch kaum hatte ich die Tasche aufgezogen, merkte ich, dass das Bier durch die Hitze fast schon zu Suppe aufgekocht war. Trotzdem gab ich den beiden ein paar Dosen.

Von nun an grüßte ich immer aus dem Fenster, wenn ich einen Polizisten sah, als würde ich ihn schon lange kennen. Die Polizisten grüßten mich daraufhin zurück, als wären sie ebenfalls alte Bekannte. Klara fragte, ob ich sie denn kenne, doch ich erklärte ihr, dass sie mich wohl für jemanden hielten, den sie zuvor schon angehalten hatten.

Diese Methode funktionierte und wir wurden unseren ganzen Weg nach Vlora nicht mehr angehalten.

28

Wir hatten Fier hinter uns gelassen und fuhren über den Olivenpass in Bestrova, wo sich zwischen den Olivenbäumen eine herrliche Aussicht über Vlora auftat.

Ich hielt an, um einige Fotos zu machen. Anschließend fuhren wir über eine kaputte Straße voller Schlaglöcher, in denen die Reifen mehr als einmal stecken blieben.

Unser Auto war ein kleiner, beiger Ford mit zwei Türen, der für österreichische Straßen gut geeignet, den albanischen aber hilflos ausgeliefert war. Als wir in die Stadt hineinfuhren, blickte ich mich aufmerksam um, weil ich nichts verpassen wollte, vor allem keine Gesichter von Bekannten, die vielleicht über die Straßen huschten.

Vlora wirkte wie ausgestorben.

Die Bäume waren voller Staub und machten den Eindruck, als wären sie von einer Krankheit befallen. Ich beobachtete die Leute. Sie wirkten auf mich fremd. Was mich allerdings am meisten wunderte, waren Geschäfte, die griechische Namen trugen oder nach italienischen Städten benannt worden waren. Am Straßenrand entdeckte ich Foodtrucks, auf denen ›Suflaqe‹ stand. Ich kannte dieses Wort nicht, hatte es noch nie gehört, bevor ich nach Österreich aufgebrochen war.

Unterwegs hörte ich das Gehupe von Autos. Schnell sollte ich verstehen, dass Hupen zu einem neuen Trend geworden war. Dieses Hupen, das die Stunden füllte und ebenso von Spaß wie von Ernst kündigen konnte, war zur neuen Tonspur der Stadt geworden. Die Straßen von Vlora wurden von verschiedenen Autos zum Brummen gebracht, die auf verschiedenen Wegen in die Stadt kamen, selbst vom Hafen. Mir wurde erzählt, dass viele Flüchtlinge in Italien alte Autos, meistens Fiats, geschenkt bekommen hatten, die den Besitzern nur mehr zur Last gefallen waren. Sie entfernten die Nummernschilder und verkauften die Fahrzeuge in Albanien. Die Autos waren größtenteils schrottreif, und beim Fahren hörte man eher den Auspuff als den Motor.

»Jetzt verstehe ich, wieso der Polizist im Hafen unser Auto für einen Fiat hielt«, sagte Klara, als auch ihr die zahlreichen italienischen Autos auffielen. »Hier gibt es keine anderen Fahrzeuge! Er glaubt wohl, alle Autos auf der Welt sind von Fiat!«

Vor dem Theater sah ich ›Lordi‹, einen Freund aus meiner Kindheit, vorbeigehen. Ich kurbelte das Fenster herunter und rief nach ihm. Ich wusste gar nicht, wieso wir jemals angefangen hatten, ihn so zu nennen. Sein echter Name war Leonard. Vielleicht hieß er so, weil sein Vater als Schneider arbeitete und er deswegen stets so elegant wie ein englischer Lord gekleidet war.

›Lordi‹ kam angelaufen und ich fragte ihn nach seinen Eltern, seiner neuen Frau und ob er glücklich in seiner zweiten Ehe sei, nachdem er sich von seiner ersten Frau getrennt hatte. Nach seiner Trennung war er in Athen gewesen, um zu arbeiten. Doch er hatte keinen einzigen Tag Arbeit gefunden, denn niemand hatte geglaubt, er würde Arbeit suchen, da er angezogen war wie Guy de Maupassants Bel-Ami, mit Frack und schönen Schuhen, während die anderen Arbeitssuchenden aussahen wie die Kartoffelesser von van Gogh.

Wir fuhren in die Gegend, in der unsere Familien wohnten.

Bereits aus der Ferne sah ich meine Mutter, die am Fenster stand und Ausschau hielt.

Ich winkte ihr zu.

Auch meine Schwestern steckten ihre Köpfe aus dem Fenster. Kaum hatten sie uns entdeckt, kamen sie mit ihren Kindern aus dem Haus gelaufen. Wir luden unser Gepäck und einige Lebensmittel aus, die ich für meine Mutter mitbringen sollte, denn in den letzten Monaten waren viele Lebensmittel zweifelhafter Herkunft und von mangelnder Qualität in Albanien verkauft worden.

Ich ging ins Wohnzimmer, um meinen Vater Melo zu begrüßen, der auf seiner Couch auf mich wartete. Dann trudelten die Nachbarn ein, die wussten, dass ich kommen würde und mein Auto erkannt hatten.

»Ist dein Sohn nun gekommen?«, fragten Stimmen vom Gang, die sich an meine Mutter wandten.

»Mein Haus ist wieder voll«, sagte meine Mutter. Sie bot ihren Besuchern Bonbons an, die ich aus Österreich mitgebracht hatte.

Plötzlich begann das Telefon zu klingeln. Es waren meine Cousins, die fragten, ob ich schon angekommen sei. Kurz darauf trudelten die ersten von ihnen ein.

Küsse, Umarmungen, Floskeln.

Meine Cousins sagten zu meiner Mutter, dass ich wohlauf und gesund wirkte. Dann wandten sie sich an mich.

»Erzähl uns, was sich dort drüben tut«, forderten sie mich auf und bewegten ihre Hand in irgendeine Richtung, denn sie hatten keine Ahnung, wo Österreich lag.

Das Haus füllte sich allmählich und mir wurden die verschiedensten Fragen gestellt, doch die häufigste betraf mein Gehalt.

»Du hast uns noch nicht gesagt, wie viel du verdienst«, sagte ein Mann, scheinbar ein Freund meines Vaters. Er hatte mir gleich zu Beginn unseres Gesprächs gesagt, sein Sohn lebe in Griechenland.

»Ich bin zufrieden.«

»Du Scherzbold! Das ist doch keine Antwort. Ich habe dich nicht gefragt, wie zufrieden du bist, sondern wie viel du verdienst.«

Weil ich meinen Vater nicht verärgern wollte, nannte ich irgendeine aufgerundete Summe. Doch er meinte, er kenne den Schillingkurs nicht und ich solle ihm die Zahl in Dollar nennen.

Nachdem ich ihm also verraten hatte, wie hoch mein Gehalt war, sah ich, wie er die Zahl in italienische Lira und griechische Drachmen umrechnete. Dann sagte er: »Ich habe schon gehört, dass Österreich ein sehr wirtschaftsstarkes Land ist.«

Danach hörte ich Geschichten von Familienmitgliedern, die in Italien oder Griechenland lebten. Meine Freunde und Verwandten ließen kein Detail aus, das sie am Telefon oder von Personen, die Handel in jenen Ländern trieben, gehört hatten. Sie hatten schon so viele Geschichten gehört, dass sie ständig Namen und Daten vertauschten und sich oft korrigierten.

»Warte, warte ... Wie nannte ich den Chef meines Sohnes gerade? Dimitri? Nein, nein! Dimitri ist der Bruder des Chefs! Der Chef heißt Giorgios und sein Sohn Christos«, sagte ein Mann, als würde er über seinen eigenen Chef sprechen.

Ich war mir sicher, dass sich nicht einmal die Protagonisten dieser Geschichten, die weit entfernt lebten, so genau an die Gegebenheiten erinnerten, doch durch das beständige Erzählen der Anekdoten fühlte es sich für die Menschen in Vlora so an, als hätten sie all das selbst erlebt.

Angestrengt versuchte ich, so geduldig wie möglich zuzuhören, doch langsam fielen mir die Augen vor Müdigkeit zu und ich dachte an etwas, das mir der Vater eines Freundes gesagt hatte:

›Heutzutage hat man Angst, den Leuten von seinen Sorgen zu erzählen, da sie die Sorgen nehmen und zu ihren eigenen machen.‹

29

Unsere vier Wochen in Vlora vergingen wie im Flug. Fast täglich traf ich Freunde und Bekannte, die mich einluden, am nächsten Morgen mit ihnen Kaffee zu trinken. Es wurde fast zu einer Tradition, dass sich alle trafen, die mittlerweile im Ausland lebten und für einen Besuch zurückgekehrt waren, und sich Geschichten von ihren neuen Leben erzählten. Nach dem Kaffee ging jeder in seine Wohnung und wir machten uns fertig, um an den Strand zu fahren.

Mein Auto war so klein, dass es mir ein Rätsel war, wie meine Familie darin Platz finden konnte. Ich zählte nie, wie viele einstiegen, doch im Rückspiegel sah ich die verschiedensten Haarfarben.

Nachmittags, als wir vom Strand zurückkamen, gingen wir mit Freunden spazieren. In der Stadt kannte ich kaum noch jemanden. Unser Viertel war nun voller junger Leute. Viele von ihnen waren offenbar aus den umliegenden Dörfern gekommen.

Jeden Tag hörte ich Geschichten von Eltern, Freunden oder Bekannten, die mir von ihren Kindern erzählten, die nach Italien oder Griechenland gegangen waren.

Ich stellte fest, dass die Menschen, die in der Stadt geblieben waren, mit der Zeit lockerer geworden waren und Vlora insgesamt liberaler wirkte.

Junge Paare, die sich in aller Öffentlichkeit kussten, waren nun ein normaler Teil des Stadtbildes. Mir schien, als würden sich die Einwohner anders kleiden, ihre Haare anders schneiden und sogar anders gehen. Ich hatte das Gefühl, sie waren informierter über das Leben außerhalb, denn sie reagierten nicht mehr verwundert, wenn ich ihnen sagte, dass ich jetzt in Österreich lebte.

»Bist du zurückgekommen?«, fragten sie dann gleich. »Läuft alles gut drüben in Österreich?« Anschließend wollten sie wissen, wie lange ich bleiben würde.

»So um die drei Wochen«, antwortete ich.

»Nun gut, wir sind hier. Wir laufen uns sicher wieder über den Weg«, sagten sie, aber dann traf man sie den restlichen Sommer nicht mehr, sondern erfuhr, dass sie in Italien oder Griechenland Arbeit gefunden hatten.

Es gab aber auch andere, die, wenn sie mich sahen, fragten: »Wo warst du denn verschollen?«, und nachdem sie mich von Kopf bis Fuß gemustert hatten, fragten sie, ob ich ›dort drüben‹ sei und bewegten ihre Hand Richtung Italien. Wenn ich ihnen antwortete, ich lebe in Österreich, aus dem nicht viele Nachrichten über Flüchtlinge kamen, sagten sie: »Wo bitte? Wo? In Österreich? Ist es gut dort drüben?«.

Nachdem wir lange Tage am Strand oder mit Bekannten verbracht hatten, saß ich mit meiner Familie abends auf dem Balkon unserer Wohnung. Sobald wir uns schlafen legten, ertönte Vloras Polyphonie vom Park herauf. Meine Schwester meinte, das triebe sie zur Weißglut, denn jeden Abend wurde dasselbe Lied gespielt. Einige Leute setzten sich in den Park, tranken und sangen.

Es war eine andere Zeit angebrochen.

Wo früher junge Mädchen und Jungen auf ihrer Gitarre gespielt und Lieder von Beatles und Celentano gesungen hatten, saßen nun alte Herrschaften, die Lieder von den Bauern der umliegenden Umgebung sangen.

Solche Nächte verbrachte ich stets schlaflos und wartete darauf, dass die Sonne aufgehen würde.

Eines Morgens ging ich zum Balkon und sah, dass unten Tische und Stühle wild durcheinander standen. Ich fragte meine Schwester, wie lange die Leute gesungen hatten, und sie sagte, in der Früh wäre die Polizei gekommen, weil sich jemand wegen des Lärms beschwert hatte.

»Wir haben die Nase voll davon«, sagte sie. »Jeden Abend dasselbe. Sie versammeln sich hier, als ob es keinen anderen Platz gäbe, singen und trinken, bis sie anfangen, sich zu streiten und dann ihre Freunde rufen, um sich zu prügeln.«

Und was man nicht alles zu hören bekam, wenn sie sich einmal stritten. Einmal vernahmen wir sogar einen Pistolenschuss. Aus Angst gingen wir zum Schlafen in ein anderes Zimmer, denn wir hatten gehört, eine Frau sei erschossen worden, als sie sich in ihrer Wohnung befunden hatte. Bei einer Schießerei sei eine Kugel in ihre Wohnung eingedrungen, von einer Wand abgeprallt und habe sie getroffen.

Den Polizeieinsatz in dieser Nacht hatte ich jedenfalls nicht gehört.

Scheinbar war ich vom Tag am Strand so müde gewesen, dass mich der Schlaf überwältigt und ich nichts davon mitbekommen hatte.

Im Wohnzimmer klingelte das Telefon. Meine Mutter hob ab und ich hörte, wie sie irgendjemandem sagte, wir würden nicht mehr lange bleiben und ihr Haus würde bald wieder leer sein.

30

Samstags verbrachten wir wie üblich den Tag am Meer, und für den Nachmittag hatte ich mich mit einigen Freunden verabredet, die aus Italien gekommen waren. Es war sozusagen das Treffen einer Generation, da wir uns schon lange nicht mehr gesehen hatten. Jeder erzählte seine Geschichte: Wie man es geschafft hatte, auf die übervollen Schiffe zu klettern, wie man nach mehreren Stunden auf dem Meer an den Häfen von Puglia angekommen war, wo die italienischen Carabinieri mit Wasser, Essen und Kleidung gewartet hatten. Meine alten Freunde erzählten, dass einige von ihnen, nachdem sie wochenlang nichts als Italienische Küche gegessen hatten, die immerhin weltweit als Delikatesse bekannt war, es gewagt hatten, zu protestieren und albanische Küche zu verlangen, von der die Italiener zum ersten Mal hörten.

Einige von ihnen waren Beziehungen mit Italienerinnen eingegangen, arbeiteten mit ihnen zusammen oder hatten gar geheiratet. Während ich ihren Geschichten lauschte, fragte ich mich, wie mein Leben verlaufen wäre, wenn ich eines der Schiffe aus Vlora genommen hätte und weiß Gott wo gelandet wäre.

Meine Gedanken beruhigten sich, als ich daran dachte, dass Klara und ich in Österreich lebten und unser Anfang dort nicht schlecht verlaufen war. Man hatte uns nicht unserem Schicksal überlassen, sondern in Hotels untergebracht, auch wenn meines hoch oben in den Bergen lag. Ich musste unweigerlich an die ersten Stationen meines neuen Lebens denken.

Nachdem ich nach Hause zurückgekehrt war, setzte ich mich auf die Couch und sah mir den Beitrag eines italienischen Senders über Sizilien an, als sich mir Melo näherte und sagte: »Hör zu, wir gehen später gemeinsam aus. Ich möchte dir etwas sagen.«

Ich war nie mit meinem Vater befreundet gewesen. Unser Verhältnis war kompliziert. Bevor ich nach Österreich gekommen war, hatten wir uns oft intensive Wortgefechte geliefert, die vom Lebensverständnis zweier Generationen ausgingen. Meistens begann es damit, dass ich den Rest des Tages vor dem Bildschirm verbrachte, um italienische Sender zu sehen.

Manchmal kam es vor, dass er am nächsten Tag jemanden traf, dem ich von meinen Filmen erzählt hatte. Er kam kreidebleich nach Hause und schrie mich an, dass ich ›bei den anderen Velajs‹ in Spaç und Burrel landen würde, wenn ich so weitermachte.[2]

Mit der Pensionierung meines Vaters wurden unsere Auseinandersetzungen seltener, die Beschwerden über mich wurden nicht mehr zum Gesprächsthema. Zudem wuchs die Toleranz für meine Generation gegen Ende der 80er-Jahre immer mehr, vor allem ab dem Tod Enver Hoxhas 1985.

In der Nacht, bevor ich nach Österreich aufbrach, kam er nach der Abschiedsfeier zu mir und sagte, dass es klug von mir war, zu gehen, weil es hier nichts gab. Er

2 Der Empfang und das Schauen ausländischer Sender waren verboten. Die ›anderen Velajs‹ saßen wegen ›Aktivitäten gegen das Regime‹ in Gefängnissen. Spac und Burrel waren gefürchtete Gefangenenlager.

riet mir, ich solle mir gute Freunde suchen und von ihrer Kultur lernen.

An jenem Nachmittag, als die Sonne bereits über der Insel von Sazan unterging, zog ich meine Schuhe an und machte mich bereit, um mit meinem Vater auszugehen.

Er sah mich in der Tür stehen und sagte: »Hör zu, zieh lange Hosen an, wenn du mit mir ausgehst. Und dieses Shirt mit Figuren zieh aus. So angezogen will ich dich niemandem vorstellen.«

»Es ist sehr heiß draußen, und die Badezeit ist noch nicht vorbei«, sagte ich.

»Für die anderen ist es auch heiß. Hast du die anderen Leute aus dem Ausland gesehen? Alle tragen Stoffhosen und schlichte Hemden.«

Also zog ich mich um. Unterwegs trafen wir tatsächlich viele Freunde meines Vaters. Sobald sie mich sahen, musterten sie mich von oben bis unten. Die Straßen rumorten von den Angekommenen. Dadurch wirkte die Stadt so voll wie Shanghai und es herrschten keine Verkehrsregeln – jeder hatte Vorrang, die Straßen waren von Schlaglöchern übersät und die Menschen drängten sich durch die Gassen.

Alles hatte sich geändert.

Mir fiel auf, dass niemand mehr zuhörte. Die meisten waren mit verlorenen Blicken in ihre eigenen Sorgen versunken.

Melo und ich setzten uns in ein Restaurant am Meer. Der Kellner war ein älterer Mann und früher scheinbar ein hochrangiger Offizier gewesen, da man ihn von unserem Nebentisch mit ›Herr Kommissar‹ rief.

Ich fragte, was sie zu trinken hatten.

»Kaffee«, antwortete er und wollte gehen.

Es war acht Uhr abends, um diese Uhrzeit trinke ich keinen Kaffee, also fragte ich, ob sie Bier oder irgendein anderes Erfrischungsgetränk hätten. Er sagte mir, dass sie ein gutes Bier hätten, dessen Name er nicht kenne, aber es sei aus dem Ausland. Er ging, um es zu holen. Als er wiederkam, sah ich, dass es sich um ein mazedonisches handelte, das auch ich nicht kannte. Ich sagte ihm, er solle mir zwei Limonaden bringen.

Er kehrte zurück und ließ zwei Flaschen mit griechischer Schrift auf unserem Tisch zurück. Ich wusste nicht genau, was das für ein Getränk war, doch aus dem Bild am Etikett schloss ich, dass es sich um Orangenlimonade handeln musste.

Nach einer Weile fragte mich mein Vater nach meiner Arbeit, den Kollegen sowie meinen Freunden und Bekannten in Österreich. Ich erzählte ihm kurz von meiner Arbeit in der Fabrik und der damit verbundenen Müdigkeit, über das Leben in Kienberg, die Kälte im Winter und die Nässe im Frühjahr, und ich sprach auch über das, was am 17. April im Krankenhaus in Scheibbs geschehen war.

Er hörte zu. Ich bemerkte, dass seine Augen langsam glasig wurden. Er wandte seinen Kopf zur Insel Sazan. Er war wohl gerührt von meiner Erzählung. Von den Anstrengungen und Schwierigkeiten, die wir hatten durchstehen müssen.

Stille.

Er nahm sein Glas und setzte zum Trinken an. Dann zog er eine Packung Zigaretten und ein Feuerzeug aus seiner Brusttasche und zündete sich eine Zigarette an. Er blickte zum Meer, das mittlerweile dunkelblau geworden war, fast schwarz, nur ab und zu sah man die Wellen in einer rötlichen Nuance auf den Strand zurollen, die von der Beleuchtung des Lokals herrührte.

Er saß da und fing an zu sprechen: »Hör zu«, sagte er seufzend, »ich wusste, dass das Kind sterben würde.«

Ich wandte meinen Blick von den Wellen ab und starrte ihn entgeistert an.

»Was sagst du da? Woher hättest du das wissen können?«

Ich hatte nicht einmal Klara von meinen Träumen erzählt. Woher hätte mein Vater, der über 1.500 Kilometer weit entfernt lebte, wissen sollen, was ich in meinen Träumen gesehen hatte?

Doch mein Vater seufzte nur erneut.

»In jenen Tagen, als ihr auf die Geburt des Kindes gewartet habt und deine Mutter sich über alle Maßen freute, dass das Kind ihren Geburtstag teilen würde, erschien mir im Traum meine Mutter Vasfia.«

»Und?«, fragte ich.

»Sie erschien mir in zwei Nächten und sagte mir, dass ich mich nicht zu früh freuen sollte, da das Kind sterben werde. Es würde ein Mädchen sein. Doch ich solle nicht traurig sein, da in zwei Jahren wieder ein Mädchen zur Welt kommen würde. Es würde sehr hübsch sein und es solle den Namen Helena tragen.«

Seine Augen füllten sich mit Tränen und sein Blick versank im Meer, das nun pechschwarz geworden war und die Insel verschluckt hatte.

Auch ich betrachtete die Wellen, die sich in gleichmäßigen Bewegungen der Küste näherten, und suchte im Weiß und Grau der Gischt, die so salzig war wie die Tränen in meinen Träumen, nach der Frau mit den grauen Haaren und dem nassen Gesicht, die mir damals zwei

Nächte lang in meinem Zimmer erschienen war, als wäre es ihr eigenes, und die mir jedes Mal die gleiche Nachricht überbracht hatte, die sie kurz zuvor auch meinem Vater übermittelt hatte, der 1.500 Kilometer entfernt träumte, denn offenbar sah sie es als ihre Pflicht an, auch mich darüber zu informieren, was im Krankenhaus in Scheibbs mit dem Kind, das Klara und ich erwarteten, geschehen würde.

Die Tiefe des Meeres hielt meinen Blick versunken, und ich hörte gedämpft, wie der Kellner fragte, ob wir noch etwas trinken wollten.

Doch auch mein Vater war in Gedanken versunken, womöglich in Erinnerungen aus seiner Kindheit oder über seine Mutter, und in meinem Kopf hörte ich seine Stimme, die mir nach dem Tod des Kindes gesagt hatte, dass ich nicht traurig sein sollte, denn in zwei Jahren würde wieder ein Mädchen zur Welt kommen.

Ich wusste nicht, was ich sagen sollte.

Wie war das möglich? Ich hatte die Mutter meines Vaters nie gesehen. Nicht einmal auf Fotos, denn sie war bereits 1938 verstorben. Ihr eigener Tod ereignete sich einige Wochen, nachdem ihr zweiter Sohn gestorben war. Der Sohn war aus Florenz heimgekommen, wo er studierte, und der Friseur, bei dem er sich den Bart stutzen ließ, schnitt ihm in ein Muttermal auf der Wange. Wenige Wochen später war er tot.

Zu dieser Zeit war mein Vater zehn Jahre alt. Seitdem waren 55 Jahre vergangen.

Niemand sprach.

Wir sahen Menschen, die kamen und gingen, und hörten die hupenden Autos auf den Straßen und Musik in der Nacht. Es war dunkel und nur eine von fünf Straßenlaternen funktionierte.

Ich erzählte meinem Vater von meinen Träumen und er zündete sich erneut eine Zigarette an. Ich wusste nicht, die wievielte das war. Er sah mich an und sein Blick verriet mir, dass er keine logische Verbindung zwischen dem, was passiert war, herstellen konnte, dass er nicht verstand, wieso seine Mutter in meinen Träumen erschienen war, in meinem Zimmer in Kienberg, um mir diese grauen, nassen Nachrichten über jenes Ereignis zu überbringen, das sich am 65. Geburtstag meiner Mutter ereignen sollte.

Ich überlegte, ob seine Mutter vielleicht ein Problem mit meiner gehabt hatte, so wie es häufig der Fall war zwischen Ehefrau und Schwiegermutter, doch meine Eltern hatten erst zwanzig Jahre nach ihrem Tod geheiratet.

Diese Geschehnisse erschienen mir so mystisch wie Geschichten aus der Antike, deren Zeugen nur noch alte Säulen mit Ornamenten waren, die in der Landschaft um Vlora herum zu finden waren.

Mein Blick verharrte in der Schwärze der Nacht, in der irgendwo die Insel Sazan verborgen liegen musste, von der man sagte, dass dort vor vielen tausend Jahren die ersten Schiffe angekommen waren, die die Zivilisation in das nahegelegene Orikum gebracht hatten und von denen nur noch eingravierte Spuren im Mauerwerk überlebt hatten.

Ich war in meinen Gedanken versunken und dachte an das Erlebte.

Scheinbar war die Frau in meinen Träumen meine Großmutter, die mich gewarnt und meine Tochter zu sich geholt hatte, um sie nahe bei sich zu haben, dort oben in den Wolken, die ich in meinen Träumen gesehen hatte.

Als ich in die wässrigen Augen meines Vaters blickte, sagte ich ihm, um dieses Thema zu beenden, dass wir gehen sollten, denn ich hatte Sorge, es würde seinen Blutdruck erhöhen.

Wir spazierten noch ein wenig und beschlossen anschließend, nach Hause zu gehen. Doch meine Gedanken kreisten immer noch um das Gehörte.

Ich wählte einen anderen Weg zurück, da ich niemanden treffen wollte, den ich kannte. Ich wollte nur an meine Geschichte, die meines Vaters, die meiner Großmutter und letztlich auch die meiner Tochter denken.

Schließlich kamen wir zu Hause an.

Es waren Leute gekommen, die darauf gewartet hatten, mich zu treffen. Einige hatten mich vermisst, andere wollten, dass ich ihren Sohn nach Österreich mitnahm und ihm half, dort ein neues Leben aufzubauen. Es kam sogar die Frau von Jani, Vjollca, die mich so liebevoll ansah wie ihren eigenen Mann, den sie seit zwei Jahren nicht mehr gesehen hatte. Ich erzählte ihr von Jani und der harten Arbeit, die er verrichtete. Sie wollte mir etwas für Jani mitgeben, bevor ich Vlora wieder verließ.

31

Die Fahrt zurück nach Österreich dauerte lange. Wir fuhren nicht von Durres nach Triest, sondern von Vlora nach Otranto. Nach der langen Fahrt mit dem Schiff von Triest nach Durrës, die mehr als 24 Stunden gedauert hatte, waren wir so erschöpft gewesen und unsere Nerven so aufgerieben, dass wir sie nicht wiederholen wollten.

Mit dem Schiff von Vlora dauerte die Reise nur fünf Stunden. Sobald wir den Hafen von Otranto verlassen hatten, fuhren wir nach Norden, in Richtung Österreich und Kienberg. Wegen der vielen Pausen und Umfahrungen, die wir machten, um uns unterwegs Städte anzusehen, erschien uns die Reise nicht mehr so lang und wir verspürten keine Müdigkeit.

Als wir in Kienberg ankamen, nahm ich kurz darauf die Arbeit in der Fabrik wieder auf. Sie war dieselbe wie vor meinem Urlaub, aber ich wurde einem anderen Arbeitsprozess zugewiesen.

Herr Konul, mit dem ich mittlerweile sehr gut befreundet war und der mich immer fragte, ob ich denn etwas Neues gemalt hatte, wies mir eine Arbeit zu, die viel leichter war als meine alte und keine große Verantwortung mit sich brachte.

Ich fühlte mich erleichtert.

Bei dieser Arbeit blieb ich lange, und Dr. Kladnig, der nun in Sankt Anton wohnte, kam hin und wieder vorbei und erzählte mir, was sich Neues getan hatte oder in welcher Farbe er seine Wände streichen und seine Möbel kaufen wollte.

Mitte Oktober brach der Herbst an.

Der Wald bei Kienberg fing an, gelbliche Nuancen anzunehmen.

Diese Ansicht blieb einige Tage erhalten und inspirierte mich, neue Farben zu kaufen. Ich hatte beschlossen, nur mit Ölfarben zu malen, und bestellte mir viele Tuben, Pinsel sowie Spachteln. Nach einigen Tagen erschien der Postbote mit drei Kartons, zwei davon mit Leinwänden. Ich öffnete meine Bestellung, sah sie mir an, platzierte schnell eine Leinwand auf der Staffelei und öffnete die erste Tube Farbe. Ich roch daran und schloss sie wieder. Ich legte sie zurück in den Karton, setzte mich hin und sah sie aus der Ferne an.

Nach einigen Tagen fuhr ich nach Scheibbs und suchte Gedichtbände, die über den Herbst verfasst worden waren. Einige von ihnen hatte ich gelesen, als ich in der ›Kreuztanne‹ lebte, damals noch mit dem Ziel, die neue und unbekannte Sprache zu lernen. Nachdem ich einige Tage damit verbracht hatte, Gedichte von Goethe, Eichendorff und Rilke zu lesen, baute ich die Staffelei auf, platzierte die Leinwand darauf und begann, mit den Farben in den Händen, das erste Landschaftsbild vom Naturpark Tormäuer zu malen.

Die Wohnung hatte nun eine zweite Funktion bekommen. Sie war auch ein Atelier geworden und der Geruch von Öl übertünchte alles. Mit diesen Leinwänden realisierte ich einige Bilder, die etwas abstrakt in der Farbgebung wirkten, ein Phänomen, das auch schon bei meinen Aquarellen vorgekommen war und nicht etwa durch Beeinflussung anderer Künstler entstanden war, sondern aus meinem tiefsten Innersten kam.

Alle diese Bilder fasste ich in der Reihe *Ich male in das Innere des Lichts hinein* zusammen, inspiriert durch das Licht, das durch meine Fenster in die Wohnung fiel, und eröffnete damit eine Ausstellung in Gaming, die ein großer Erfolg wurde. Es kamen viele Kunstliebhaber sowie Künstler, denen auffiel, dass sich die Bilder von meiner ersten Ausstellung in Scheibbs unterschieden, und ich verkaufte alle.

Es geschah auch zum ersten Mal, dass ich ein Bild erneut malen musste, da jemand es gesehen hatte und unbedingt bei sich aufhängen wollte, obwohl ich es schon verkauft hatte.

Ich war nun tief in der Kunst und Malerei verankert. Alles in meinem Leben drehte sich um sie und ihre Entwicklung. Hin und wieder fuhren Klara und ich nach Wien und gingen in Museen. Die Bücher und Kataloge, die ich dort kaufte, verleiteten mich dazu, die Wohnung immer seltener zu verlassen. Ich suchte einen neuen Zugang zu meiner Kunst und fing an, Texte, die ich von Dichtern und Autoren gelesen hatte, in meine Werke einfließen zu lassen.

Das Gedicht ›Mignon‹ von Goethe inspirierte mich zu einem Bild, das noch vor der Ausstellung in Gaming verkauft wurde. Auch das Bild, das vom Gedicht ›Im Herbst‹ von Eichendorff inspiriert war, wurde sofort nach dem Aufhängen verkauft.

Mitte November, als ich an meiner Maschine saß, sah ich Franz Mayer, den Betriebsrat der Fabrik, auf mich zukommen. Er legte seinen Arm um meine Schulter und lud mich ein, mit ihm auf einen Kaffee zu gehen.

Er erzählte mir, dass er sich sehr über die Berichte von meinen Ausstellungen in den Zeitungen gefreut und viel Gutes vom Bürgermeister in Scheibbs und anderen Bekannten gehört hatte.

Mayer war ein großer Mann und vermittelte den Eindruck eines guten Menschen, dessen freundliches Wesen angeboren und nicht angelernt war. Ich erzählte ihm von meinen Bildern und dass ich mich seit dem letzten Mal, als er sie gesehen hatte, weiterentwickelt hatte und tiefer in die Kunst eingetaucht war.

Er lauschte meiner Erzählung und seine Augen strahlten vor Freude hinter seinen Brillengläsern, als ich von meiner Kunst berichtete.

Es dauerte nicht lange, bis er mir mitteilte, er wollte dem Landeshauptmann vorschlagen, mir die österreichische Staatsbürgerschaft zu verleihen. Diese Aussage überraschte mich so sehr, dass ich ganz vergaß, mich zu bedanken. Stattdessen sagte ich ihm, dass ich doch erst nach sieben Jahren, in denen ich hier gelebt hatte, das Recht besaß, eine Staatsbürgerschaft zu beantragen. Und ich war mir alles andere als sicher, ob ich auch eine erhalten würde.

Doch Franz erzählte mir, dass in Fällen von besonders guter Integration der Antrag schon im fünften Jahr gestellt werden konnte.

Er reichte mir ein Formular zum Ausfüllen und fragte, ob ich das Rathaus von Sankt Anton malen könne, wo er inzwischen Bürgermeister geworden war. Ich sagte begeistert zu.

Bevor er ging, fragte er mich noch, ob ich nicht Lust hätte, in Sankt Anton meine nächste Ausstellung zu eröffnen.

»Mit dem größten Vergnügen!«, antwortete ich.

Der Winter brach in diesem Jahr sanft herein.

Der erste Schnee fiel Ende November, als ob er uns sagen wollte: »Macht nicht den Fehler, zu glauben, ich wäre für immer gegangen.« Doch danach schien bis Ende Dezember durchwegs die Sonne. Die Tage vergingen und Klara und ich führten unsere Erkundungsreisen durch Österreich fort, indem wir von Stadt zu Stadt und Ort zu Ort fuhren.

Unsere Wohnung hatte ihren ruhigen Charakter verloren und den Hauch eines Hotels angenommen. Ich hatte schon länger mit dem Gedanken gespielt, mein Auto, das ich ein Jahr zuvor gekauft hatte, wieder zu verkaufen. Ich begab mich zu dem Autohaus, in dem ich mein erstes Auto gekauft hatte.

»Fährst du noch immer mit diesem Auto durch die Gegend?«, fragte mich Ralph, der Besitzer, und verzog den Mund, so als ob ich ihm leidtäte.

»Deshalb bin ich gekommen«, antwortete ich. »Ich möchte schauen, ob du ein Gutes für mich hast.« Ich betrachtete die Fahrzeuge, die draußen geparkt waren.

Es dauerte nicht lange, bis Frau Leichtfried, die Mutter von Ralph, die im Büro des Autohauses arbeitete, zu uns kam und mich fragte, wie es mir ginge, da ich seit Längerem nicht hier gewesen war. Ich erzählte ihr, dass ich zu ihr ins Büro kommen würde, wenn ich ein Auto ausgewählt hatte, und wir dort einen Tee trinken konnten.

Als Ralph merkte, dass ich erst gehen würde, wenn ich ein Auto gekauft hatte, entspannte er sich und ließ seine Verkaufsstrategien beiseite.

Schließlich betrat ich das Büro von Frau Leichtfried, die mir sagte, sie hätte viel von meinen Ausstellungen gelesen und war enttäuscht, dass ich ihr keine Einladung hatte zukommen lassen.

Das machte mir ein schlechtes Gewissen und ich ging zum Auto, aus dem ich einige Fotos von meinen Ausstellungseröffnungen holte. Sie sah sich die Fotos an und murmelte: »Da ist ja Margarethe!« und »Da ist der Walter!« Es waren Personen, die sie scheinbar kannte, ich jedoch nicht, da an jenen Abenden die Ausstellungssäle voll gewesen waren.

Mit dem Fotoalbum ging sie in die Werkstatt von Herrn Leichtfried, der anschließend zu mir kam und fragte, ob ich noch das Gemälde der Römerbrücke hätte. Mit einem mürrischen Gesicht blätterte er das Album durch.

Seit Langem überlegte ich schon, wie die zwei eine Ehe führen konnten, da sie eine sehr ansehnliche und vor allem freundliche Person war, während er sehr grimmig wirkte und man ihn nie lachen sah.

Ich sagte ihnen, dass ich dieses Bild als erstes verkauft hatte. Er blickte mich nur kurz an und fragte dann mit trockener Stimme, ob ich es noch einmal für sie malen könnte.

32

Der Juni des Jahres 1995 war klar.

Ohne Regen.

Ohne nasse Straßen.

Trocken.

Die Sonne begann ihren Spaziergang früh am Morgen und kehrte erst abends nach Hause zurück. Das Leben ging weiter wie bisher. Nach der Arbeit machten wir einen Spaziergang und fütterten die Schwäne beim Herrenhaus. Klara war im neunten Monat ihrer Schwangerschaft und der Arzt Günther Schwab, Leiter der Geburtsstation im Krankenhaus Scheibbs, sagte uns, alles sei in bester Ordnung.

Auch dieses Mal fragten wir nicht, ob das Kind ein Mädchen oder ein Junge sei.

Ich baute das Kinderbett wieder auf und wir bereiteten alles für das Neugeborene vor.

Am 26. Juni fuhren wir spätnachmittags ins Krankenhaus in Scheibbs, in dem alles genau wie vor zwei Jahren aussah.

Allerdings traf ich weder auf den Arzt noch die Hebamme von damals.

Ich wollte sie auch nicht sehen.

Am Morgen des 27. kam der Arzt in Klaras Zimmer. Er führte eine Kontrolle durch und ging. An jenem Tag verließ ich das Krankenhaus nicht, sondern blieb neben ihrem Bett sitzen.

Nachmittags kam auch Manuela.

Ich beobachtete durch das Fenster den Berg, sah weidende Kühe sowie ein Auto, das hinauffuhr. Es war gerade 16:30 Uhr geworden, als Klara den Knopf drückte. Kurz danach kamen die Hebammen und der Arzt.

Klara wurde in den Kreißsaal gebracht.

Ich verspürte keine Angst, doch ich merkte, dass mein Gesicht verschwitzt war.

Wenig später kam ohne Komplikationen ein Mädchen mit langen, schwarzen Haaren, die bis zu ihren schwarzen Augen reichten, zur Welt. Sie drehte ihren Kopf, als wollte sie fragen: »Wo bin ich hier?«

Ich sah den schweißgebadeten Arzt und umarmte ihn. Die Hebammen lachten und beglückwünschten mich. Nach einigen Minuten kam eine Krankenschwester, um einige Messungen vorzunehmen, und fragte, ob wir uns schon einen Namen überlegt hatten.

Mit dem Blick auf die Uhr, die 5 Uhr 17 nachmittags zeigte, sagte ich ihr:

»Helena. Ihr Name ist Helena.«

Ich ging zur Telefonzelle, die in einem Gang stand, und rief in Vlora an.

»Lang lebe Helena«, sagte ich und wartete darauf, dass man mir meinen Vater reichte. Als er ans Telefon kam, berichtete ich ihm die Neuigkeit. Er sagte nichts, doch ich merkte, wie gerührt er war.

»Wann kommt ihr hierher?«, fragte er schließlich.

»Ende Juli. Wie immer.«

»Kommt mit dem Flugzeug. Fahrt diese Strecke in der Hitze nicht mit dem Mädchen«, sagte er.

»Mach dir keine Sorgen.«

Ich legte auf und kehrte in Klaras Zimmer zurück, zu Helena. Erst spät abends kam ich in unsere Wohnung. In jenen Tagen ging ich nach der Arbeit schnell nach Hause, um mich umzuziehen und danach sofort ins Krankenhaus nach Scheibbs zu fahren.

Dort blieb ich den ganzen Tag über und hielt meine Tochter im Arm.

Ich wollte nie mehr nach Hause fahren.

Die Wohnung wirkte leer und manchmal bildete ich mir ein, Babygeschrei zu hören.

Am 3. Juli fragte ich den Arzt, wann Klara aus dem Krankenhaus entlassen werden würde. Er sagte, am nächsten Tag sei es soweit.

Ich ging hinaus und bestellte beim Floristen einen großen Blumenstrauß.

Ich sagte ihm, ich würde ihn morgen Nachmittag abholen. Dann kehrte ich nach Hause zurück.

33

Ich fing an, die Wohnung zu putzen. Da ich die vergangenen Tage immer nur kurz zu Hause vorbeigeschaut hatte, herrschte ein großes Chaos.

Plötzlich hörte ich ein Klopfen an der Tür.

Es war Frau Schuller. Mit einem Lächeln sagte sie mir, dass sie erst heute zurückgekommen sei und sich Sorgen über die Geburt gemacht habe. Ich erzählte ihr, dass Klara ein sehr hübsches Mädchen namens Helena zur Welt gebracht hatte. Ihre Augen leuchteten und sie umarmte mich.

»In unserem Haus wird bald das Geräusch spielender Kinder zu hören sein«, sagte sie. Sie sprach den Namen ›Helene‹ aus.

»Nicht Helene«, korrigierte ich sie. »Sondern Helena, wie die aus Troja«, sagte ich und lächelte.

Sie fragte mich, wann Klara das Krankenhaus würde verlassen können, und versprach, uns gemeinsam mit Rudolf besuchen zu kommen.

Als Frau Schuller gegangen war, kehrte ich in die Küche zurück und wusch das bisschen Geschirr, das im Spülbecken stand. Ich ging in das Schlafzimmer und legte Spielzeug in das Kinderbett.

Danach setzte ich mich auf die Couch. Es war 20:00 Uhr und ich beschloss, in Vlora anzurufen.

Ich nahm das Telefon in die Hand, als es zu klingeln begann. Schnell drückte ich auf eine Taste und hörte, dass es Klaras Angehörige in Italien waren, die gerade von der Geburt erfahren hatten.

Das Gespräch dauerte lange. Sie sagten mehrmals, dass sie sich Urlaub nehmen würden, um zu uns zu fahren. Nun hatten sie einen Grund mehr, um uns besuchen zu kommen.

Als ich aufgelegt hatte, wollte ich gerade die Nummer meiner Familie in Vlora wählen, doch es klingelte erneut.

Es waren die Kinder meiner Tante, die fragten, wann Klara das Krankenhaus verlassen würde, damit sie zu uns kommen könnten.

Schließlich endete auch dieses Gespräch und ich ging hinaus zum Auto. Ich öffnete die Tür und holte Kleidung heraus, die ich ausgezogen und auf die Rückbank geworfen hatte, als es zu heiß geworden war. Nun warf ich sie in die Waschmaschine.

Ich kehrte zum Telefon zurück und wählte die Nummer meiner Familie. Ich wollte ihnen mitteilen, dass ich Helena am nächsten Tag nach Hause bringen würde. Ihnen ging es gut und ich erfuhr, dass mein Onkel aus Tirana zu Besuch gekommen war.

Ich wechselte einige Worte mit ihm und sagte, es sei gut, dass er meine Familie in Vlora besuchen gekommen war. Ich fragte nach meinem Vater. Daraufhin entstand eine Pause.

»Es geht ihm nicht gut«, sagte mein Onkel. »Der Arzt ist heute bereits zum zweiten Mal gekommen. Aber ich denke, es wird vorübergehen.«

Ich sagte ihm, ich würde später noch einmal anrufen, und legte auf. Während ich an meinen Vater dachte, legte ich mich auf die Couch und schlief ein, während der Fernseher im Hintergrund lief.

Schlaf hielt mich umfangen, als ein Geräusch von weither zu mir drang. Klingelte das Telefon? Ich fühlte mich benebelt und konnte nicht herausfinden, ob das Geräusch aus einem Traum kam oder tatsächlich durch den Raum hallte. Ich öffnete die Augen und blickte zum Fernseher, doch das Klingeln kam nicht von dort.

Es kam vom Telefon.

Ich hob ab.

Ich konnte die Stimme meines Onkels hören.

»Ich weiß nicht, wie ich dir das sagen soll«, begann er. »Ich habe schlechte Nachrichten.« Er murmelte, sodass ich mich anstrengen musste, ihn zu verstehen.

»Melo hat uns verlassen. Er hat den letzten Schlaganfall nicht überlebt.«

Ich war sprachlos.

Meine Stimme war verschwunden.

Alles war weg.

Ich sah auf die Uhr an der Wand, die 5:17 Uhr morgens, 4. Juli anzeigte.

Ich sprach nicht.

Auch mein Onkel sprach nicht mehr.

Zuerst sprach meine ältere Schwester mit mir, dann meine jüngere. Danach reichten sie das Telefon meiner Mutter.

Ich wusste nicht, was ich sagen sollte.

Meine Augen wurden glasig. Ich sah auf den Kalender neben dem Telefon und las erneut das Datum des heutigen Tages: 4. Juli. Mir fiel ein, dass ich einige Tage zuvor einen Film mit dem Titel ›Geboren am 4. Juli‹ gesehen hatte.

»Gestorben am 4. Juli«, entglitt mir leise.

Ich stand wie festgefroren mit dem Telefon in der Hand da und sagte zu mir selbst: Wieso hast du nicht noch ein wenig gewartet, Melo? Oder musstest du den Weg frei machen für Helena? Du hattest doch deinen Platz und sie den ihren.

Ich fragte nach den nächsten Schritten, dem Begräbnis.

Meine Mutter sagte mir, sie hätten bereits Maßnahmen für diesen Tag getroffen und fragten, wann ich kommen könnte. Ich sagte, dass ich ein Flugticket besorgen würde.

Ich legte auf und überlegte, welche Verbindung es zwischen den Ereignissen dieser Woche gab.

Meine Gedanken kreisten um Helena und Melo. Die eine kam, der andere ging, und das zur selben Uhrzeit – um 5:17 Uhr. Der eine frühmorgens, die andere am Nachmittag. Als ob einer der anderen den Weg freimachen würde.

Ich dachte über die Gegebenheiten und Kombinationen nach, die sich in meinem Leben systematisch wiederholten, als ob sie geplant worden wären, irgendwo weit weg, in dicken Büchern und Bibliotheken, die nach Schimmel und Feuchtigkeit rochen, vergessen in den Tiefen verwinkelter Klöster, auf den Spitzen hoher Berge, wo die letzten Einwohner schon lange vergessen hatten, dass sie existierten und niemand mehr ging oder kam.

Mein Blick war auf die Decke gerichtet. Ich versuchte zu erklären, warum ausgerechnet am 65. Geburtstag meiner Mutter mein erstes Kind hatte sterben müssen und warum eine Woche nach der Geburt meines zweiten Kindes mein Vater gestorben war, der seit zwei Jahren auf Helena gewartet hatte.

Auf dem Weg nach Vlora sprach ich kein einziges Wort. Mein Blick war auf das Fenster fixiert und ich nahm kaum wahr, was links oder rechts von mir geschah. Das Auto fuhr nach Bestrova, von wo aus man Vlora bereits sehen konnte. Bald blieben wir vor dem Haus meiner Familie stehen.

Ich sah das Fenster des Wohnzimmers und den weißen Vorhang, der im Wind herausflatterte, als wollte er mich begrüßen. Ich wendete meinen Blick nicht vom Vorhang ab, der mich an das Kleid meiner Großmutter erinnerte, wie ich sie vor zwei Jahren in meinen Träumen gesehen hatte. Ich merkte, dass ich klatschnass geschwitzt war. Mich überkam ein Gefühl der Angst und Unsicherheit, als ich den Vorhang sah, denn ich musste daran denken, dass meine Großmutter vielleicht auch meinen Vater zu sich geholt hatte.

Vor dem Haus hatte sich eine große Menschentraube versammelt, in der ich viele bekannte Gesichter entdeckte.

Ich grüßte viele Personen, die mir, ohne etwas zu sagen, mit ihrem Händedruck die Hand beinahe zerquetschten.

An der Wand hing ein Foto meines Vaters, darunter die Aufschrift: 1928–1995. Ich hatte dieses Foto selbst aufgenommen – im vergangenen Jahr.

Mein Herz konnte es nicht verkraften.

Ich ging hinauf.

Im Stiegenhaus traf ich auf Menschen, die mit niedergeschlagenen Gesichtern warteten. Ihre Blicke waren eiskalt. Es waren Arbeitskollegen meines Vaters gekommen und auch Kollegen, mit denen ich früher gearbeitet hatte.

Inmitten der Tränen hörte ich die Stimme von Vitore, der Tochter meiner Tante.

Sie verstand es die Toten zu beweinen, denn sie hatte ihr ganzes Leben damit verbracht, zu den Brüdern und Verwandten in den politischen Gefängnissen in Spac und Burrel oder auf die Friedhöfe zu fahren – immer dann, wenn die Menschen von dort nicht lebend zurückkehrten.

Ich trat ein.

Vitore unterbrach ihr Lied, nur um kurz darauf ein neues zu beginnen.

»Steh auf, Melo. Steh auf. Schau, wer eingetreten ist«, und sie sang Lieder, die ich wie in Trance wahrnahm.

In dem offenen Sarg lag mein Vater auf einer roten Decke.

Ich weinte.

»Wieso konntest du nicht noch ein wenig warten, Melo? Warum konntest du nicht noch auf Helena warten, die in drei Wochen gekommen wäre? Du sagtest, dass du sie großziehen würdest und sie auf deinem Schoß halten«, sagte ich und küsste ihn auf die Stirn.

Er war kalt.

Der Raum erschien mir ebenfalls kalt.

Ich spürte Feuchtigkeit, wahrscheinlich von den Tränen der Frauen, die auf dem Boden knieten. Der Raum war wie in einen schwarzen Schleier gehüllt – schwarze Haare, schwarze Strümpfe, schwarze Schuhe, schwarze Kleidung.

Meine Mutter, meine Schwestern und meine Tante hielten die Köpfe gesenkt.

Vitore fing mit dem nächsten Lied an. Neben ihr saß eine Frau, die ich nicht kannte. Es musste wohl die Frau eines Cousins sein, die ihr etwas ins Ohr flüsterte und ins Lied einstimmte.

Auch sie fing an zu weinen.

Ich begann, die Anwesenden wahrzunehmen. Die meisten davon waren mir unbekannt.

Ich ging in das Zimmer der Männer. In der Ecke sah ich meinen Onkel aus Spac, wie ich Petrit nannte, der sein halbes Leben im politischen Gefängnis verbracht hatte. Neben ihm saß der Sohn meiner Tante, der sich ebenfalls in diesen Gegenden herumgetrieben hatte.

Ich begrüßte sie.

Sie fragten, wie es mir ergangen war, nach Helena, nach Klara und letztlich nach meiner Reise.

»Wenn Gott will, schafft man es auch, rechtzeitig zu kommen.«

Sie erzählten mir von Begräbnissen, zu denen die Angehörigen nicht hatten kommen können, weil sie im Ausland lebten, keine Erlaubnis bekommen hatten oder das Land aufgrund einer fehlenden Aufenthaltsgenehmigung nicht hatten verlassen dürfen.

Piro und Roland, meine Schwäger, kamen herein und sagten, dass der Leichenwagen gekommen sei.

Wir standen auf.

Der Zeitpunkt für das Begräbnis war gekommen.

Ich sah auf die Uhr an der Wand.

Sie zeigte 5 Uhr 17.

»Immer dieselbe Uhrzeit«, sagte ich leise.

Wir gingen in das Zimmer, in dem der Sarg stand, hoben ihn auf und trugen ihn hinaus auf die Straße. Wir legten ihn in einen schwarzen Wagen, der bereits mit Blumen geschmückt vor dem Haus wartete.

Wir setzten uns in die Autos oder in den Bus und fuhren zum Friedhof.

Der Trauerzug erstreckte sich entlang der Hauptstraße, unterwegs stiegen Fahrradfahrer von ihren Rädern ab, Autofahrer hielten an und Passanten nahmen den Hut ab und blieben andachtsvoll am Straßenrand stehen.

Das Auto näherte sich der Straße, die an der alten Arbeitsstelle meines Vaters vorbeiführte. Ich sagte dem Fahrer, er solle dort ein letztes Mal hupen, um meinem Vater zu gedenken. Die Autos fuhren die Straße von Babica hinauf. An ihrem Ende war das Tal mit dem Friedhof zu sehen.

Schlussendlich fuhren sie hinunter.

34

Seit Langem schon war ich nicht mehr dort gewesen. Der Friedhof war inzwischen größer geworden. Es waren neue Gräber hinzugekommen, die einen anderen Stil hatten und auf denen junge, moderne Namen zu lesen waren. Daneben standen große Statuen und schwarze Marmorplatten, auf denen traurige Gedichte zu lesen waren.

Wir kamen bei der Stelle an, die für das Grab meines Vaters vorgesehen war.

Die Menschen stiegen aus den Autos und versammelten sich um ein Loch, das kürzlich ausgehoben worden war.

Ich lauschte der Abschiedsrede. Den Erinnerungen der Menschen. Ein leises Trauerlied von den schwarz gekleideten Frauen mit Tränen im Gesicht. Traurige Worte von Männern mit Falten unter den Augen, so tief wie Bewässerungskanäle.

Ich sah das dunkle Loch und den Sarg daneben.

Die Abschiedsrede ging zu Ende.

Ich kam an die Reihe und bedankte mich bei allen, die in diesen schwarzen Tagen des Verlustes unseres geliebten Melo der Familie beigestanden hatten.

Die Leute fingen an, sich zu bewegen.

Jemand nahm das Seil, das unter dem Sarg befestigt worden war, und wir fingen an, ihn langsam in das Grab hinunterzulassen.

Erneut waren weinende Frauen zu hören.

Vitore stimmte ein Lied an.

Es zerriss einem die Seele.

Man bekam Gänsehaut.

Ich sah meine Schwester und meine Mutter, die mit gesenktem Kopf weinten und sich bei den Neffen meines Vaters festhielten.

Um sie herum schwarz gekleidete Frauen.

Farblos.

Blass im Gesicht.

Ich spürte die Bewegung und merkte, dass sich die Anwesenden in einem Kreis um das Grab versammelt hatten.

Es wurden Bouquets gebracht und jemand fing an, mit einer Schaufel Erde auf das Grab zu schütten.

Die Schaufel wurde von einem zum anderen weitergereicht, bis ich an der Reihe war.

»Nein«, sagte ich, »ich will es nicht mit der Schaufel tun. Ich will meine Hände mit Erde füllen. Ich will meinen Vater ein letztes Mal berühren. Diese Erde wird ihn für immer bedecken.

In Sonne und in Hitze.

In Kälte und Feuchtigkeit.

Ich möchte ihm etwas Wärme mitgeben, etwas Gefühl, ein wenig Erinnerung …«

… ich füllte die Hände mit Erinnerungen
und leerte sie in Vaters Grab.
Ich wollte diese dunkle Grube füllen,
gerade biegen das schräge Tal.

EPILOG

Nach dem Begräbnis meines Vaters kehrte ich nach Kienberg zurück.

Das Leben verlief wieder in altbekannten Bahnen, doch unsere gesamte Aufmerksamkeit lenkten wir auf unsere Tochter – Helena.

In dieser Zeit widmete ich mich nach der Arbeit stets der Malerei und eröffnete noch einige weitere Ausstellungen in den umliegenden Städten.

Im Jahr 1997 lief die Erlauf über und überflutete halb Scheibbs sowie einen Teil von Kienberg. Ich organisierte eine Ausstellung und spendete die Hälfte der Einnahmen an den Fonds, der für die Opfer der Hochwasserkatastrophe eröffnet worden war.

Die Arbeit in der Fabrik hatte für mich nicht mehr dieselbe Bedeutung wie zuvor. Meine Füße wollten mich nicht mehr dorthin tragen.

Ich hatte mich vollkommen meiner Kunst verpflichtet, die wichtiger als alles andere geworden war.

Kienberg war in unseren Augen noch kleiner geworden, Scheibbs sowie Gaming hatten an Interesse verloren.

Am 3. Mai 1998 kam unser Sohn zur Welt, dem wir den Namen Romél gaben.

Von dem Wunsch, nach Wien zu ziehen, erzählten wir unseren Freunden, die in kleinen Orten am Land aufgewachsen waren. Sie zeigten sich besorgt und empfahlen, unsere Entscheidung noch einmal zu überdenken. Wien war nicht Gaming oder Scheibbs und wir sollten kein Abenteuer wagen mit zwei kleinen Kindern, von denen eines gerade erst zur Welt gekommen war.

Wir hörten uns geduldig ihre Sorgen an und sagten ihnen, dass wir bereits einen Entschluss gefasst hatten. Dieser Lebensabschnitt war nun vorbei, und wir waren bereit, einen neuen zu beginnen, so wie wir es bereits sieben Jahre zuvor getan hatten, als wir von Albanien nach Österreich gekommen waren.

Doch wir hatten uns verändert: Wir kannten nun unsere Ziele und den Weg, der uns dorthin bringen würde.

Im Juni des Jahres 1998 wurde die Firma ›Heiser‹ verkauft. Die Familie Reitlinger hatte keine Nachkommen und nach einigen verzweifelten Versuchen, den Neffen oder die Nichte zur Übernahme zu überreden, beschlossen sie letztlich, zu verkaufen. Die Firma wurde von Amerikanern gekauft. Sie kamen zu einem großen Treffen, um sich vorzustellen.

Der Betriebsleiter Herr Konul verließ nach der Übernahme die Firma.

Am 15. Juli desselben Jahres ging ich zum Herrenhaus und fragte nach Frau Reitlinger. Sie kam erneut die Stiegen vom zweiten Stock hinunter, wie damals im November des Jahres 1991, als ich sie zum ersten Mal gesehen hatte, doch dieses Mal erschien sie mir wie den Bildern von Gustav Klimt entsprungen.

Wir gingen wieder in dasselbe Zimmer, wie wir es auch damals getan hatten, das mit den schweren Möbeln und den großen Bildern. Dieses Mal sprach ich flüssiges Deutsch. Ich sagte, Klara und ich hatten beschlossen, mit den Kindern nach Wien zu ziehen.

Ich wollte ein neues Leben beginnen und es ganz meinem Traum widmen. Sie verstand, dass es um die Kunst ging, lächelte und wünschte mir viel Erfolg. An meinem letzten Arbeitstag brachte ich eine große Kiste Bier mit, um sie mit meinen Freunden und Kollegen zu trinken. Ich kehrte meinen Spind aus, in den ich die letzten sechs Jahre meine Kleidung hineingetan hatte, und schrieb mit Farbe:

»Vom 2. Jänner 1992 bis 15. Juli 1998 lagerte ich hier täglich meine Träume.« Dann unterschrieb ich und ging.

Am 5. August, derselbe Tag, an dem ich sieben Jahre zuvor in die ›Kreuztanne‹ gekommen war, fuhren wir nach Wien, um ein neues Leben zu beginnen. Erneut.

Kein ruhiges.

Voller Lärm und Herausforderungen.

Voller Energie und Dynamik.

Bald eröffnete ich meine erste Ausstellung in Wien. Es kamen Lilly Claire und Carl Reitlinger sowie Dr. Kladning, um mich zu beglückwünschen.

Die Zeit verging und füllte sich mit Kunst, Kultur und Ausstellungen in einigen Hauptstädten Europas, doch ich spürte, dass mir etwas fehlte.

Ich vermisste etwas.

Ich wollte etwas sehen, das mich während meiner ganzen Reise begleitete. Wie ein Nachrichten überbringender Schmetterling, der um mich herumflatterte.

Ich hatte Sehnsucht.

Ich wollte etwas sehen, das *mein* war, ein Teil von mir und meinen Erinnerungen, mich verband mit meiner Familie, mit meinem ›Heimatland‹, mit den Wurzeln meines Stammbaums.

Eines Tages fuhr ich dorthin zurück. Mit mir nahm ich eine Gießkanne voller Erfahrungen und Emotionen, um den Baum und die Früchte dessen zu gießen, was wir im Jahre 1991 gepflanzt hatten. Um unsere Freunde und Bekannten zu treffen, mit denen wir Momente des Glücks und der Trauer geteilt hatten.

Als Klara und ich, mit den Kindern auf den Rücksitzen, die Autobahn verließen und das Tal nach Wieselburg hinunterfuhren, wo die Bundesstraße 25 anfing und ich die Spitze des Ötschers, noch immer in blendendes Weiß getaucht, sehen konnte, verspürte ich dasselbe Gefühl, das mich überkam, wenn ich den Olivenpass bei Bestorve hinunter nach Vlora fuhr.

Ich spürte die kühle Luft, die vom Tal hinaufzog, und es kam mir vor, als kehrten wir nach Hause zurück, dorthin, wo unser Leben in Österreich begonnen hatte.

Wir fuhren nach Kienberg und sahen, dass unser Haus nicht mehr stand.

Die Amerikaner hatten alle zweistöckigen Häuser, die für Mitarbeiter gedacht waren, abgerissen. Die Gemeinde hatte von ihnen verlangt, sie zu renovieren, doch für sie erschien es finanziell klüger, sie zu entfernen als in sie zu investieren. Wir standen lange in der Straße, die ich jeden Tag aus dem Küchenfenster gesehen hatte, und erzählten mit Tränen in den Augen unseren Kindern davon, die den Ort verlassen hatten, als sie noch ganz klein gewesen waren.

Das Haus gegenüber war fertig renoviert und voller Blumen.

Eine Frau kam die Straße entlang, die uns erkannte und erzählte, was seit unserem Umzug geschehen war.

Sie berichtete uns, dass Rudolf, der Mann von Frau Schuller, verstorben war.

Auch Herr Vogelauer war, kurz bevor die Häuser abgerissen worden waren, im Alter von 101 Jahren gestorben. Herr Wieser, unser Nachbar, ebenfalls.

Die anderen waren nach Gaming, Scheibbs oder Wieselburg gezogen.

Wir gingen zum Teich und sahen die Schwäne in der Ferne schwimmen.

Sie kamen nicht zu uns.

Ich näherte mich der Fabrik und ging zum Tor, um zu sehen, ob ich vielleicht ein vertrautes Detail erkennen konnte. Erich Breselmayr, ein ehemaliger Arbeitskollege, kam mir entgegen und bat mich, mit hineinzukommen.

Alles war so wie früher.

Nur Thomas sah ich nicht. Ich fragte nach ihm, doch man sagte mir, dass die Amerikaner sein Verhalten nicht lange toleriert und ihn entlassen hatten.

Ich füllte eine Tasse mit Kaffee und roch dessen Aroma.

Ich verließ die Fabrik und ging zum Herrenhaus.

Ruhe.

Keine Bewegung.

Der Garten war voller Blätter.

Ich sah Mariola, die für die Familie Reitlinger arbeitete. Ich fragte sie, wie es Frau und Herrn Reitlinger ginge.

Sie sagte mir, dass Carl oder ›Teddy‹, wie man ihn auch nannte, gestorben war. Lily verbrachte die meiste Zeit in ihrer Villa auf Mallorca.

Als ich das hörte, wurde ich sehr traurig.

Ich fuhr nach Sankt Anton an der Jeßnitz. Das Gasthaus ›Kreuztanne‹ war geschlossen.

Es war kein einziger Mucks zu vernehmen.

Keine Bewegung.

Stille.

Ich sah Isolde herauskommen und fragte sie, ob sie sich an mich erinnerte, doch sie verzog nur den Mund, als wollte sie sich entschuldigen. Ich fragte sie, wo die anderen waren. Sie sagte mir, dass sie nach Frankenfels gezogen waren und Pauline, die Mutter von Fritz, verstorben war.

Annemarie und Fritz hatten das Gasthaus geschlossen, da es nicht gut lief und auch keine weiteren Flüchtlinge mehr kamen.

Klara und ich kehrten auch nach Scheibbs zurück, um Rupert und Manuela zu besuchen.

In jener Nacht schliefen wir dort. Nachmittags gingen wir in der Stadt spazieren und tranken anschließend einen Kaffee im Stadtcafé.

Ich sah, dass das Hotel ›Hofmacher‹ geschlossen hatte. Einige russische Investoren hatten das Hotel im Stadtzentrum gekauft und waren still und leise verschwunden, doch nicht, bevor sie die gesamte Inneneinrichtung entsorgt hatten.

Nun wartete die gesamte Stadt leidvoll, was mit ihrem Traditionshotel geschehen würde.

Auf dem Hauptplatz sah ich das Plakat einer Ausstellung. Ich fragte nach Richard Braun.

Man sagte mir, dass der berühmte Künstler der Stadt vor fast sechs Monaten verstorben war. Diese Nachricht erbitterte mich und ich musste unweigerlich an unser Treffen denken, das mir den entscheidenden Schubs in Richtung Kunst gegeben hatte.

Am nächsten Tag fuhren wir zurück nach Wien, hinein in den Lärm der Stadt und der neuen Freunde.

Andere.

Anders.

Wien, 27. Juli – 9. August 2015

www.wieser-verlag.com